잊을 수 없는 죽음

AGATHA CHRISTIE MYSTERY AGATHA CHRISTIE MYSTERY AGATHA CHRISTIE MYSTERY

애거서 크리스티 추리 문학 53

잊을 수 없는 죽음

설영환 옮김

해문

■ 옮긴이 **설영환**

　서울대학교 수학. 번역 문필가. 번역서로 《신을 기다리며》, 《죽음을 넘어서》,
《마음의 집》, 《이야기》, 《아케―그 어린 시절》, 《의식의 뿌리에 관하여》

잊을 수 없는 죽음

초판 발행일	1988년 04월 20일
중판 발행일	2012년 02월 10일
지은이	애거서 크리스티
옮긴이	설 영 환
펴낸이	이 경 선
펴낸곳	해문출판사
주 소	서울시 서초구 서초동 1328-11 도씨에빛 2차 1420호
TEL/FAX	325-4721 / 325-4725
출판등록	1978년 1월 28일 (제3-82호)
가격	6,000원
ISBN	978-89-382-0253-6 04800
	978-89-382-0200-0(세트)

여섯 사람이
거의 1년 전 죽은
로즈메리 바턴에 대해
생각하고 있었으니······.

●등 장 인 물●

아이리스 말— 언니인 로즈메리의 죽음으로 인해 상당한 재산을 상속받는다. 그러나……

로즈메리 바턴— 청산가리가 든 술잔을 마시고 죽은 미녀. 그녀는 자살인가, 타살인가?

앤터니 브라운— 수수께끼 같은 과거를 가진 남자. 그는 아이리스와 로즈메리 자매 사이에서 늘 맴돈다.

조지 바턴— 로즈메리의 남편. 아내의 죽음에 대해 의심을 품는다.

루실라 드레이크— 아이리스의 고모. 아이리스와 함께 살고 있다. 그녀에겐 빅터라는 망나니 아들이 있다.

알렉산드라 패러데이— 냉정하고 스핑크스 같은 여자. 남편에겐 자기감정을 숨기고 있으나, 다른 사람들에겐 친절히 대한다.

루스 레싱— 조지 바턴의 유능한 비서. 바턴을 사랑했으나 끝내 그와 결혼하지는 못했다.

빅터 드레이크— 늘 말썽만 일으키는 청년. 그러나 말솜씨 하나만은 일품이다.

스티븐 패러데이— 늘 공적이고 결함 없는 생활을 해온 정치가. 그러나 로즈메리를 만나고부터는 생활이 달라진다.

레이스 대령— 바턴의 친구. 로즈메리의 자살사건을 조사한다.

켐프 주임경감— 바턴 집안의 사건에 뛰어들어 수사하는 경찰.

페드로 모랄레스— 미국인이며 살인사건의 목격자.

크리스틴 샤논— 모랄레스의 말동무며 금발의 미녀.

베티 아치데일— 쫓겨난 바턴 집안의 하녀.

차   례

제1편 로즈메리

"잊히지 않는 기억을 어떻게 하면 잊을 수 있을까?"

제1장

아이리스 말

1

아이리스 말은 언니인 로즈메리에 대해서 생각하고 있었다.

지난 1년 동안 아이리스는 가능하면 로즈메리 언니의 일을 가슴속에서 지워 버리려고 노력했다. 생각하기조차 싫었다.

너무나 고통스럽고 무서운 일이다.

파랗게 변해 버린 얼굴, 꼭 쥔 채로 굳어진 손가락—.

명랑하고 사랑스러웠던 그 전날의 로즈메리 언니와는 너무도 다른 모습이다. 하기야, 전날에도 그다지 밝은 얼굴은 아니었다. 독감으로 우울하고 생기도 없었는데, 그런 점은 모두 검시(檢屍)에서도 명확히 나타났었다. 아이리스 자신도 그 점을 강조했던 것이다. 로즈메리 언니의 죽음이 자살이었다는 사실은 그것만으로도 충분하지 않을까?

검시가 끝나자 아이리스는 될 수 있는 대로 모든 것을 잊어버리려고 했다. 기억하고 있어 본들 어떻게 되는 것도 아니고 모두 잊는 거다! 안 좋은 일은 모두 잊어버리는 것이다. 그러나 지금은 다시 생각해 봐야 한다. 과거를 되돌아보지 않으면 안 된다. 얼핏 보기에 우연이라고 생각되는, 그 어떤 하찮은 것이라도 빠짐없이 생각해 내지 않으면 안 된다—.

어젯밤, 뜻밖에 형부인 조지와 만났던 일로 인해서 이젠 싫어도 그냥 지나칠 수가 없다.

전혀 의외이기도 하고 무서운 이야기이기도 했다. 아니—정말로 의외였을까? 그것을 암시할 만한 예고는 없었을까? 조지는 수심에 잠기는 일이 많아졌고, 행동도 건성이며 이상하다. 그렇다. 이상하다고밖에 말할 수 없다! 모든 것은 어젯밤 형부인 조지가 아이리스를 서재로 불러 책상 서랍에서 편지를 꺼냈던 그 순간으로 집결된다.

그러니까 이제는 어쩔 수 없다. 로즈메리 언니의 일을 상기해 보지 않을 수가 없다.

로즈메라―나의 언니…….

아이리스는 갑자기 자신이 로즈메리 언니를 생각해 보는 것이 이번이 처음이라는 사실을 느끼고 약간 놀랐다. 언니에 대해서, 즉 객관적으로 한 사람의 인간으로서 생각하기는 처음이었다.

아이리스는 항상 로즈메리의 존재를 생각해 볼 필요도 없는 것으로 받아들여 왔다. 누구든지 부모나 형제자매에 대해서 특별히 생각해 보거나 하지는 않는다. 육친(肉親)이라는 관계 속에서 그저 거기에 있을 뿐이지, 그 점에 대해서는 어떤 의문도 품지 않는다. 그런 사람들을 한 사람의 인간으로서 보지는 않는다. 그 사람들이 어떤 사람인지에 대한 의식조차 없다.

로즈메리 언니는 어떤 사람이었을까?

지금은 그것이 중요한 점인지도 모른다. 많은 것들이 그 점에 관련되어 있다. 아이리스는 과거를 되돌아봤다. 어렸을 적의 자신과 로즈메리를…….

로즈메리는 아이리스보다 여섯 살이 많았다.

과거의 여러 가지 장면이나 순간들이 되살아나온다. 아직 어린 아이리스가 우유에 적신 빵을 먹고 있을 때 머리를 뒤로 묶은 로즈메리는 거만하게 책상 앞에 앉아서 '공부'를 하고 있었다.

어느 여름날 해변에서―아이리스는 로즈메리가 부러웠다. 로즈메리는 '성숙한 여자'로서 수영을 하고 있었다!

로즈메리는 기숙학교(寄宿學校)에 입학하여, 방학 때는 집으로 돌아왔다. 그 뒤, 아이리스 자신도 학교에 다니게 되고 로즈메리는 파리에서 '신부수업'을 하고 있었다. 기숙학교를 다닐 때의 로즈메리는 촌스러웠다. 그러나 '신부수업'을 마치고 파리에서 돌아온 로즈메리는 그때와는 전혀 다른 신선함과 우아함을 지니고 있었다. 얌전하고 단아한 언행, 늘씬한 몸매에 금발, 짙은 속눈썹으로 둘러싸인 크고 푸른 눈, 그 모든 것이 사람의 마음을 사로잡을 듯이 아름답고 성숙했다. 마치 천사와 같았다.

그 이후에도 두 사람은 좀처럼 얼굴을 마주한 적이 없었다. 여섯 살이라는 나이 차이가 서로에게 큰 벽이 되고 있었다. 아이리스는 아직 학교에 다니고 있었고, 로즈메리는 '인생의 봄'을 노래하고 있었다. 아이리스가 집에 돌아왔을 때도 그 간격은 없어지지 않았다. 로즈메리는 아침에는 늦게까지 잠을 자고, 점심때는 사교계의 여자들과 식사, 그리고 저녁에는 대부분 댄스파티로 세월을 보내고 있었다. 아이리스는 프랑스인 가정교사와 공부방에서 지내며, 공원으로 산책을 나가고, 9시에 저녁식사를 하고, 10시에는 잠자리에 드는 생활을 했다.

언니와는 몇 마디 말을 주고받는 정도였다. "저기, 아이리스, 전화로 택시를 불러 주지 않겠니? 늦을 것 같구나."라든가, "그 새 드레스, 나는 별로 맘에 들지 않는데. 언니에게는 어울리지 않아. 주름이 너무 많아서 정신없어."라는 정도였다.

그리고 로즈메리의 조지 바턴과의 약혼, 흥분, 쇼핑, 계속 도착하는 소포, 신부 의상.

결혼식. 로즈메리의 뒤를 따라 교회 안을 걸어가면서 귀에 들리는 속삭임.

"신부가 너무 아름답지 않아요……."

왜 로즈메리는 조지와 결혼한 걸까? 그 당시에도 아이리스는 뭔가 의외라는 느낌이 들었다. 로즈메리의 주위에는 전화하거나 밖으로 그녀를 불러내는 젊고 멋진 남자들이 많이 있었다. 그런데 왜 열다섯 살이나 많은 조지 바턴을 선택한 걸까? 친절하고 호감이 가는 남자라고는 해도, 아무리 생각해도 아이리스는 이해가 되지 않았다.

조지는 부자였지만, 돈 때문에 조지를 선택한 것은 아니다. 돈이라면 로즈메리도 많았다. 그것도 다 쓰지 못할 정도로 많았다. 폴 아저씨의 돈……

아이리스는 자신의 기억을 주의 깊게 더듬으며, 자신이 당시에 알고 있었던 것과 현재 알고 있는 것을 구별하여 보려고 했다. 예를 들면, 폴 아저씨에 관한 것이다. 폴이 혈연관계가 있는 아저씨가 아니라는 것은 아이리스도 알고 있었다. 확실하지는 않지만 몇 가지 정도는 알고 있었다.

폴 베넷은 엄마를 사랑하고 있었다. 그러나 엄마는 더 가난한 다른 남자를 선택했다. 폴 베넷은 자신의 실연을 매우 로맨틱한 심정으로 받아들였다. 그래서 폴은 그대로 친구로 남아 플라토닉 러브를 바친다는 식의 로맨틱한 태도를 계속 취한 것이다. 첫 아기에게 폴은 로즈메리라는 이름을 지어 줌으로써 비로소 폴 아저씨로 불리게 되었다. 폴이 죽자, 그의 전 재산은 당시 열세 살이었던 로즈메리 앞으로 남겨졌다.

로즈메리는 아름다울 뿐만 아니라 큰 재산의 상속인이기도 했던 것이다. 그리고 로즈메리는, 사람은 좋지만 나이가 열다섯이나 많은 바턴과 결혼했다.

왜일까? 아이리스에게는 당시의 로즈메리가 이상하게 생각될 수밖에 없었다. 지금까지도 그 점은 마찬가지다. 아이리스는 로즈메리가 한 번이라도 조지에게 애정을 가진 적이 있다고는 생각지 않았다. 그러나 조지와 결혼한 뒤로 행복한 것도 같았고, 조지를 확실히 좋아하고는 있었다. 두 사람이 결혼한 지 1년 뒤, 상냥하지만 몸이 약했던 어머니 비올라 말이 세상을 떠나게 되자 아이리스는 로즈메리 부부와 함께 생활하게 되었다. 따라서 열일곱 살의 소녀인 아이리스에게도 그런 점을 느낄 수 있는 기회는 얼마든지 있었다.

열일곱 살의 소녀. 아이리스는 자기 자신의 일로 생각을 돌렸다. 자신은 어떤 아이였을까? 무얼 느끼며, 무얼 생각하며, 무엇을 보고 있었던 걸까?

아이리스가 얻은 결론은, 그때의 자신은 어린아이에 지나지 않았다는 점이다. 아무것이나 생각 없이 사물을 그대로 받아들이고 있었다. 예를 들어 아이리스는 어머니가 로즈메리에게만 기대를 갖고 관심을 쏟는 점에 대해 불만스럽게 생각했던 적이 있었던가? 거의 없었을 것이다. 아이리스는 그러한 사실을 아무렇지도 않게 받아들이고 있었다.

로즈메리는 눈에 띄는 여자였다. 어머니는 건강이 허락하는 한 언니에게 관심을 가졌다. 그것은 지극히 당연한 일이었다. 언젠가는 내 차례도 돌아올 것이다. 비올라 말은 옛날부터 친근하게 느껴지는 어머니는 아니었다. 오로지 자신의 건강상태에만 신경을 쓰느라고 아이들 문제는 유모나 가정교사, 그리고 학교에다 전적으로 맡기고 있었다. 그렇지만 가끔씩 아이들과 얼굴을 마주할 때는 언제나 매력적인 엄마였다. 아버지인 헥터 말은 아이리스가 다섯 살 때 세상을 떠났다. 아버지가 몸을 해칠 정도로 술을 많이 마셨다는 기억은 있지만, 그 이외에 특별한 기억은 없었으므로 아버지의 죽음을 어떻게 느꼈는지는 전혀 기억나지 않는다.

열일곱 살 때의 아이리스 말은 인생을 그대로 받아들였으므로, 어머니의 죽음 앞에서는 눈물을 흘리고 상복을 입었으며, 언니 부부와 함께 생활하게 되어 엘버스턴 스퀘어의 언니 집으로 옮겨가 살았다.

그 집에서의 생활은 어찌 보면 따분한 생활이었다. 정식으로 사교계에 나가는 일도 해가 바뀔 때까지는 허용되지 않았다. 그동안 아이리스는 1주일에 세 번씩 프랑스어와 독일어 수업을 받았으며, 가정학 강의도 받았다. 아무것도 할 일이 없었고, 이야기할 상대가 없는 적도 많았다. 조지 형부는 친절하고, 언제나 변함없는 애정으로써 친형제처럼 대해 주었다. 조지의 태도는 결코 변함이 없었다. 그것은 지금도 마찬가지다.

그리고 로즈메리 언니는? 언니와는 얼굴을 대할 기회가 좀처럼 생기지 않았다. 로즈메리는 집을 비우는 일이 많았다. 의상실, 칵테일파티, 카드놀이……

이렇게 생각해 보면, 아이리스는 로즈메리에 대해서 도대체 무엇을 알고 있었던 걸까? 언니의 취향이나 희망, 그리고 공포에 대해서? 한 지붕 밑에서 침식을 같이 해 온 사이치고 과연 얼마나 언니에 대해 알고 있단 말인가? 놀라울 정도로 아는 게 없었다. 언니와 동생 간에는 거의, 아니 전혀라고 해도 좋을 정도로 친밀감이란 없었던 것이다.

그러나 지금 아이리스는 생각하지 않으면 안 된다. 다시 생각해 보지 않으면 안 된다. 매우 중요한 일인지도 모르는 것이다.

확실히 로즈메리는 겉으로는 행복해 보였다……

그날—사건이 일어나기 1주일 전. 아이리스는 그날의 일을 결코 잊지 못할 것이다. 그것은 지금도 매우 선명하게 기억에 남아 있다—하나하나의 말과 그 밖의 자세한 부분까지. 광택이 나는 마호가니 재(材) 테이블, 뒤로 밀쳐진 의자, 급히 휘갈겨 쓴 특징 있는 필적……

아이리스는 눈을 감고 다시 한 번 그때의 그 장면을 회상해 보았다……

로즈메리의 거실로 들어서는 순간 갑자기 발이 떨어지지 않았다.

그 정도로 놀랐던 것이다. 눈앞에 펼쳐진 광경에! 로즈메리는 책상에 엎드려서 흐느껴 울고 있었다. 아이리스는 그때까지 로즈메리가 우는 것을 본 적이 한 번도 없었다. 그 때문에 그렇게 슬프게 흐느껴 울고 있는 그녀를 보고 놀라지 않을 수 없었다.

분명히 로즈메리는 심한 독감을 앓고 있었다. 겨우 일어나게 된 것이 2~3일 전이었다. 감기를 앓은 뒤로는 기분이 매우 우울했는데, 그 사실은 누구나 다 알고 있다. 그렇다고는 해도⋯⋯아이리스는 놀란 나머지 소리를 질렀지만, 그 소리는 아무래도 어린애처럼 어설펐다.

"아니, 로즈메리 언니, 어떻게 된 일이야?"

로즈메리는 몸을 일으켜서 얼굴로 흘러내린 머리카락을 쓸어 올렸다. 로즈메리는 침착하려고 애썼다. 로즈메리는 빠르게 말했다.

"아무것도 아니야, 아무것도 아니라니까. 그런 눈으로 보지 마!"

로즈메리는 일어서서 그대로 방을 뛰쳐나갔다.

당황하여 어떻게 해야 좋을지 몰라 아이리스는 언니가 있던 거실로 들어가 보았다. 테이블로 시선을 보내자, 언니가 쓴 글 속에 자신의 이름이 눈에 띄었다. 로즈메리는 내 앞으로 뭔가를 쓰고 있었던 걸까?

아이리스는 다시 테이블 옆으로 다가가 커다랗고 특징 있는 필적의 파란 편지지를 들여다보았는데, 그 글씨는 긴장해서 떨린 탓인지 평소 때보다 훨씬 흐트러져 있었다.

귀여운 아이리스
어차피 나의 재산은 네가 상속받게 되므로 유언을 남길 필요는 없겠지만 몇 사람에게 남겨 주고 싶은 물건이 있다.
조지에게는 그 사람한테서 받은 보석 모두와, 우리들이 약혼할 때 함께 산 작은 에나멜 보석 상자.
글로리와 킹에게는 백금으로 된 담배 케이스.
메이지에게는 그 사람이 항상 부러워한 중국산 말(馬) 도자기—.

문장은 일단 거기서 끊기고, 그 뒤에는 로즈메리가 억누를 수 없는 눈물로 분별을 잃기 직전에 미친 듯이 갈겨쓴 낙서 같은 것이 있었다.

아이리스는 마치 석상(石像)이 되어 버린 듯이 움직이지 않고 서 있었다.

어떻게 된 걸까? 언니는 죽을 결심을 하고 있었던 걸까? 독감으로 몸 상태가 계속 나빴지만, 지금은 거의 완쾌되었다. 게다가 독감으로 죽는 경우는 없다. 때로는 그런 경우도 있긴 하지만, 적어도 로즈메리는 그렇지 않았다. 독감은 이미 다 나았고, 단지 몸이 좀 약해졌다는 것과 기분이 우울하다는 것뿐이다.

아이리스는 다시 한 번 편지지를 주시했는데, 이번에는 하나의 글귀가 놀랄 만큼 선명하게 다가왔다.

'─어차피 나의 재산은 네가 상속받게 되므로─.'

아이리스가 폴 아저씨의 유언 내용을 알게 된 것은 이것이 처음이었다. 어렸을 적부터 아이리스는 로즈메리가 폴 아저씨의 재산을 상속받아, 아이리스 자신은 가난하지만 로즈메리는 부자라는 것을 알고 있었다. 그렇지만 지금 이 순간까지, 로즈메리가 죽게 될 경우 그 재산이 어떻게 될까 하는 점에 대해서는 한 번도 생각해 본 적이 없었던 것이다.

만일 누군가가 그런 점에 대해 물어왔다면 아마 로즈메리의 남편인 조지가 상속받게 될 것으로 생각한다고 대답했겠지만, 조지보다 로즈메리가 먼저 죽는다고 생각하는 것은 어리석은 일이라고 반드시 덧붙였을 것이다.

그러나 지금 눈앞에 있는 것은 로즈메리가 직접 쓴 글이다. 로즈메리는 죽고, 재산은 아이리스의 것이 된다. 그러나 정말 합법적인 걸까? 유산을 물려받는 사람은 남편이나 부인이지, 동생이 아니다. 물론 폴 아저씨가 그의 뜻대로 그렇게 한 것이라면 얘기는 달라진다. 그렇다. 틀림없다. 폴 아저씨는 만일 로즈메리가 죽게 될 경우에는 재산을 나에게 상속한다는 말을 남겼을 것이다. 그렇다면 그렇게까지 이상할 것은 없다─.

이상하다? 그런 말이 갑자기 자신의 뇌리 속에 뛰어들었다는 점에 대해 아이리스는 놀랐다. 지금까지 아이리스는 폴 아저씨의 재산이 모두 로즈메리의 수중으로 들어가게 된 것을 이상하게 생각해 본 적이 있었던가? 의식의 밑바닥에서 자신은 그렇게 생각하고 있었던 게 틀림없다고 아이리스는 생각했다.

확실히 불공평한 처사였었다. 나와 로즈메리 언니는 자매간이다. 둘 다 같은 어머니의 자식들이다. 그런데도 왜 폴 아저씨는 재산을 모두 로즈메리에게 주지 않으면 안 되었던 걸까?

로즈메리는 항상 갖고 싶은 모든 것을 갖고 있었다!

파티나 드레스도, 관심을 가져 주는 젊은 남자들도, 그리고 훌륭한 남편도 모두 로즈메리의 것이었다.

로즈메리에게 일어난 유일한 불유쾌한 사건이라고 해봤자, 단지 독감으로 좀 괴로웠다는 것뿐이다! 그렇지만 그것도 기껏해야 1주일 정도의 병치레였다!

아이리스는 책상 옆에 우뚝 선 채 망설이고 있었다. 그 편지—로즈메리는 그것을 하인들이 볼 수 있도록 일부러 그대로 놔두고 싶었건 걸까?

잠시 생각해 본 뒤, 이윽고 아이리스는 그것을 두 번 접어서 책상 서랍에 넣었다.

그 편지는 로즈메리의 마지막 생일파티가 끝난 뒤에 발견되어, 로즈메리가 병치레를 한 뒤 우울한 정신 상태에 있었다는 점, 그리고 아마 그때 이미 자살을 생각하고 있었을 것이라는 점 등, 아무튼 이것은 새로운 증거물로서 제출되었다.

병치레 뒤의 우울상태. 그것이 검시재판에서도 거론된 자살 동기이고, 아이리스가 제출한 증거가 그것을 뒷받침해 주었다. 동기를 밝히기에 충분한 증거물은 아니었지만, 생각할 수 있는 점이라고는 그것밖에 없었고 해서 최종적으로 받아들여졌다. 그해에는 악질적인 독감이 유행하고 있었던 것이다.

동생인 아이리스도, 남편인 조지 바턴도 그 이상의 동기를 찾아낼 수는 없었다. 그 당시에는 그랬다.

그런데 지금, 다락방에서 있었던 일을 생각해 보면 아이리스는 왜 자신이 그토록 세상에 어두웠던가 이해가 되지 않는다. 모든 것은 아이리스의 목전에서 진행되고 있었음이 틀림없다! 그런데도 아이리스에게는 아무것도 보이지 않았으며, 아무것도 눈치채지 못했던 것이다!

아이리스의 뇌리에 갑자기 그 생일파티의 비극이 떠올랐다. 새삼 생각할 필요는 없다. 모든 것은 끝났다. 이미 끝나버린 일이다. 그때의 공포나 검시재판,

그리고 조지의 굳은 표정, 충혈된 눈은 이제 잊어버리자. 다른 것은 모두 잊어버리고, 그 다락방에 있던 트렁크만을 생각해 보자.

2

로즈메리가 죽은 지 6개월이 지났을 때의 일이었다.

아이리스는 로즈메리가 죽은 뒤에도 계속 그대로 엘버스턴 스퀘어에서 생활하고 있었다. 장례가 끝나고 말 집안의 변호사(대머리에다, 어울리지 않을 정도로 예리한 눈을 한 시골의 노신사)가 아이리스와 얘기를 주고받았다. 변호사는 폴 베넷의 뜻에 따라 로즈메리에게 그의 재산을 상속하고, 로즈메리가 죽을 경우에는 그녀의 자녀들에게 상속되도록 위탁받았던 점을 놀랄 만큼 명쾌하게 설명했다. 만일 로즈메리가 자녀들을 남기지 않고 죽었을 경우에는 무조건 재산은 아이리스의 것이 된다. 변호사의 설명에 의하면 막대한 재산이고, 아이리스가 스물한 살이 되든지, 또는 결혼하게 되면 완전히 아이리스의 것이 된다는 것이었다.

그건 그렇고, 우선 결정해야 할 문제는 아이리스의 안정된 거처였다. 조지 바턴은 아이리스가 계속 함께 살아 주기를 희망했고, 아이리스의 고모인 루실라 드레이크는 자기 집으로 오라고 했다. 루실라 고모에게는 늘 돈을 달라고 떼를 쓰는, 말 집안의 유일한 말썽꾸러기인 아들이 하나 있었다. 루실라 고모는 아이리스가 사교계로 나갈 때 자신이 보호자가 되어 주겠노라고 제안했다. 아이리스는 그 제안을 흔쾌히 받아들였다. 오히려 별도로 계획을 세우지 않고도 살 수 있게 된 점을 고맙게 생각했다. 고모 루실라는 아이리스의 기억으로는 성품이 온화하고 고집이 없는 초로(初老)의 여인이었다.

이렇게 해서 아이리스의 거처 문제는 일단락 지어졌다. 조지 바턴은 아이리스가 계속 자기와 가까운 곳에서 살게 된 것을 마음속으로 기뻐하고, 아이리스를 친동생처럼 깊은 애정으로써 돌봐주었다. 루실라 드레이크는 흥미를 느낄 수 있는 상대는 아니었지만, 아이리스가 하는 일이라면 무엇이든지 도와주었다. 그래서 아이리스는 원만한 생활을 할 수가 있었다.

아이리스가 다락방에서 그것을 발견한 것은 그로부터 6개월 정도가 지났을 때의 일이었다.

엘버스턴 스퀘어의 다락방은 필요없는 가구나 트렁크 등을 넣어두는 곳으로 사용되고 있었다.

아이리스는 어느 날, 오래된 것이지만 애착이 가는 빨간 풀오버를 찾느라고 여기저기 돌아다니던 끝에 그 다락방으로 올라갔다. 조지는 아이리스에게 로즈메리를 위해서 상복 차림은 하지 말았으면 좋겠다고 했었다. 로즈메리가 옛날부터 그런 차림에는 반대했다는 것을 아이리스도 알고 있었기 때문에 아이리스는 계속 평상복을 입고 있었다. 그런데 루실라 드레이크는 아무래도 구식 사람이기 때문에 아이리스가 소위 '근신'하기를 바라고 있었으므로 아이리스의 평상복 차림이 다소 마음에 들지 않는 눈치였다. 루실라 드레이크는 20여 년 전에 죽은 남편을 위해서 지금까지도 상복차림을 고집하고 있는 정도였다.

풀오버를 찾기 위해 이것저것 불필요한 옷들이 채워진 트렁크를 뒤지던 아이리스는 그 속에서 이미 잊고 있었던 옛날 소지품들, 예를 들면 스커트나 한 뭉치의 스타킹, 스키 용구, 게다가 오래된 수영복까지 두어 벌 찾아냈다.

로즈메리의 낡은 가운을 발견한 것도 바로 거기였다. 얼룩무늬의 비단 옷으로, 얼핏 보기엔 남자 옷처럼 만들어진 큰 호주머니가 달린 옷이었다.

아이리스는 그 옷을 원래대로 조심스럽게 접어서 트렁크 속에 넣었다. 그때 호주머니 속에서 뭔가 바삭거리는 것이 손에 느껴졌다. 아이리스는 손을 넣어서 꾸깃꾸깃해진 편지 한 장을 꺼냈다. 그것은 로즈메리의 필체였으므로 아이리스는 펴서 읽어 보았다.

사랑하는 레퍼드, 설마 진정으로 하신 말은 아니겠죠 진정으로—진정으로 그러셨을 리가 없어요 우리 둘은 서로 사랑하고 있어요! 우리 두 사람은 서로를 이해하고 있어요! 당신도 저와 같은 마음이시겠죠 우리는 간단하게 그렇게 헤어질 수 없어요 안녕이라는 단 한 마디로 태연하게 각자의 생활을 한다는 것은 도저히 상상할 수도 없어요 당신과 저는 하나입니다 영원히!

저는 인습에 사로잡히고 싶지는 않습니다. 사람들이 뭐라고 해도 상관없어요. 저에게 있어서는 사랑이 다른 무엇보다도 중요합니다. 둘이서 먼 곳으로 떠나요. 그리고 행복하게 살아요. 제가 당신을 행복하게 해 드리겠어요. 언젠가 당신이 말씀하셨죠. 제가 없는 인생은 있으나 마나 한 것이라고 기억하시나요, 당신은? 그런데도 당신은 지금 태연하게 헤어지는 편이 좋겠다고 말씀하십니다. 그것이 저를 위한 일이라고. 저를 위해서라고요? 하지만 저는 당신 없이는 살아갈 수가 없어요!

조지에게는 미안하게 생각하고 있습니다. 그 사람은 언제나 저에게 친절하게 해주었지요. 하지만 그분은 이해해 주실 거예요. 그분이라면 저를 자유롭게 해주실 거예요. 서로가 사랑이 없이는 함께 살 수 없다고 생각해요. 하느님께선 우리 두 사람을 짝지어 주신 거예요. 우리들은 꼭 행복해질 수 있다는 것을 저는 믿어요. 하지만 용기를 가져야 해요. 조지에게는 제가 말하겠어요—우리 사이의 모든 것을 확실히 하고 싶다고. 하지만 그 얘기는 제 생일이 지난 뒤에 하겠어요.

저의 결심이 옳다는 것을 저는 압니다—게다가 저는 당신 없이는 살아갈 수가 없어요. 도저히 살 수 없어요. 도저히—이런 말을 끈덕지게 계속 하는 제가 바보스럽죠. 오로지 제가 하고 싶은 말은 '당신을 사랑합니다. 결코 당신을 놓치지 않겠습니다.' 이 두 마디뿐입니다.

아아, 사랑하는 당신—.

편지는 그렇게 끝맺어져 있었다. 아이리스는 꿈쩍도 하지 않고 그것을 들여다보고 있었다.

자기 언니에 대해서 아무것도 모르고 있었던 것이다.

그럼, 로즈메리에게는 연인이 있었단 말인가? 그 사람에게 열렬한 연애편지를 썼으며, 그 사람과 사랑의 도피를 생각하고 있었단 말인가?

무슨 일이 있었던 걸까? 끝내 로즈메리 언니는 이 편지를 부치지 않았다. 그렇다면 무슨 편지를 보낸 걸까? 로즈메리 언니와, 이 누군지 알 수 없는 남자와의 사이는 결국 어떻게 끝난 걸까?

('레퍼드!' 사람들은 사랑에 빠지면 왜 당치도 않은 어리석은 생각을 하게
되는 걸까. 정말 어처구니없는 일이다. '레퍼드(표범)'라니!)

이 남자는 누구일까? 로즈메리가 사랑한 만큼 그 남자도 언니를 사랑하고
있었을까? 서로 사랑하고 있었음이 틀림없다. 언니는 믿기 어려울 만큼 아름
다웠으니까. 하지만 언니의 편지에 의하면 그 남자가 '헤어지자'는 말을 꺼냈
던 것이다. 그것은 어떤 의미일까? 경고(警告)일까? 그는 헤어지는 것이 로즈메
리를 위한 일이라고 분명히 말했다. 그것이 그녀를 가장 위하는 길이라고 그
렇긴 하다. 그러나 남자들이란 자신의 체면 때문에 그런 말을 하는 것은 아닐
까? 사실 그 남자는 언니에 대해서 싫증을 내고 있었던 건 아닐까? 어쩌면 그
남자는 언니를 일시적인 감정으로 상대했는지도 모른다. 아마 그는 진심으로
언니를 사랑하고 있지는 않았을지 모른다. 왠지 아이리스는 누구인지 모르는
그 남자가 틀림없이 로즈메리 언니와의 결별을 결심하고 있었을 것이라는 기
분이 들었다······.

그러나 언니는 그렇게 생각하지 않았다. 로즈메리는 그런 일에 대해서는 아
예 생각하려고 하지도 않았다. 그러나 역시 로즈메리도 다른 결심을 하고 있
었던 것이다······.

아이리스는 몸이 떨렸다.

자신은 그런 일에 대해서 전혀 모르고 있었던 것이다! 의심조차도 해보지
않았다! 로즈메리 언니는 행복하며, 만족하고 있으며, 그녀도 조지 형부도
서로 만족하고 있다고, 당연히 그렇게 생각하고 있었다. 아무것도 눈치채지 못
했던 것이다. 언니에 대해서 그렇게 모르고 있었다니 말도 안 된다.

하지만 누구일까?

아이리스는 과거를 되돌아보며 하나씩 기억을 더듬어 보았다. 로즈메리 언
니를 칭찬하거나 전화를 걸어오는 등, 언니에게 관심을 보이는 남자들은 주위
에 숱하게 많았다. 그러나 언니가 특별히 생각한 남자는 한 사람도 없었다. 그
렇지만 내가 모르는 누군가가 있었을 것이다. 로즈메리가 많은 남자들 속에
묻혀 살았던 것은 모두 그 한 사람을 드러내지 않기 위한 수단에 지나지 않았

으며, 로즈메리가 관심을 가졌던 남자는 오직 한 사람뿐이었던 것이다. 아이리스는 얼굴을 찌푸려 가며 떠오르는 사람들을 유심히 구분지어 봤다.

두 사람의 이름이 떠올랐다. 그렇다. 틀림없다. 분명히 두 사람 중 한 사람일 것이다. 스티븐 패러데이? 그래, 맞다. 스티븐 패러데이가 틀림없다. 로즈메리 언니는 도대체 그 사람의 어떤 점에 끌렸던 것일까? 지나치게 의례적이고 거만한 젊은 남자. 하지만 그렇게 젊다고는 볼 수 없는 남자다. 물론 사람들은 그를 재기에 넘치는 남자라고들 말한다. 젊은 정치가로, 가까운 장래에 차관이 될 것이라는 소문도 있고, 세력을 자랑하는 키더민스터 집안이라는 막강한 뒷배경까지 있다. 장래에는 수상이 될지도 모른다! 그런 점이 언니의 눈에는 매력적으로 비친 걸까? 그런 남자를 언니가 그렇게 죽도록 좋아했을 리가 없다. 그렇게 냉정하고 쉽게 다가설 수 없는 그런 남자에게 사랑을 느끼다니! 그러나 소문에 의하면 그 남자의 부인은 자기 남편을 끔찍이도 사랑하고 있었다. 정치적인 야망뿐인, 가문도 모르는 남자와 결혼할 때에는 뼈대 있는 가문의 딸로서 가족들의 반대가 극심했었다고 한다. 한 여자가 그에게 그처럼 열렬한 사랑을 느꼈다면, 다른 여자들도 역시 그럴지 모른다. 그렇다. 틀림없이 스티븐 패러데이다.

만일 상대가 스티븐 패러데이가 아니라면 앤터니 브라운이라는 얘기가 된다.

그러나 아이리스는 앤터니 브라운이라고는 생각하고 싶지 않았다.

사실 그는 마치 언니의 노예처럼, 항상 언니가 하는 말이라면 뭐든지 들어주었다. 거무스름하고 가지런한 얼굴은 붙임성이 있어 보였고, 항상 헌신적인 태도였다. 그러나 그 헌신적인 태도는 비밀로 간직하기에는 너무 노골적이고 분명하지 않았던가?

로즈메리가 죽은 뒤에는 모습을 나타내지 않았던 점도 이상했다. 그 일 이후, 그 사람을 본 사람은 아무도 없다.

그렇지만 그렇게 이상하게 생각할 것도 없다. 그는 원래부터 여행을 자주 하는 편이었다. 아르헨티나, 그리고 캐나다나 우간다, 또 미국 얘기를 한 적도 있었다. 사투리 발음은 하지 않았지만, 사실은 미국이나 캐나다 사람이 아닐까 하고 아이리스는 생각하고 있었다. 그렇다면 그가 보이지 않는 것도 그렇게 이상한 일은 아니다.

그의 친구라곤 오직 로즈메리 언니밖에 없었다. 언니가 죽고 없는데 다른 사람을 만나러 계속 와야 할 이유는 없다. 그는 언니의 친구이긴 했다. 그러나 연인은 아니다! 아이리스는 그가 언니의 연인이었다고는 생각하고 싶지 않았다.

아이리스는 손에 들려진 편지로 시선을 옮겼다. 그것을 구겨 버렸다. 그것을 던져 버리든지 태워 버리고 싶었다⋯⋯.

그것을 구겨 버린 것은 본능적인 행동이었다.

그러나 언젠가 이 편지를 표면화시키는 것이 중요한 일이 될지도 모른다⋯⋯.

아이리스는 그것을 다시 펴서 가지고 내려와, 자기의 패물함 속에 넣고는 자물쇠를 채웠다.

언젠가 언니가 왜 스스로 자기 목숨을 끊어야 했는가 밝혀질 날이 오면 그것이 중요한 단서가 될지도 모른다.

3

'다음엔 무얼 해야 하지?'

생각지도 않던 이런 어처구니없는 말이 마음속에 떠오르다니, 아이리스는 웃음이 나왔다. 마치 말주변이 좋은 상인의 말투와 같은 이 질문은 스스로 주의 깊게 통제하고 있던 그녀의 사고 과정을 아주 정확하게 표현해 주는 듯했다.

아이리스가 과거를 회고함에 있어서 시험해 보려 했던 것은 바로 그런 것이 아니었을까? 다락방에서 발견한 그 편지 사건은 이제 이미 끝난 일이다. 그런데 '다음엔 무얼'이라니. 다음 순서는 무엇일까?

그렇다, 형부의 행동이 점점 이상해지고 있었다. 상당히 이전으로 거슬러 올라간다. 어젯밤 형부와 만났을 때 아이리스를 혼란시켰던 몇 가지 사항들이 지금은 확실해졌다. 아무런 관계도 없었던 듯한 형부의 말투와 행동이 점점 일관성 있게 아이리스에게 전해졌다.

그리고 앤터니 브라운이 다시 모습을 나타냈다. 그렇다, 다음 순서로는 그것을 생각해야 한다. 편지를 발견하고 1주일 뒤에 그 일이 있었으니까.

아이리스는 그때 자기가 느낀 감정을 정확히 기억할 수가 없었다……

로즈메리 언니는 11월에 죽었다. 그다음 해 5월에 아이리스는 루실라 드레이크 고모의 도움으로 사교계 생활을 시작했다. 그러나 차를 마시거나 댄스파티에 참석하긴 했으나, 진심으로 그런 것들을 즐긴 적은 없었다.

항상 불안정한 상태에서 생활했으므로 만족할 수가 없었다. 6월도 다 저물어갈 무렵, 어느 따분한 댄스파티에서 아이리스는 뒤에서 누군가 부르는 소리를 들었다.

"아이리스 말 양이 아니십니까?"

돌아다보니 앤터니—토니가, 서 있었다. 가무잡잡한 얼굴에 어딘가 장난기가 있어 보이는 앤터니의 모습을 대하는 순간 아이리스는 얼굴을 붉혔다.

"나를 기억하지 못하시겠지만—." 토니는 말했다.

아이리스는 상대의 이야기를 가로막았다.

"아뇨, 기억해요. 기억하고말고요!"

"아, 그러십니까. 나는 이미 잊어버렸을 걸로 생각하고 있었죠. 마지막으로 만났던 때가 꽤 오래전이니까."

"그렇죠. 로즈메리 언니의 생일파티 이후……"

아이리스는 말을 다 잇지 못했다. 자기도 모르게 무의식적으로 튀어나온 말이었다. 아이리스는 갑자기 얼굴색이 창백해지면서 입술은 떨리고 있었다. 아이리스는 갑자기 눈을 크게 뜨고는 어찌할 바를 몰라 했다.

앤터니 브라운이 재빠르게 말했다.

"좋지 않은 일을 괜히 기억하게 해서 죄송합니다. 내가 좀 모자랐던 것 같군요."

아이리스는 숨을 들이마시며 말했다.

"괜찮아요."

(언니의 생일파티. 언니가 자살했던 날, 그 일은 이제 생각하지 않는 거다. 그 일은 이제 잊어버리는 거다!)

다시 한 번 앤터니 브라운이 말했다.

"나의 불찰이었습니다. 용서해 주십시오. 저어, 춤추지 않으시겠습니까?"

아이리스는 고개를 끄덕였다. 이미 다른 남자와 약속했었지만, 아이리스는 앤터니의 팔에 안겨 춤을 추기 시작했다. 아이리스와 선약을 했던 원래의 파트너는 그에게 어울리지 않을 정도로 큰 칼라가 달린 복장을 하고, 저쪽에서 얼굴에 홍조를 띠고 서 있었다. 그는 가만히 아이리스를 보고 있었다. 사교 생활을 막 시작한 숙녀에겐 그다지 별 볼 일 없는 상대라고 아이리스는 그를 우습게 생각했다. 이 사람과는 천지 차이다. 이 로즈메리 언니의 친구와는.

짜릿한 통증이 아이리스의 가슴을 스치고 지나갔다. 언니의 친구. 그 편지. 그 편지는 지금 나와 같이 춤을 추고 있는 이 사람 앞으로 쓰였던 걸까? 그의 춤추는 모습은 대범하고 침착했다.

그 모습에는 '표범'이라는 별명을 얻을 만한 기질이 분명히 있었다. 그렇다면 이 사람과 언니는…….

아이리스는 태연하게 물었다.

"지금까지 어디에 계셨어요?"

그는 아이리스를 약간 밀어내고는 얼굴을 쳐다봤다. 앤터니의 얼굴에서는 웃음기가 사라지고 그의 목소리는 냉정했다.

"여행을 했었죠─사업차."

"그러셨군요." 아이리스는 계속 물었다.

"그런데 왜 돌아오신 거죠?"

이번에는 앤터니가 미소를 띠면서 대답했다.

"아마……, 당신을, 아이리스 말을 만나기 위해서일 테죠."

그러더니 갑자기 아이리스를 가깝게 끌어안으며 능숙하게 사람들 속으로 리드해 나갔다. 아이리스는 기분이 풀려서, 자기가 왜 이 사람을 두려워했는지 오히려 이상했다.

그날 이후로 앤터니는 분명하게 아이리스에게 있어서 생활의 일부를 차지하게 되었다. 적어도 1주일에 한 번 정도는 앤터니와 만났다.

공원이나 댄스파티 등에서 만나는 횟수가 많아졌으며, 식사 때에는 앤터니가 바로 옆좌석에 앉은 적도 있었다.

앤터니가 굳이 피하려고 한 곳은 엘버스턴 스퀘어뿐이었다. 아이리스가 그것을 눈치채기 전부터 앤터니는 교묘하게 그곳을 피해 다녔고, 초대를 받아도 거절해 버렸다. 앤터니의 그러한 태도를 눈치챈 아이리스는 두려워지기 시작했다. 그것은 앤터니와 로즈메리 언니 사이가……

그러던 어느 날 형부가 앤터니에 대해서 물어봤다. 불필요한 간섭이라곤 해 본 적이 없는 형부가 앤터니의 일을 거론한 것이다.

"요즘 자주 만나고 있는 앤터니 브라운이라는 사람이 어떤 남자지? 그 사람에 대해서 알고 있는 것이 있나?"

아이리스는 형부를 응시했다.

"그에 대해서 알고 있느냐고요? 아니, 그 사람은 로즈메리 언니의 친구였잖아요!"

조지 형부의 얼굴이 굳어지고 있었다. 조지는 눈을 깜박거렸다. 불분명하고 가라앉은 목소리로 조지는 말했다.

"그렇지. 물론 그랬었지."

아이리스는 실수했구나 싶어서 얼른 말을 꺼냈다.

"미안해요. 제가 괜한 말을 해서 기분을 상하게 해 드렸나 봐요."

조지 바턴은 고개를 저었다. 그는 부드럽게 말했다.

"아니야, 그렇지 않아. 나는 로즈메리를 잊어버리고 싶지 않아. 결코 그런 건 아니야."

조지는 아이리스를 똑바로 쳐다봤다.

"아이리스도 언니를 잊어버리지 말았으면 좋겠어."

아이리스는 가슴이 뭉클했다.

"잊지 않아요."

조지는 말을 이었다.

"그런데 그 사람, 앤터니 브라운 말인데. 로즈메리는 그를 좋게 생각하고 있었는지도 모르겠지만, 그에 대해서 잘 알고 있었다고는 생각지 않아. 조심해야해, 처제는 돈이 많은 젊은 아가씨이니까."

아이리스는 조지가 하는 말이 은근히 못마땅했다.

"앤터니도 돈이 많은 사람이에요. 그 사람은 런던에 있을 때는 클래리지 호텔에 묵을 정도니까요."

조지는 중얼거리듯이 말했다.

"그럴지도 모르지. 하지만, 그 사람에 대해서는 아무도 잘 아는 사람이 없어."

"그 사람은 미국인이에요."

"만일 그렇다면 미국 대사관에서는 그 사람에 대해서 알고 있어야 할 것 아닌가. 게다가, 그는 우리 집에는 오려고 하지도 않는 것 같고."

"그래요. 하지만 저는 왜 그러는지 알아요. 이런 식으로 모두들 그 사람을 싫어하고 있잖아요!"

조지는 고개를 저었다.

"기분이 매우 안 좋아 보이는군. 그래, 좋아. 좀더 시간을 갖고 두고 보자는 것뿐인데. 루실라 고모님과 함께 얘기해 보기로 하지."

"루실라 고모라니요!" 아이리스는 뜻밖이라는 듯이 말했다.

조지는 걱정스럽게 물었다.

"뭐든지 다 잘 해주고 있잖아? 여러 가지로 해야 할 일들을 고모님이 잘 돌봐주고 계시겠지? 파티라든가, 그런 종류에 대해선 말이야."

"예, 하나하나 따라다니며 잘해 주시죠……."

"만일 그렇지 않다면 분명히 말해 두는 게 좋아. 다른 사람에게 부탁할 수도 있는 일이니까. 좀더 젊고 현대적인 사람으로 말이야. 나는 처제가 항상 즐거운 생활을 하길 바라."

"저는 항상 즐거워요, 형부. 그럼요, 저는 괜찮아요."

그다지 좋지 않는 얼굴로 조지는 말했다.

"그래, 그럼 됐어. 그런 일에 대해선 나는 별로 아는 게 없으니까. 옛날부터 그랬지. 하지만 필요한 것들이 모두 준비되어 있는지 신경을 써야 해. 비용을 걱정할 필요는 없으니까 말이야."

조지는 정말 그런 사람이었다. 친절하며, 타산적이거나 과장됨이라는 것은 전혀 없는 사람이었다.

조지가 말했던 대로 앤터니 브라운에 대해서 루실라 드레이크와 얘기를 나뉘 봤지만, 루실라 고모의 주의를 완전히 사로잡기에는 시기가 별로 좋지 않은 것 같았다.

루실라는 놈팽이 아들(그러나 루실라에겐 눈에 넣어도 아프지 않을 소중한 아들)한테서 전보를 받았던 것이다. 그 아들은 어떻게 하면 자기 어머니한테서 돈을 얻어낼 수 있는지를 너무 잘 알고 있었다.

'200파운드 송금 바람. 절망적. 생사(生死)문제. 빅터.'

루실라는 울고 있었다.

"빅터는 착한 애야. 걔는 내 사정이 어떤지 잘 알고 있어. 그 애는 어지간해서는 나에게 의지하지 않거든. 나는 그 애가 언젠가 자살이라도 해버리지 않을까 항상 불안해서 견딜 수가 없어."

"그런 걱정은 안 해도 될 것 같은데요." 조지 바턴은 냉정하게 말했다.

"그 애를 잘 몰라서 그래. 나는 걔 엄마야. 그 애에 대해서는 내가 잘 알아. 그 애의 부탁을 들어주지 못한다면, 나는 반드시 내 자신에 대해 괴로워하게 될 거야. 그 주식만 처분하면 어떻게든 돈을 만들 수가 있을 텐데."

조지는 한숨을 쉬었다.

"저어, 고모님. 제가 그쪽에 있는 거래처에 부탁해서 자세한 사정을 알아보겠어요. 빅터에게 도대체 무슨 일이 있는 건지 확실히 알아볼게요. 만일 제 의견에 따라 주시겠다면 빅터를 그냥 그대로 내버려 두세요. 고통을 좀 당해 보는 편이 좋을 거예요. 그렇지 않으면 그 애는 결코 잘될 수가 없어요."

"그건 너무해, 조지. 가엾게도 그 애는 항상 떨어져 살아왔거든……."

거기에서 조지는 포기해 버렸다. 이 여자와 아무리 이야기해 본들 결정 날 일이 아니었다.

조지는 노골적으로 말했다.

"지금 곧 루스에게 부탁해 보지요. 내일은 분명하게 알게 될 겁니다."

루실라는 다소 마음을 가라앉히고 있었다. 50파운드라면 줄 수가 있는데, 루실라는 200파운드를 전부 보내야 한다고 완강하게 고집했다.

조지는 루실라의 주식을 처분한 것처럼 해서 루실라에게 돈을 마련해 주었지만, 조지 자신이 그 돈을 융통해서 마련했다는 것을 아이리스는 알고 있었다. 아이리스는 조지 형부의 그런 마음씨에 감동하여, 그 기분을 형부에게 전했다. 조지의 반응은 간단했다.

"신경 써서 지켜보면 그 집안에는 역마살이 끼었어. 항상 부양해 줘야 할 사람이 있으니. 아마 빅터가 죽을 때까지 누군가가 계속 돈을 대줘야 할 거야."

"하지만 돈을 대줘야 할 사람이 형부는 아니잖아요. 그 사람이 형부의 가족은 아니니까요."

"로즈메리의 가족이라면 내 가족이기도 하지."

"형부는 참 좋은 사람이에요. 하지만, 그 일은 제가 해야 할 일 아닐까요? 제겐 돈이 많다고 형부도 말씀하셨잖아요."

조지는 씩 웃었다.

"그것은 스물한 살이 되어야만 해, 아가씨. 그리고 현명한 사람은 그런 일을 할 수 있다고 해도 하지 않는다고. 하지만 한 가지만 가르쳐 주지. 만일 어떤 사람이 지금 당장 200파운드를 보내지 않으면 죽어 버리겠다고 전보를 쳤을 때, 대개는 20파운드라도 보내주기만 하면 만족해한다는 것이지. 10파운드짜리 지폐라도 만족할 거야! 어머니가 굳이 보내겠다는 것을 말릴 수는 없는 일이지만, 액수를 줄이는 일은 가능하다는 것, 이것은 기억해 두는 편이 좋을 거야. 물론 빅터 드레이크가 스스로 목숨을 끊는 그런 불상사는 없을 거야. 자살하겠다고 큰소리치는 사람치고 정말 자살하는 사람은 못 봤으니까."

그럴까? 아이리스는 언니를 생각하고 있었다. 하지만 곧바로 그 생각을 지워 버렸다. 형부는 로즈메리 언니의 경우를 생각한 것은 아니다. 조지 형부는 리우데자네이루에 있는, 그 부끄럼도 모르고 입발림이 좋은 젊은 빅터를 두고 한 말이었다.

아무튼 아이리스로서는 고모가 아들 문제로 걱정하는 바람에 자신과 앤터니 브라운과의 교제에 대해서 대충 넘어가게 된 것이 매우 다행한 일이었다.

그럼 '그다음 순서는 무얼까요, 아가씨?' 그렇다, 조지에게 나타난 변화다! 이렇게 된 이상, 아이리스는 그 일을 뒤로 미룰 수는 없었다. 형부에게 나타난 그 변화는 언제부터 시작된 걸까? 그 원인은 무엇이었을까?

아무리 생각해 봐도 어느 시점에서 시작된 것인지를 아이리스는 명확히 알 수가 없었다. 언니가 죽은 뒤로 형부는 지금까지 죽 허탈 상태에 있었고, 친밀감도 들지 않았고, 수심에 잠기는 일이 잦았다. 옛날보다 늙어 보이고 늘 풀이 죽어 있었다. 그것은 충분히 이해할 수 있다. 하지만, 그 허탈 상태가 너무 지나쳐서 태도가 부자연스러워진 것은 정확히 언제부터였을까?

가만히 생각해 보니, 조지 형부가 당혹스런 눈으로 기운 없이 아이리스를 보고 있다는 것을 느낀 것은 최근에 앤터니 브라운의 일로 두 사람이 언쟁을 한 이후부터였다. 그 뒤로 계속 조지는 그전보다 일찍 집에 돌아와서 자기 서재에 틀어박히기가 일쑤였다. 특별히 무슨 일을 하는 것도 아니었다. 아이리스는 언젠가 한 번 거기에 들어가서, 형부가 책상 앞에 앉아 가만히 앞을 응시하고 있는 것을 본 적이 있었다. 아이리스가 들어가자 조지는 활기도 없고 우울한 눈을 아이리스에게로 돌렸다. 그의 모습은 마치 쇼크를 받은 사람 같았다. 아이리스가 뭘 하고 있었는지 묻자 그저 짧게, "아무것도 아니야."라고 대답할 뿐이었다.

날이 갈수록 조지는 마음속에 틀림없이 뭔가 걱정거리를 안고 있는 사람처럼 얼굴이 점점 야위어 갔다.

그러나 아무도 그에게 주의를 기울이려고 하지 않았다. 아이리스도 마찬가지였다. 고민거리에 대해서는 항상 '사업' 때문이라고만 할 뿐 다른 말은 하지 않기 때문이었다.

그러던 중, 조지는 갑자기 그럴 만한 이유도 없이 여러 가지 것을 물어보기 시작했다. 아이리스가 조지의 태도를 '이상하다'고 느끼기 시작한 것은 그 무렵부터였다.

"저어, 처제, 전에 로즈메리는 처제와 얘기를 자주 했나?"

아이리스는 조지를 응시했다.

"예, 물론이죠, 형부. 그런데 구체적으로 어떤 얘기를 말씀하시는 거예요?"

"뭐, 자기 자신에 관한 것이라든가, 친구에 관한 것, 또는 행복이나 불행에 관한 그런 종류의 얘기 말이야."

조지는 무엇을 생각하고 있는 걸까? 조지는 로즈메리의 불행을 알아차린 것일까?

아이리스는 천천히 말했다.

"언니는 그런 것에 대해서는 별로 얘기해 주지 않았어요. 항상 바빴기 때문에 그럴 여유가 없었던 거죠."

"게다가, 처제는 아직 어렸을 테니까. 그건 그래. 그래도 역시 뭔가 얘기한 적이 있을 거라고 생각하는데."

뭔가를 살피듯이 조지는 아이리스를 쳐다봤다. 마치 먹이를 구하는 개와 같았다.

아이리스는 조지 형부에게 상처를 주고 싶지 않았다. 더구나, 아무리 생각해도 언니는 정말 아무런 말도 하지 않았다. 아이리스는 고개를 저었다.

조지는 한숨을 쉬면서, 힘없이 말했다.

"그래, 됐어. 뭐 대단한 문제는 아니니까."

어느 날 갑자기 또 조지는 로즈메리와 가장 친했던 여자친구가 누구였는지 물었다. 아이리스는 생각해 봤다.

"글로리아 킹, 아트웰 부인(메이지 아트웰), 진 레이몬드."

"그 사람들과는 어느 정도로 친했지?"

"글쎄요. 잘 모르겠어요."

"다시 말하면, 그중 누군가에게 무슨 얘기든 숨김없이 털어놓고 지냈는지 어땠는지를 알고 싶은 거야."

"잘은 모르겠어요—하지만 그런 것 같지는 않았어요. 그런데 숨김없는 이야기라면 도대체 어떤 종류의 얘기를 말씀하시는 거죠?"

이 질문은 쓸데없는 것이었다고 아이리스는 곧 후회했는데, 조지의 반응에는 놀랄 수밖에 없었다.

"로즈메리가 누군가를 두려워하고 있는 것 같지는 않았나?"

"두려워하다니요?"

아이리스는 눈이 휘둥그레졌다.

"내가 하고 싶은 말은, 로즈메리에게 적이 없었냐는 거야."

"여자 중에서?"

"아니, 아니. 그게 아니고. 그냥 적이 될 만한 사람 말이야. 처제가 알고 있는 사람 중에서 누군가 로즈메리에게 한을 심어 줄 만한 사람은 없었을까?"

아이리스의 꿰뚫어보는 듯한 시선에 조지는 당황했다. 조지는 얼굴을 붉히면서 중얼거리듯이 말했다.

"내가 좀 이상해 보이나? 그냥 약간 걱정이 되어서 그런 것뿐이야."

조지가 패러데이에 대해서 물어온 것은 그로부터 2~3일이 지난 뒤였다.

"로즈메리는 패러데이와 어느 정도로 교제를 했던 걸까?"

아이리스는 알 수가 없었다.

"정말 모르겠어요, 형부."

"그에 대해서 말한 적이 없었어?"

"예, 없었던 것 같아요."

"그와는 친하게 지냈을까?"

"로즈메리 언니는 정치에 매우 관심이 많았어요."

"맞아. 스위스에서 그를 만난 뒤부터야. 그전까지는 정치에 대해서 전혀 무관심했었는데."

"그래요. 스티븐 패러데이 영향이 컸던 것 같아요. 그 사람은 언니에게 팸플릿 따위를 자주 빌려 주곤 했어요."

조지가 말했다.

"샌드라 패러데이는 그런 점을 어떻게 생각하고 있었을까?"

"어떤 점을?"

"자기 남편이 로즈메리에게 팸플릿 같은 것들을 빌려 주는 것에 대해서 말이야."

아이리스는 불쾌한 듯이 말했다.

"모르겠어요."

조지는 말했다.

"샌드라는 입이 매우 무거운 여자였어. 얼음처럼 차가워 보이기도 했지. 하지만 소문에 의하면 패러데이를 무척 사랑했다던데. 샌드라 같은 여자는 남편이 다른 여자와 친하게 지내도 별로 대수롭지 않게 여기는 걸까?

"아마 그렇겠죠."

"로즈메리와 샌드라는 사이가 좋았을까?"

아이리스는 천천히 말했다.

"그렇게는 생각지 않아요. 로즈메리 언니는 샌드라를 바보 취급했어요. 그 여자는 정치 얘기만 나오면 필요 이상으로 거드름을 피우는 여자에다 흔들거리는 목마 같다고 했어요. 로즈메리 언니는 또 이런 말을 자주 했어요. '그 여자를 쿡쿡 찌르면 아마 톱밥 같은 것이 나올 거야.'라고."

조지는 낮은 신음소리를 냈다. 그러고는 말했다.

"앤터니 브라운과는 지금도 자주 만나나?"

"자주 만나요."

아이리스는 쌀쌀하게 대답했지만, 조지는 눈치를 살피려고 하지는 않았다. 오히려 흥미 있는 듯한 눈치였다.

"그 사람은 여러 나라를 돌아다닌다지? 인생의 즐거움 같은 것에 대해선 이야기하지 않나?"

"그런 말은 별로 하지 않아요. 물론 여러 곳으로 여행은 하지만."

"사업 때문이겠지?"

"그렇겠죠."

"그는 무얼 하는 사람이지?"

"잘 모르겠어요."

"군수산업과 관계있는 일이 아닌가?"

"한 번도 물어보지 않았어요."

"그래, 내가 물어봐도 할 얘기는 없겠지. 그냥 좀 물어봤을 뿐이야. 작년 가을에는 듀스베리와 자주 만났다던데. 그 유나이티드 암즈 사(社)의 사장인—그건 그렇고, 로즈메리는 앤터니 브라운과 자주 만났었지?"

"예, 그래요."

"그러나 그렇게 오래 사귄 친구가 아니고, 어쩌면 부담 없는 교제 대상이 아니었을까? 댄스파티 같은 데는 함께 자주 갔었지?"

"예."

"그러니까, 나는 그때 약간 의외라는 느낌이 들었었지. 로즈메리가 그를 생일파티에 초대하고 싶다고 했을 때 말이야. 그를 그렇게 잘 알고 있다고는 생각지 않았으니까."

아이리스는 조용히 말했다.

"그는 춤 솜씨가 매우 능숙해요……."

"음, 그렇지. 그건 그렇겠지……."

그러고 싶어서가 아니라, 싫으면서도 아이리스는 그날 밤의 정경을 마음속으로 그려 보고 있었다.

룩셈부르크 레스토랑의 원형 테이블, 밝게 비춰 주던 불빛, 꽃, 음악을 연주하던 밴드. 원형 테이블에는 일곱 사람, 즉 아이리스, 앤터니 브라운, 로즈메리, 스티븐 패러데이, 루스 레싱, 조지, 그리고 조지의 오른쪽에는 스티븐 패러데이의 부인, 옅은 색깔의 곧은 머리칼을 하고, 약간 매부리코에다 또렷한 목소리로 얘기하는 알렉산드라 패러데이 부인이 앉아 있었다. 매우 흥청거리는 파티였다. 아니, 그렇지도 않은 걸까?

그리고 파티 도중 로즈메리는……(안 돼, 이러면 안 돼. 그 일은 잊어버려야 돼. 그저 앤터니 옆에 앉아 있던 내 자신만을 생각하면 되는 거야.) 아이리스가 실제로 그와 만난 것은 그때가 처음이었다. 그전까지는 단순히 이름을 듣거나 방에 비치는 그의 그림자를 보거나 현관 앞 계단을 언니와 함께 내려가서 택시를 기다리는 모습을 뒤에서 본 정도였다.

토나—.

아이리스는 문득 생각에서 깨어났다. 조지는 아직 질문을 계속하고 있었다.

"그 뒤로는 모습을 나타내지 않았다는 점이 좀 이상하군. 어디로 갔는지 혹시 알고 있나?"

아이리스는 모호하게 대답했다.

"글쎄, 실론 섬으로 갔을 거예요. 아니면 인도였든지."

"그날 밤에는 그런 얘기에 대해서 한마디도 안 했었는데."

아이리스는 약간 강한 어조로 말했다.

"그런 얘기를 꼭 해야 해요? 게다가 그날 밤 일을 다시 문제 삼을 필요가 있을까요?"

조지는 얼굴을 붉혔다.

"아니, 아니, 물론 그럴 필요는 없지. 미안해, 옛날 일을 새삼스럽게 꺼내서. 그건 그렇고, 브라운 씨를 점심식사에 한번 초대하면 어떨까? 나도 그를 한번 만나보고 싶은데."

아이리스는 매우 기뻤다. 형부가 마음을 고쳐먹은 것이다. 그래서 앤터니에게 정식으로 초대하여 준비를 하고 있었는데, 정작 그때가 되자 앤터니는 일 때문에 북쪽지방으로 가지 않으면 안 되게 되었다고 해서 초대는 무산되고 말았다.

6월도 다 저물어가는 어느 날, 조지는 시골에 집을 한 채 샀다면서 아이리스와 루실라를 놀라게 했다.

"집을 사셨다고요?" 아이리스는 반신반의했다.

"저는 고링에 있는 어떤 집을 두 달 정도 빌려 쓰는 줄로만 알았는데요."

"자기 집을 가지는 편이 훨씬 낫지 않을까, 음? 1년 내내 언제든지 가고 싶을 때 갈 수 있게 말이야."

"그 집은 어디에 있는데요? 강가에 있나요?"

"틀렸어. 사실은 전혀 다른 곳이야. 서식스 군에 있는 마링컴이란 곳인데, 리틀 프라이어스 저택이라고 부르는 집이야. 12에이커 정도의 면적에다 조지 왕조풍의 집이지."

"우리들은 아직 보지도 못했는데 벌써 사신 거예요?"

"기회가 좋았어. 팔려고 막 내놓으려던 참이었는데 내가 얼른 사 버린 거야."

"여기저기 손질을 해야 될 텐데." 루실라 드레이크가 말했다.

조지는 시원스럽게 대답했다.

"아, 그건 걱정 마세요. 루스가 전부 알아서 할 테니까요."

두 사람은 조지의 유능한 비서 루스 레싱 이야기가 나오자 더 이상 할 말이 없다는 듯이 입을 다물어 버렸다. 루스는 더없이 가까운 존재다. 실질적으로는 가족의 일원이었다. 재주가 좋고, 뭔가에 매달려서 흑백을 분명히 가려내는 타입으로, 임기응변에 능하고 능력 있는 여자다.

생전에 로즈메리는 입버릇처럼 말했다.

"루스가 해줬어요. 그녀는 훌륭해요. 뭐든지 루스에게 맡기고 있어요."

레싱 양은 어떤 어려운 일이라도 매끄럽게 처리해 내는 능력을 가지고 있었다. 모든 장애를 루스는 웃음을 잃지 않고, 활기 있고 노련하게 처리해 나갔다. 루스가 조지의 일을 잘 처리함은 물론이고, 조지까지도 지배하고 있다는 것은 쉽게 상상할 수 있었다. 조지는 모든 면에서 루스에게 의지하고, 루스의 판단에 맡기고 있었다. 루스는 자기 자신의 희망이나 요구 사항은 전혀 없는 것처럼 보였다.

그러나 이번 경우만큼은 루실라 드레이크도 그다지 기분이 좋지 않은 듯했다.

"이봐요, 조지, 물론 루스가 잘 알아서 할 수는 있겠지만, 그 뭐랄까, 여자들이란 자기 거실의 장식 정도는 자기 취향에 맞게 스스로 하고 싶은 거야! 적어도 아이리스에겐 한마디 정도 의논을 했으면 좋았을 텐데. 나는 아무 말도 않겠어. 나는 아무래도 좋으니까. 하지만 그렇게 하면 아이리스가 좀 기분이 안 좋을 것 같은데."

조지도 약간 미안해하는 것 같았다.

"깜짝 놀라게 해주고 싶었어요!"

루실라는 웃지 않을 수 없었다.

"정말 어린애 같군, 조지."

아이리스가 말했다.

"장식이라뇨. 저는 아무래도 좋아요. 루스라면 꼭 훌륭하게 해줄 거예요. 그 여자는 머리가 좋은 사람이니까요. 거기에서는 무슨 일을 할 수 있을까요? 테니스 코트는 있겠죠?"

"응. 게다가 6마일 정도 가면 골프장이 있고, 불과 14마일 정도만 가면 바다도 있지. 그리고 이웃도 있고, 세계 어디를 가더라도 아는 사람이 있는 곳으로 간다는 것은 좋은 일이잖아?"

"이웃이라뇨?"

아이리스는 날카롭게 물었다.

조지는 아이리스의 눈을 보려 하지 않고 말했다.

"패러데이. 공원 반대편으로 1마일 반 정도 떨어진 곳에 그 사람이 살고 있어."

아이리스는 조지를 응시했다. 그 순간 아이리스는 시골에 집을 사서 생활용품들을 비치하고 집을 꾸밀 생각을 한 것 그 모두가 하나의 목적을 위한 일이라는 것을 깨달았다. 오로지 조지는 스티븐과 샌드라 부부를 자신과 가까운 곳에서 접할 수 있도록 하기 위해서 그런 것이다. 조그마한 시골에서, 더군다나 이웃이 되면 두 집은 아무래도 친해질 수밖에 없다. 친하게 지내든지, 그렇지 않으면 일부러 멀리할 것이 뻔하다.

그런데 왜일까? 어째서 그렇게도 집요하게 집착하는 걸까? 무엇 때문에, 그만한 비용을 들이면서까지 그 목적을 이루려는 걸까?

형부는 언니와 스티븐 패러데이가 친구 이상의 사이였다고 의심하고 있는 걸까? 모든 일이 끝난 뒤에 이제 와서 질투를 색다른 방법으로 표출하는 것일까? 질투라고 생각한다면 너무 억지소리일까?

그런데 조지 형부는 패러데이에게 무엇을 원하고 있는 것일까? 아이리스에게 계속해서 이상한 질문을 던져서 어떻게 하려는 걸까? 최근, 형부에게 특별히 이상한 점은 없었던가?

밤이 되자 조지는 이상하게 술에 취한 듯한 얼굴을 하고 있었다! 루실라는 그것이 포트와인을 너무 많이 마신 탓이라고 생각했다. 루실라라면 당연히 그렇게 생각할 것이다.

하지만 그것이 아니다. 요새 조지는 뭔가 이상했다. 조지는 흥분과, 깊이 잠들었을 때의 완전히 정신이 빠진 상태가 뒤섞인 듯한 얼굴로 매우 고민하고 있는 것 같았다.

그들은 8월의 대부분을 시골인 리틀 프라이어스 저택에서 보냈다. 소름이 끼치는 집이다! 아이리스는 몸을 떨었다. 아이리스는 그곳이 싫었다. 우아하고 튼튼하게 지어진 집에다 가구나 장식도 조화를 잘 이루고 있었다(루스 레싱의 솜씨는 빈틈이 없었다!). 그런데 이상하게도 무서울 정도로 공허했다. 그들은 거기에 살고 있는 것이 아니다. 단지 거기에 머무를 뿐이다. 전쟁터의 파수꾼처럼. 지극히 정상적이고 일상적인 여름의 생활에서 무엇이 그토록 두려움을 주었을까. 주말에는 테니스 파티가 있고, 패러데이 집안과 간단하게 점심을 같이 한다. 샌드라 패러데이는 언제나 그들에게 친절했다. 그전부터 친구였던 이웃에 대한 샌드라의 태도는 완벽했다. 그들에게 그 지방을 안내해 주었으며, 조지와 아이리스에게는 승마를 가르쳐 주고, 연상의 부인인 루실라에게는 예의 바르게 행동했다.

그러나 그 웃음을 띤 창백한 가면 속에서 샌드라가 무엇을 생각하고 있는지는 아무도 모른다. 마치 스핑크스와 같은 여자.

스티븐과는 좀처럼 얼굴을 마주할 수가 없었다. 스티븐은 정치적인 일로 매우 바빠서 집을 비우는 적이 많았다. 아이리스 생각엔 스티븐은 분명히 리틀 프라이어스 저택의 사람들과 만나는 것을 일부러 극력 피하는 것 같았다.

이렇게 하여 8월이 가고 9월이 되어, 10월에는 런던으로 돌아가기로 되어 있었다.

아이리스는 겨우 안심이 되었다. 런던에 돌아가기만 하면 아마 조지도 본래의 자기 모습으로 되돌아오겠지.

그런데 어젯밤, 아이리스는 문을 두드리는 작은 소리에 잠이 깬 것이다. 아이리스는 불을 켜고 시계를 보았다. 아직 1시밖에 안 되었다. 10시 30분에 잠자리에 들었기 때문에 시간이 훨씬 많이 된 것 같은 느낌이 들었다.

아이리스는 가운을 입고 문 밖으로 나갔다. 왠지 모르게 단순히, '들어오세요.'라고 하기보다는 그 편이 더 자연스러울 것 같았다.

조지가 밖에 서 있었다. 아직 잠자리에 들기 전이었던지 야회복을 입은 채였다. 호흡은 비정상적이며 얼굴은 이상하게 창백했다.

조지는 말했다.

"서재로 같이 가주지 않겠어, 처제? 할 얘기가 있는데. 누군가에게 얘기하지 않고는 못 견디겠어."

이상하게 생각하면서, 아직 잠이 덜 깬 상태로 아이리스는 조지의 뒤를 따라갔다.

서재로 들어가자 조지는 문을 잠그고 몸짓으로 아이리스에게 책상 옆에 자기와 마주 보고 앉도록 권했다. 담배를 아이리스에게 내밀면서 조지는 자기도 한 개비를 꺼내어 물고는 불을 붙였지만, 손이 떨리는 바람에 단번에 불이 붙지 않았다.

"무슨 일이 있는 거예요, 형부?" 아이리스는 물었다.

아이리스도 이제는 진심으로 걱정하고 있었다. 조지는 마치 죽은 사람처럼 창백했다.

조지는 다급하게 뛰어온 사람처럼 숨을 몰아쉬며 말했다.

"이제 나 혼자 힘으로는 어떻게 할 수도 없게 됐어. 이렇게 된 이상 가만히 있을 수만은 없고 말이야. 그래서 처제가 어떻게 생각하는지 꼭 물어보고 싶었거든. 그게 과연 정말인지, 또 있을 수 있는 일인자―."

"그런데 도대체 무슨 말을 하고 있는 거예요, 형부?"

"처제는 분명히 뭔가를 알아챘을 거야. 로즈메리는 처제에게 뭔가를 얘기했을 거야. 분명히 무슨 이유가 있을 텐데……."

아이리스는 조지를 응시했다.

조지는 자신의 이마를 쓸었다.

"내가 무슨 말을 하고 있는지 잘 모르는 것 같군. 얼굴에 쓰여 있어. 그렇게 놀랄 것 없어. 나는 처제의 도움이 필요한 거야. 과거에 대해서 생각해 낼 수 있는 것이라면 죄다 좀 돌이켜 생각해 봐. 아니, 지금 내가 하는 말이 횡설수설이라는 것은 나도 알아. 하지만, 곧 처제도 알게 될 거야. 이 편지를 보면."

조지는 책상 서랍의 자물쇠를 열고 두 장의 종이쪽지를 꺼냈다.

보통의 종이와 특별히 다른 것이 없는 옅은 청색의 종이에는 작고 예쁜 글씨가 쓰여 있었다.

"읽어 봐." 조지는 말했다.

아이리스는 종이를 들여다보았다. 거기에 쓰인 내용은 매우 명료하고 간결했다.

　　*'당신은 아내가 자살했다고 생각하고 있다. 하지만 그렇지 않다. 그녀
　　는 살해된 것이다.'*

두 번째는,

'당신의 처 로즈메리는 자살한 것이 아니다. 그녀는 살해된 것이다.'

아이리스가 그것을 잠자코 계속 보고 있으니까 조지가 말을 붙였다.

"3개월쯤 전에 온 것인데, 처음에는 장난이라고 생각했지. 잔혹하고 불쾌한 장난질이라고 말이야. 그래서 생각하기 시작한 거야. 로즈메리는 왜 자살해야만 했는지에 대해서."

아이리스는 억양 없는 소리로 말했다.

"독감을 앓고 난 뒤의 우울상태 때문이었겠죠."

"그렇지. 하지만 가만히 생각해 보면 좀 바보스럽다고 생각되지 않아? 독감에 걸려 우울해지는 사람은 얼마든지 많은데, 왜 로즈메리는 죽어야 했지?"

"언니는 행복하지 않았는지도 모르죠."

아이리스는 겨우 그 말을 꺼냈다.

"그래. 나도 아마 그렇다고 생각해."

조지는 그것을 매우 냉정하게 생각하고 있는 것 같았다.

"하지만 난 로즈메리가 불행하기 때문에 스스로 목숨을 끊었다고는 생각지 않아. 그런 시도를 해서 사람을 놀라게 하는 일은 있을지도 모르겠지만, 정말로 그런 일을 한다는 것은 상상도 할 수 없어."

"하지만 정말로 그랬잖아요! 그 밖에 다른 이유가 또 있겠어요? 게다가 경찰은 핸드백에서 증거물까지 발견해 냈는데요."

"그래. 모두 앞뒤가 맞는 것은 사실이야. 하지만 이런 것이 오고부터는—."

조지는 익명의 편지를 손톱으로 두드렸다.

"나는 다시 한 번 곰곰이 생각해 봤는데, 생각하면 생각할수록 거기에는 뭔가가 얽혀 있다는 느낌이 점점 강해지는 거야. 처제에게 이것저것 물어본 것도 그 때문이었어. 그녀를 살해한 사람이 누구였든 그 이유는 분명히 있을 테니까……."

"형부, 지금 머리가 어떻게 된 거 아니세요?"

"때로는 나도 그렇게 생각이 돼. 하지만 지금 나는 멀쩡해. 아무튼 나는 알고 싶은 거야. 확실히 해야만 해. 처제도 나를 도와줘야 하고 생각 좀 해봐.

돌이켜봐야 해. 그래, 맞아. 돌이켜보는 거야. 그날 밤 일을 몇 번이고 생각해 보는 거야. 그러면 알 수 있겠지. 만일 그녀가 살해되었다면, 그날 밤 그 테이블에 앉아 있었던 사람들 중에 누군가가 그랬을 거야. '그것은 인정하겠지?"

그렇다, 아이리스도 그것은 인정한다. 이제 이렇게 된 이상 그 일을 떨쳐 버릴 수는 없다. 모든 것을 다시 돌이켜보지 않으면 안 된다. 음악, 드럼 소리, 조명이 어두워지고, 쇼가 잠깐 있었고 다시 조명은 밝아지고, 그리고 로즈메리 언니가 테이블에 쓰러져 그 얼굴이 창백하게 굳어진다.

아이리스는 몸서리를 쳤다. 아이리스는 떨고 있었다. 심하게 떨고 있었다······.

생각하지 않으면 안 된다. 돌이켜 생각해 보지 않으면.

로즈메리 언니에 대해 꼭 기억해야 한다.

망각은 허용되지 않는다.

제2장

루스 레싱

루스 레싱은 바쁜 일과를 겨우 끝내고, 잠시 한가한 시간에 로즈메리 바턴의 일을 회상하고 있었다.

루스는 로즈메리 바턴을 매우 싫어했었다. 자기가 어느 정도로 싫어했는지는, 그 11월 아침 빅터 드레이크와 이야기를 하기 전까지는 자신도 모르고 있었다.

빅터와의 대화는 그때가 처음이었으며, 일련의 생각들을 행동으로 옮긴 것이었다. 그전까지는 생각하거나 느낀다는 것은 의식 저편의 일이고, 또 그런 것이 있었는지조차도 평상시에는 의식하지 못했었다.

조지 바턴에 대한 루스의 태도는 헌신적이었다. 언제나 그랬었다. 루스가 처음으로 조지를 만났을 때, 냉정하고 유능한 스물세 살의 여성이었던 루스는 조지에게는 보살펴 줄 사람이 필요하다는 것을 금방 알 수 있었다. 루스는 그의 시중을 들었다. 조지의 시간과 돈, 그리고 수고를 덜어 주었다. 조지에게 친구를 선택해 주고, 알맞은 취미를 권해 주었다. 조지가 사업을 함에 있어서 무분별하게 모험하는 것을 억제시키고, 때로는 심사숙고해서 결정된 일이라면 모험에 동의하여 도와주기도 했다. 오랫동안 두 사람은 같이 일을 했지만, 그 동안 조지는 루스의 추진력과 헌신에 대해 전혀 의심을 갖지 않았다. 단정한 용모에 윤기 있는 검은 머리칼, 맞춤집에서 주문해 온 단정하고 풀기 있는 셔츠, 잘 어울리는 진주 귀걸이, 엷게 바른 분, 그리고 옅은 장미 빛깔의 입술을 조지는 마음속으로 좋아하고 있었다.

조지는 루스를 빈틈이라곤 찾아볼 수 없는 여자라고 생각하고 있었다.

무슨 일에든지 사로잡히지 않고 초연하며, 그리고 감상이나 무례함이 전혀 없는 루스의 태도를 조지는 좋아했다. 그 결과, 조지는 사적인 것에 대해서도 상당한 부분까지 루스에게 얘기하게 되었고, 루스는 그것을 신중하게 듣고는 항상 적절한 충고를 한마디씩 해주었다.

그러나 루스는 조지의 결혼에 관해서는 아무것도 한 일이 없었다. 그 결혼은 루스의 마음에 들지 않았다. 하지만 루스는 그 결정을 받아들여, 결혼 준비에 빈틈이 없도록 도움을 주었으며, 말 부인의 수고를 현저히 덜어 주었다.

결혼 후, 잠시 루스와 조지는 약간 사이가 서먹서먹했다. 루스는 일에만 전력투구했다. 조지는 대부분의 일을 루스에게 전적으로 맡겼다.

루스가 매우 유능했기 때문에, 로즈메리도 곧 레싱 양이 모든 면에서 조지에게 큰 힘이 되고 있다는 것을 인정했다. 레싱 양은 항상 쾌활하고 상냥하며 예의 바른 여자다.

조지, 로즈메리, 그리고 아이리스는 그녀를 루스라고 부르며 점심식사에도 자주 초대했다. 루스는 그때 이미 스물아홉 살이 되어 있었지만, 스물세 살 때와 전혀 변함이 없었다.

두 사람 사이에 특별히 정담을 주고받은 일은 없었지만, 루스는 조지에 관한 것이라면 어떤 조그마한 일이라도 그냥 지나치지 않았다. 결혼생활을 막 시작했을 때의 들뜬 기분이 어느 정도 충족감으로 안정되어 간다는 것도 알고 있었고, 그 충족감이 뭔가 다른 확실히 표현하기 어려운 어떤 상태로 변한 때가 언제였다는 것도 루스는 알고 있었다. 그즈음 해서 조지가 어떤 조그마한 사건을 대강 처리한 적이 있었는데, 루스가 자신의 통찰력으로 그 일을 정확하게 마무리 지은 적도 있었다.

그러나 조지가 아무리 일에 건성이었다고 해도 루스 레싱은 결코 거기에 대한 눈치를 주지 않았다. 그리고 조지도 루스의 그런 태도를 고맙게 생각하고 있었다.

조지가 빅터 드레이크의 일을 루스에게 부탁한 것은 11월의 어느 아침이었다.

"약간 좋지 않은 일을 좀 부탁하고 싶은데, 루스"

루스는 재촉하듯이 조지를 바라보았다. 물론 대답은 필요 없었다. 서로가 잘 알고 있기 때문이다.

"어느 집에나 말썽꾼은 있기 마련인 모양이야."

루스는 재촉했다.

"집사람의 사촌오빠인데 어찌 해볼 도리가 없는 녀석이야. 자기 어머니도 포기해 버린 지 오래지. 어리석고 정에 약해서, 아들 때문에 갖고 있던 얼마 안 되는 주식까지도 죄다 처분한 모양이야. 녀석은 옥스퍼드에서 수표를 위조한 걸 시초로—그 사건은 해결됐지만, 지금까지 세계 여기저기를 돌아다니고 있다고 하는군. 어디로 간들 뾰족한 수도 없을 텐데."

루스는 그다지 흥미 없는 태도로 듣고 있었다. 그런 사람들에겐 관심이 없었다. 오렌지를 재배하는가 싶으면, 양계장에 손을 대고, 오스트레일리아로 가서 목장의 카우보이가 되고, 뉴질랜드에서 고기를 냉동하는 일을 하는 등 이곳저곳으로 떠돌아다니는 것이 그들의 생활이었다. 마지막까지 목적을 달성하는 일은 결코 없으며, 한곳에 오랫동안 머무르지도 않는다. 번 돈은 항상 남김없이 다 써버린다. 루스는 그런 부류의 사람들에게 흥미를 느껴 본 적이 한 번도 없었다. 루스는 유능한 사람을 좋아했다.

"지금은 런던에 있는데, 녀석의 일로 집사람이 애쓰고 있어요. 집사람은 여학생 때부터 녀석을 만난 적도 없는데, 녀석이 워낙 입심 좋은 악당이라 편지로 집사람에게 돈을 부쳐 달라고 조르고 있나 봐. 나는 그런 일을 호락호락 넘기기는 싫거든. 그래서 오늘 정오에 녀석이 묵고 있는 호텔에서 그 녀석과 만나기로 약속했는데, 루스가 그 일을 좀 맡아 줬으면 해요. 나는 녀석을 만난 적도 없고, 앞으로도 만나고 싶지 않아. 그래서 제3자를 통해서 일을 진행시키면 완전히 사무적으로 모든 일을 처리할 수 있을 것이라고 생각하는 거요."

"예, 그 방법이 현명하겠군요. 그런데 어떻게 준비를 하면 되는 거죠?"

"100파운드의 현금과 리우데자네이루까지의 티켓이오. 돈은 녀석이 분명히 배에 탔을 때 건네줘야 해."

루스는 미소를 지었다.

"말씀하신 대로 하겠어요. 그쪽에서 정말 배에 탔는지 어떤지를 확인하고 싶으신 거로군요."

"루스는 역시 눈치가 빠르군."

"그런 일이야 흔한 것 아닌가요?" 대단치 않은 듯이 루스는 말했다.

"그렇군. 그런 사람이야 얼마든지 있지." 조지는 약간 망설였다.

"이런 일을 부탁해도 정말 괜찮을까?"

"저는 상관없어요." 루스는 약간 흥미를 느끼고 있었다.

"이 정도의 일이라면 저 혼자서도 충분히 해결할 수 있다고 말씀드릴 수 있어요."

"루스라면 무슨 일이든 잘할 수 있을 거야."

"승선권은 예약해 뒀나요? 그러면, 그 사람의 이름은?"

"빅터 드레이크. 티켓은 여기 있어. 어제 예매를 했지. 산 크리스토발 호가 내일 틸버리(템스 강 하구의 항구)에서 출범할 거야."

루스는 티켓을 받아 확인한 뒤 핸드백에 넣었다.

"아무튼 해보겠어요. 12시라고 하셨죠? 호텔은 어디죠?"

"루퍼트라고, 러셀 스퀘어에서 좀 들어간 곳이야."

루스는 그것을 메모했다.

"루스, 당신이 없었더라면 정말 어떻게 해야 할지 곤란했을 거요—."

조지는 루스의 어깨에 손을 얹었다. 조지가 그런 행동을 한 것은 이번이 처음이었다.

"루스는 내 한쪽 팔이야. 또 한 사람의 나라고 해도 좋으리만큼."

루스는 얼굴을 붉히면서 웃었다.

"지금까지 나는 루스가 해주는 일을 당연한 것으로 받아들이고 있었지. 하지만 사실은 그게 아니었어. 내가 모든 면에서 얼마나 루스에게 의지하고 있는지, 루스는 상상도 못할 정도야."

조지는 반복했다.

"모든 면에서 말이지. 루스는 세계에서 제일 친절하고 가장 의지할 수 있는 중요한 사람이야!"

기쁨과 당혹감을 감추려는 듯이 루스는 웃으면서 말했다.

"그렇게 추켜세워 주시면 버릇이 없어지잖아요."

"하지만 나는 진심으로 그렇게 생각하고 있어요. 루스는 이 회사의 일부나 다름없어. 루스가 없는 생활이란 생각할 수도 없는걸."

조지의 말에 루스의 가슴에는 뭔가 따뜻한 것이 흘렀다. 루퍼트 호텔에 도 착했을 때에도 그것은 아직 루스의 가슴에 남아 있었다.

루스는 자기를 기다리고 있는 상대에 대해서 전혀 위축감 같은 것은 갖지 않았다. 루스는 어떠한 상황에 부딪치더라도 거기에 대응할 수 있는 자신을 충분히 갖고 있었다. 불운한 사람들의 이야기 정도로 루스의 마음을 움직일 수는 없었다. 빅터 드레이크의 일도 일과 중 한 가지로써 취급할 생각이었다.

빅터 드레이크는 루스가 머릿속에 그리고 있던 대로의 인물이었지만, 상상 했던 것보다 약간 매력적이기는 했다. 성품은 루스가 생각했던 것과 조금도 다르지 않았다. 빅터 드레이크에겐 품위라곤 조금도 없어 보였다. 이 세상에 이 이상 냉정한 마음과 타산적인 성격은 없을 것이다. 그러나 빅터는 그것을 입심 좋은 대단한 가면으로 덮고 있는 것이다. 루스가 참을 수 없었던 것은, 빅터에겐 다른 사람의 마음을 쉽게 꿰뚫어보고 조종할 수 있는 힘이 있다는 점이었다. 그러나 어쩌면 루스는 드레이크의 그런 점에 매력을 느끼고 있었는 지도 모른다. 확실히 빅터에게는 매력이 있었다.

드레이크는 의외라는 듯이 기쁘게 루스를 맞이했다.

"조지의 심부름이라고요? 이거 근사한데. 정말 놀라워!"

무뚝뚝하고 시원스러운 말투로 루스는 조지의 말을 전했다. 빅터는 정말 붙 임성 있는 태도로 거기에 대답했다.

"100파운드라고요? 괜찮군요. 조지도 순진하지. 60파운드라도 괜찮았을 텐데. 하지만 그에게 그런 말은 하지 말아요! 제시한 조건인 '로즈메리를 귀찮게 하 지 말 것. 아이리스를 물들이지 말 것. 조지를 곤란하게 하지 말 것.' 모두 받 아들이겠어요! 산 크리스토발 호로는 누가 배웅 나올 거죠? 당신이 오는 겁니 까, 레싱 양? 그거 잘됐군요."

빅터는 코를 찡그리면서 서로 마음이 통한다는 듯이 까만 눈을 반짝였다. 갸름하고 가무잡잡한 얼굴에는 어딘가 스페인의 투우사를 연상케 하는 구석이 있었다. 엉뚱한 생각이다! 빅터는 자기 자신이 여자들에게 매력적인 대상이라는 것을 충분히 알고 있을 것이다!

"당신은 바턴 씨 집에 꽤 오래 있었죠, 레싱 양?"

"6년이에요."

"그리고 조지는 당신 없이는 아무것도 못 하죠, 그렇죠? 나는 모르는 게 없어요. 게다가 당신에 대해서도."

"어떻게 아시죠?" 루스는 날카롭게 물었다.

빅터는 빙긋 웃었다.

"로즈메리가 얘기해 줬어요."

"부인이? 하지만—."

"걱정 말아요. 더 이상 로즈메리를 귀찮게 할 생각은 없으니까. 그녀에겐 충분히 신세를 졌어요."

"당신은—."

루스의 말은 거기에서 끊기고, 빅터는 웃음을 터뜨렸다. 사람을 끌어들이는 듯한 웃음이었다. 루스도 어느새 함께 웃고 있었다.

"나쁜 사람이군요, 당신은."

"나는 누구나가 인정하는 악당이죠. 방법은 간단해요. 예를 들어 금방이라도 죽을 듯이 전보만 한 장 치면 효과는 100퍼센트거든요."

"자신이 부끄럽지 않으세요?"

"내가 쓸모없는 인간이라는 것은 이미 인정하고 있어요. 나는 악당이랍니다, 레싱 양. 당신에게도 내가 어느 정도의 악당인지 알리고 싶은데요."

"왜 그렇죠?"

루스는 흥미가 발동했다.

"왜일까? 당신은 뭔가 달라요. 당신에겐 쉽게 접근할 수가 없군요. 당신의 그 맑은 눈…… 당신은 결코 그런 방법에 넘어간 적이 없을 테죠. 그래요. '저지른 죄 이상의 비난을 받는 불쌍한 인간입니다.'라는 따위의 방법이 당신에겐 통하지 않아요. 당신에겐 동정심이란 게 없는 걸까요?"

루스의 표정이 굳어졌다.

"동정심 같은 거 난 경멸해요."

"이름과는 어울리지 않는 말 같군요. 당신 이름이 루스라고 했죠? 상당히 재미있군. 몰인정한(ruthless) 루스(Ruth는 '연민, 동정'이라는 뜻)인가?"

루스는 말했다.

"그런 약한 사람은 조금도 동정할 수 없어요!"

"내가 약한 인간이라니. 누가 그럽디까? 틀렸어요. 당신은 잘못 생각하고 있는 거요. 악당인지는 모르겠지만 약하진 않소. 내게도 한 가지 말할 것이 있소"

루스는 입술을 삐죽했다. 결국은 자기변명이다.

"어떤 거죠?"

"나는 세상을 즐기면서 살고 있어요." 빅터는 고개를 끄덕였다.

"그래요. 더없이 즐겁게 살고 있어요. 세상일도 많이 경험했어요. 해볼 만한 것은 다 해봤죠. 배우도 했었고, 창고 관리인도, 웨이터도, 임시직원도, 짐 나르는 일도, 그리고 서커스 소도구 담당까지도! 하급 선원으로 부정기 화물선을 탔던 적도 있죠. 남아프리카 공화국 대통령 선거운동을 한 적도 있고, 형무소에 들어간 적도 있소. 내가 해보지 못한 것이라면 단 두 가지, 평범하고 착실한 직업과 빚지지 않고 생활하는 것이라고나 할까?"

빅터는 웃으면서 루스를 바라보았다. 루스는 반박하지 않으면 안 되겠다고 생각했다. 그러나 빅터의 강인함은 흡사 악마가 갖고 있는 그것이었다. 이 남자는 모든 일을 즐겁다고 표현해 버린다. 빅터는 기분 나쁠 정도로 루스를 꿰뚫어보고 있었다.

"그렇게 신경 쓸 것은 없어요, 루스! 당신은 자신이 생각하고 있는 만큼 도덕심이 강한 여자는 못 되니까! 성공이 당신의 목적이죠. 결국에는 보스와 결혼해 버리는 그런 종류의 여자요, 당신은. 당신이 조지와 해야 할 일은 바로 그것이겠죠. 조지는 그 바보 같은 로즈메리와 굳이 결혼해야 할 필요가 없었는데. 당신과 결혼해야 했었소. 그랬다면 그도 지금보다는 훨씬 잘되어 있었을 텐데 말이오."

"그런 말은 실례라고 생각하는데요."

"로즈메리는 어떻게 해볼 수도 없는 바보 같은 여자지. 옛날부터 그랬으니까. 천사같이 사랑스럽긴 하지만 머리는 토끼처럼 텅 비었지. 남자는 그런 여자에게 넋이 빠져 버리지만, 결코 언제까지나 잘 해주지만은 않죠. 하지만 당신은 달라요. 만일 남자가 일단 당신에게 반하면 결코 싫증내지 않을 거요."

빅터는 약점을 찔렀다. 갑자기 부드럽게 루스는 말했다.

"만일이 그렇다는 거겠죠! 하지만 그 사람이 나에게 그런 느낌을 갖는 일은 없어요!"

"조지 얘기를 하는 건가요? 스스로를 속이지는 않겠죠, 루스. 만일 로즈메리에게 무슨 일이 일어나면 조지는 곧바로 당신과 결혼할 거요!"

(그렇다, 그것이다. 그것이 모든 일의 발단이었던 것이다.)

빅터는 루스를 응시하면서 말했다.

"물론 당신이라면 그 정도는 알고 있겠지."

(내 손에 포개진 조지의 손, 부드러운 목소리, 맞다. 분명히 그것은 사실이야. 그 사람은 나를 의지하고 신뢰하고 있다—.)

빅터는 조용히 말했다.

"당신은 자신에 대해 더욱 자신감을 가져야 해요. 당신이라면 조지를 사로잡을 수 있을 거요. 로즈메리는 착하기만 하지 바보예요."

'그건 사실이야.' 루스는 생각했다.

'로즈메리가 없었다면 나는 조지에게 결혼하자는 말을 받아낼 수도 있었다. 나는 그 사람에 대해 친절하다. 그에게 있어 성가신 일들도 잘 처리해 주고.'

갑자기 루스는 말할 수 없이 화가 치밀어오는 것을 느꼈다.

빅터 드레이크는 재미있다는 듯이 루스를 쳐다보고 있었다. 빅터는 다른 사람의 머리에 생각을 불어넣는 것을 좋아했다. 그런데 이 경우엔 이미 가지고 있었던 모든 생각들을 꺼내어 줄 뿐이었는데…….

그렇다, 그것은 이런 식으로 시작되었다. 날이 밝는 대로 지구의 반대편 나라로 가려는 남자와 우연히 만난 일로, 사무실로 돌아왔을 때의 루스는 거기를 나왔을 때의 루스와는 다른 모습이었다. 그러나 루스의 태도나 모습에서 그 차이를 알아차린 사람은 없었다.

루스가 사무실로 돌아온 지 얼마 안 되어 로즈메리 바턴으로부터 전화가 걸려왔다.

"바턴 씨는 지금 막 점심식사 하러 나가셨는데요. 말씀을 전해 드릴까요?"

"그래요, 루스. 그렇게 해주겠어요? 그 답답한 레이스 대령이 지금 전화했어요. 파티에 참석하지 못할 것 같다고. 그러니까 조지에게 대신 누구를 부르면 좋을지 물어봐줘요. 아무래도 남자가 한 사람 더 필요할 것 같아. 여자는 네 사람이거든. 아이리스도 올 것이고, 그리고 샌드라 패러데이, 또 한 사람은 도대체 누구일까? 생각이 잘 안 나요."

"제가 네 번째라고 생각하는데요. 친절하시게도 저까지 불러 주셨더군요."

"아, 그랬었군. 당신을 까맣게 잊고 있었어요!"

로즈메리의 밝게 울리는 웃음소리가 들려왔다. 루스 레싱의 얼굴이 갑자기 상기되면서 험악해졌지만, 물론 로즈메리에겐 보일 리가 없다.

의리상 로즈메리가 파티에 불러 준 것이다. 조지의 체면 때문에!

"아, 그래요. 당신 비서인 루스 레싱도 불러요. 불러 주면 기뻐하겠죠. 게다가 우리에게도 뭔가 도움이 될 테니까요. 사람들 앞에 나서는 것을 부끄러워하는 성격도 아니고요."

그 순간 루스 레싱은 자신이 로즈메리 바턴을 증오하고 있다는 것을 알았다. 부자이며, 미인이고, 경박하고 어리석은 로즈메리를 증오하고 있었다. 로즈메리에겐 사무실에서의 단조롭고 피곤한 일들도 없고—정사(情事)도, 무척 사랑해 주는 남편도, 모든 것이 일류이다. 일하거나 계획을 세우지 않아도 되는 것이다.

얄밉고 거만하고 겉만 아름다운⋯⋯.

"죽어 버렸으면 좋겠어."

루스 레싱은 끊긴 수화기를 향해 낮은 소리로 말했다.

루스는 자신의 말에 깜짝 놀랐다. 전혀 루스답지 않은 말이었다. 지금까지 한 번도 격하거나 감정을 표출시켜 본 적이 없이 항상 냉정하고 억제하며 합리적인 행동만 하던 루스였던 것이다.

루스는 자기 자신에게 물었다.

"내가 무슨 말을 했지?"

그날 오후, 루스는 로즈메리 바턴을 미워하고 있었다. 1년 뒤인 오늘까지도 루스는 로즈메리를 미워하고 있다.

언젠가는 아마 로즈메리 바턴을 잊을 수 있을지도 모른다. 하지만, 아직은 안 된다.

루스는 11월에 있었던 일들을 찬찬히 생각해 보았다.

전화기를 향해 앉은 채로 루스는 가슴속에 증오가 파도처럼 이는 것을 느끼고 있었다……

조지에게는 여느 때처럼 쾌활하고 감정이 섞이지 않은 목소리로 로즈메리의 말을 전했다. 그리고 사람 수를 맞추기 위해 자기는 가지 않은 편이 좋지 않겠느냐고 덧붙였다. 조지는 즉석에서 거절했다!

다음 날 아침에 산 크리스토발 호가 출범했다. 조지의 안도와 감사.

"그럼 녀석은 분명히 배에 탄 거군?"

"예. 돈은 발판을 걷어내기 직전에 주었어요."

루스는 약간 망설이다가 말을 덧붙였다.

"배가 연안에서 멀어져 갈 때 손을 흔들면서 외치더군요. '조지에게 안부 전해 달라. 오늘 밤은 그의 건강을 기원하며 한잔하겠다.'라고요."

"어찌 된 녀석이야!" 말하면서 조지는 흥미 있는 얼굴로 물었다.

"녀석을 어떻게 생각하지, 루스?"

대답하는 루스의 목소리엔 일부러 나쁘게 말하지 않으려는 빛이 역력했다.

"글쎄요, 대강 짐작했던 대로였어요. 연약한 타입 같던데요."

그리고 더 이상 조지는 아무것도 보지 못하고 아무것도 느끼지 못했다! 루스는 소리를 지르고 싶은 심정이었다.

'왜 저를 그 사람한테 보냈죠? 그 사람이 저에게 어떤 말을 할지 몰랐던가요? 제가 그전과 달라졌다고 느끼지 않으세요? 제가 위험하다는 것을 모르세요? 무슨 말을 할지 뻔히 알고 있었잖아요!'

하지만 루스는 항상 그랬던 것처럼 사무적으로 말했다.

"상파울로에서 편지가 왔는데요."

루스는 여전히 유능하고 민첩한 비서였다……

닷새 뒤.

로즈메리의 생일.

사무실도 조용한 하루였다. 루스는 미장원에서 길게 내려오는 검은 드레스를 입고 능숙하게 화장을 고쳤다. 거울 속에서 이쪽을 보고 있는 얼굴, 그것은 자신의 얼굴 같지 않았다. 창백하고 수심에 가득 찬 듯한 험상궂은 얼굴이었다.

빅터 드레이크가 한 말은 사실이었다. 루스에게는 동정심 따위는 없다.

그 뒤, 테이블 반대편에 쓰러져 있는 창백하게 굳은 로즈메리 바턴의 얼굴을 봤을 때도 루스는 추호의 동정심도 느끼지 못했다.

그러고 나서 11개월이 지난 지금, 로즈메리 바턴의 일을 생각하고 있자니까 갑자기 루스는 두려워졌다······.

제3장

앤터니 브라운

앤터니 브라운은 로즈메리 바턴의 일을 생각하면서 미간을 찡그리고 가만히 앞을 응시하고 있었다.

그런 여자와 어울리다니, 왜 그렇게 어리석었을까. 남자니까 변명도 가능하겠지만! 확실히 로즈메리는 겉보기에는 아름다웠다. 도체스터에서의 그날 밤, 앤터니의 눈에는 로즈메리밖엔 아무것도 보이지 않았다. 천사처럼 아름답고, 또 누구에게 뒤지지 않을 만큼 머리도 좋다!

그래서 그는 그녀에게 매우 열을 올렸다. 자신을 소개해 줄 사람을 찾는 데 온 힘을 다 써 버렸을 정도였다. 일에 전력해야 할 때인데도 일이 손에 잡히지 않았던 것은 사실이다. 그렇다고는 해도 클래리지 호텔에서 즐거움만을 위해서 시간을 낭비하지는 않았다.

그러나 확실히 로즈메리에겐 잠시 일을 소홀히 하더라도 관심을 갖고 싶을 정도의 아름다움이 있었다. 지금 자기가 왜 그렇게 바보였을까 하고 자신을 책망하는 것도 그 나름대로 괜찮은 생각인지도 모른다. 다행스럽게도 이젠 후회할 건 아무것도 없다. 로즈메리와 얘기를 나눠 보면 금세 그 매력은 다소 덜해진다. 본래의 감각으로 사물을 볼 수가 있게 되는 것이다. 그것은 사랑이 아니다. 잠시 정신을 잃었던 것에 지나지 않는다.

아무튼 앤터니는 즐겼다. 그리고 로즈메리도 역시 즐겼던 것이다. 로즈메리는 마치 천사처럼 춤을 추며, 어디를 가든 남자들의 관심을 끌었다. 앤터니는 로즈메리와 결혼하지 않은 것을 다행으로 생각했다. 로즈메리는 이성적으로 얘기를 듣지조차도 못한다. 매일 아침 식탁에서 '정말 사랑해'라는 말을 듣지 않으면 안심이 안 되는 여자들 중 하나다!

이제 와서 이것저것 생각해 보는 것도 재미있는 일이겠지.

어떻든 한때는 열을 올렸던 대상이다.

전화를 걸어 밖으로 불러내어 춤을 추고 택시 안에서 키스도 했다. 그 놀라지 않을 수 없는 믿기 어려운 사건이 일어나기 전까지 앤터니는 로즈메리의 일로 정말 웃음거리가 될 만한 행동을 하고 있었던 것이다.

앤터니는 지금까지도 로즈메리의 모습을 분명히 기억하고 있다. 한쪽 귀밑으로 내린 가는 갈색 머리칼, 숨은 속눈썹, 그리고 반짝이는 푸른 눈을 잊을 수가 없다. 약간 나온 부드럽고 빨간 입술도.

"앤터니 브라운. 멋진 이름이군요!"

앤터니는 쾌활하게 말했다.

"상당히 명성 있고 존경할 만한 이름이죠. 헨리 8세 때의 귀족 중에 앤터니 브룬이라는 사람이 있었거든요."

"그럼 선조세요?"

"확실히 그렇다고 말씀드릴 수는 없어요."

"그렇지 않은 게 더 낫겠군요!"

앤터니는 눈썹을 치켜세웠다.

"식민지 시대의 혈통입니다."

"이탈리아가 아니고?"

"아아―." 앤터니는 웃었다.

"내 피부색이 올리브색이잖습니까? 실은 어머니가 스페인 사람이거든요."

"그래서 알았어요."

"알았다니, 무엇을?"

"여러 가지를."

"내 이름이 상당히 마음에 드신 모양이군요."

"그래요. 매우 좋은 이름이에요." 그러고 나서 로즈메리는 갑자기 덧붙였다.

"토니 모렐리보다 훨씬 나아요."

잠시 동안 앤터니는 자신의 귀를 의심했다! 그런 어처구니없는! 있을 수 없는 일이다!

앤터니는 로즈메리의 팔을 잡았다. 그 거친 힘에 로즈메리는 당황했다.

"어머, 그렇게 하면 아파요!"

"어디서 그런 이름을 들었죠?"

앤터니의 말소리는 거칠고 마치 위협하는 듯했다.

로즈메리는 웃으면서 자신의 말이 일으킨 효과를 즐기고 있었다. 믿기 어려울 정도로 어리석은 여자다!

"누가 당신에게 가르쳐 줬지?"

"당신을 알고 있는 사람이에요."

"그게 누구지? 이건 중요한 문제요, 로즈메리. 말해 주지 않으면 곤란해요."

로즈메리는 곁눈질로 앤터니를 바라보았다.

"품행이 좋지 않은 내 사촌오빠 빅터 드레이크예요."

"그런 사람은 만난 적도 없는데."

"당신이 그를 알고 있었을 때는 그 이름을 사용하지 않았을 거라고 생각해요. 우리 가족들의 감정을 상하지 않도록 말이에요."

앤터니는 천천히 말했다.

"그래? 결국 구치소에서 보았단 말인가?"

"그래요, 내가 빅터를 혼내 줬어요. 우리들 모두에게 먹칠을 했다고요. 물론 그 오빠는 걱정도 하지 않았지만. 그리고 그는 빙긋 웃으면서 이렇게 말하더군요. '너라고 해서 항상 그렇게 빈틈없이 생활하고 있는 건 아니야. 언젠가 밤에 네가 구치소에서 나온 사람과 춤추는 것을 봤지. 틀림없이 너와 가장 사이좋은 남자친구 중 한 사람이었어. 소문으로는 앤터니 브라운이라는 이름을 사용한다고 하더라만, 구치소에서는 토니 모렐리였지.'"

앤터니는 밝은 목소리로 말했다.

"그 친구와 회포라도 풀어야겠군. 옛날 구치소에서의 관계는 확실히 해둬야 하니까."

로즈메리는 고개를 저었다.

"이미 늦었어요. 그는 남미로 떠났어요. 어제 출발했는걸요."

"그랬군." 앤터니는 깊게 숨을 들이마셨다.

"그럼, 내 비밀을 알고 있는 사람은 당신밖에 없군!"

로즈메리는 고개를 끄덕였다.

"아무에게도 말하지 않겠어요."

"그러는 게 좋을 거요." 앤터니의 목소리가 험악해졌다.

"좋아, 로즈메리, 이건 위험한 일이오. 당신이라면 그 예쁜 얼굴에 상처를 입고 싶지 않겠지? 세상에는 예쁜 여자를 엉망으로 만들어 버리는 무자비한 놈도 있는 법이오. 게다가 잔인한 방법으로 죽여 버리기도 하지. 책이나 영화에서만 일어나는 일이 아니오. 실제로 일어나는 일이니까 말이야."

"나를 위협하는 거예요?"

"정신을 바짝 차려야 한다는 얘기지."

로즈메리는 경고에 응할까? 앤터니가 진심으로 말하고 있다는 것을 알고 있을까? 생각이 모자라는 여자. 예쁘지만 머리는 텅 빈 여자. 무슨 말을 하든 전혀 개의치 않는다. 하지만 어떻게 해서든지 납득시켜야 한다.

"토니 모렐리라는 이름은 잊어버리는 거요, 알겠소?"

"하지만 나는 조금도 개의치 않아요, 토니. 나는 속이 좁은 여자가 아니에요. 범죄자를 만나다니, 얼마나 호기심 가는 일이에요? 조금도 창피할 것은 없어요."

바보 같은 여자. 앤터니는 쌀쌀하게 로즈메리를 보았다. 왜 하필이면 이런 여자를 좋아하게 됐는지 자기 자신도 이해가 되지 않았다. 앤터니는 어리석은 인간들은 무조건 용서하지 않았다. 가령 그 사람이 아름다운 여자라 할지라도.

"토니 모렐리는 잊어버려요." 앤터니는 거친 언성으로 말했다.

"이건 진심이오. 두 번 다시 그 이름을 입에 담지 말아요."

앤터니로서는 그렇게밖에 할 수 없었다. 방법이 없었다. 그 여자의 입을 믿을 수는 없다. 마음이 내키면 언제라도 술술 지껄여 버릴 테니까.

로즈메리는 미소 짓고 있었다. 황홀한 미소, 그러나 앤터니의 마음은 흔들리지 않았다.

"그런 무서운 얼굴은 싫어요. 다음 주에는 재로의 댄스파티에 데려가 주시는 거죠?"

"그때는 이미 내가 없을 거요. 여행할 예정이니까."

"내 생일파티가 끝날 때까지는 안 돼요. 나를 실망시키지 말아 줬으면 좋겠어요. 당신도 초대 명단에 들어가 있으니까 안 된다고는 하지 마세요. 몹쓸 독감 때문에 나는 침대에 누워 있기만 했고, 지금도 아직 몸이 허약한 느낌이에요. 안 된다고 하시면 몸에 지장이 있을 거예요. 어떻게 해서든지 오셔야 해요."

앤터니는 마음만 먹으면 뜻을 관철시킬 수 있다. 딱 부러지게 모든 것을 던져 버리고 금방이라도 떠날 수 있다.

그런데 그때, 열려진 문 틈 사이로 계단을 내려오는 아이리스가 보였던 것이다. 아이리스, 곧게 편 늘씬한 몸과 하얀 얼굴에 검은 머리칼과 회색 눈.

그 순간 앤터니는 로즈메리의 경박한 매력에 사로잡혔던 자신이 싫었다. 앤터니는 로미오가 줄리엣을 처음 봤을 때 로절린드를 생각하던 것과 같은 느낌을 맛보고 있었다.

앤터니 브라운은 결심을 바꿨다.

한순간에 앤터니는 전혀 다른 방향으로 결심을 굳혔던 것이다.

제4장

스티븐 패러데이

스티븐 패러데이는 로즈메리의 일을 생각하고 있었다.

로즈메리에 얽힌 여러 가지 일이 떠오르면 스티븐은 항상 그것을 지워 버렸지만, 때로는 로즈메리가 살아 있는 것처럼, 죽어 버린 지금까지도 마음속에서 지워지지 않는 것이었다.

그에 대한 스티븐의 반응은 항상 똑같다. 레스토랑에서의 그 장면을 생각하면 갑자기 다른 사람처럼 몸이 떨리는 것이었다. 그러나 적어도 이제 그 일은 생각할 필요가 없다. 스티븐의 마음은 다시 옛날로 거슬러 올라갔다. 로즈메리가 살아서 미소 짓고, 숨을 쉬고, 그의 얼굴을 뚫어지게 쳐다보며……

바보였다. 나는 왜 그렇게 바보였을까!

스티븐에게는 놀라움이었다. 정말 경악을 금치 못할 정도의 일이었다. 사건의 발단은 어디서부터 시작된 것이었을까? 스티븐은 정말 이해할 수가 없었다. 마치 그의 인생이 두 조각으로 나눠져 버리는 듯한 일이었다. 하나는 그 대부분을 차지하는 건전하고 정연한 발전이며, 다른 하나는 잠시 동안의 광기로 그 두 가지는 전혀 화합할 수 없는 것이었다.

아무리 능력과 뛰어난 지성을 갖춘 사람이라고 하지만, 스티븐은 그 두 가지가 아주 조화를 잘 이루고 있다는 사실을 깨닫지 못했다.

가끔씩 스티븐은 자신의 인생을 뒤돌아보며 냉정하게, 또 필요 이상으로 감격하지 않고 그것을 관찰하고 있었는데, 그중에는 자신의 인생을 축복할 마음도 어딘가에 갖고 있었다. 어렸을 때부터 인생에서의 성공을 마음에 새기며 많은 어려움과 불리한 입장을 견뎌내어 그는 뜻을 성취했다.

스티븐은 자신의 앞날을 항상 단순히 낙관하고 있었다. 그는 자신의 의지력을 믿고 있었다. 의지만 있으면 어떤 일도 해낼 수 있는 것이다!

어렸을 때부터 스티븐 패러데이는 착실히 의지력을 키워 왔다. 무엇이든 자기 자신의 노력으로써만 성취할 수 있다고 생각하고 있었다. 가지런한 이마와 의지력이 있어 보이는 턱을 가진 일곱 살의 남자아이 패러데이는 어떻게 해서든지 출세할 생각을 하고 있었다. 그것도 거물이 될 생각을. 부모는 자신의 출세에 도움이 될 수 없다는 것을 이미 알고 있었다. 어머니는 자기 자신보다도 사회적 지위가 낮은 남자와 결혼한 것을 후회하고 있었다. 그럭저럭 건축업을 하고 있던 그의 아버지는 빈틈없고 교활하며 금전을 밝히는 사람으로서, 처자식에게도 경멸을 받고 있었다.

어머니는 흐리멍덩하고 뚜렷한 목적도 없는, 매우 변덕이 심한 여자다. 어느 날 빈 오데콜롱 병을 떨어뜨리고 맥없이 테이블 밑에 주저앉아 있는 모습을 보기까지, 스티븐은 어머니에 대해서 왠지 당혹스런 감정밖에는 없었다. 어머니가 기분을 달래려고 술을 마신다고는 생각해 본 적도 없었다. 어머니가 위스키나 맥주를 마신 적은 없었기 때문에 오데콜롱을 가지고 다니는 것도 두통 때문이라는 모호한 이유 외에 다른 이유가 있다고는 생각해 보지도 않았던 것이다.

그 순간 스티븐은 자신이 부모에 대한 애정을 거의 못 느끼고 있다는 것을 알았다. 부모가 자신에게 그다지 중요한 의미를 주지 못한다는 것을 뼈저리게 느꼈다. 나이에 비해 스티븐은 몸집이 작고 말수가 적으며, 약간 말을 더듬는 버릇이 있었다. 아버지는 스티븐을 계집애 같다고 했다. 성숙한 아이여서 집 안에서도 말썽을 일으키는 일은 거의 없었다. 아버지로서는 좀더 쾌활한 아들을 원했을 것이다.

"내가 이 애만 한 나이였을 때는 모든 것이 실수투성이였는데."

스티븐을 보면서 가끔씩 아버지는 아내보다 열등한 자기 자신에 대해 어떤 불안을 느끼고 있었던 것 같다. 스티븐은 어머니 쪽을 더 많이 닮았다.

입 밖으로 꺼낸 적은 없지만, 스티븐은 자신의 장래에 대한 설계를 보다 확실하게 키워 나가고 있었다. 어떻게든 성공해야 한다. 자신의 의지를 시험해 보기 위해 스티븐은 우선 말더듬는 버릇을 고치기로 결심했다. 한마디 한마디씩 사이를 두면서 스티븐은 천천히 이야기하는 연습을 했다. 이윽고 그 노력은 훌륭한 결실을 맺었다. 더듬는 버릇은 완전히 없어지게 된 것이다. 학교에서는 전력을 다해 공부에 열중했다. 스티븐은 교육을 충분히 받아야 된다고 생각하고 있었다. 교육을 받으면 어떻든 뭔가 될 것이라고 생각하고 있었다. 교사들도 스티븐에게 관심을 갖고 그를 격려해 주었다. 스티븐은 장학금을 받게 되었다. 교육계의 권위자들이 집으로 찾아와서 아들의 교육에 돈을 투자할 것을 아버지에게 당부했다.

스물두 살에 스티븐은 좋은 성적으로 옥스퍼드 대학을 졸업했다. 좋은 친구도 몇 사람 생겼다. 그가 특히 관심을 가졌던 분야는 정치였다. 본래의 허약했던 체질을 극복하고, 누구에게나 호감을 주는 사교성을 몸에 익히는 데에 주력했다. 주의 깊고 우호적으로, 그리고 누구에게나, '저 청년은 앞으로 중요한 인물이 될 거야'라는 평을 들을 수 있도록 기량을 넓혀 나갔다. 스티븐이 애초에 관심을 가졌던 것은 자유당이었지만, 적어도 현재의 자유당에는 활력이 없다는 것을 알아차렸다. 그래서 그는 노동당에 입당했다. 그의 이름은 금세 유망한 청년으로서 알려지게 되었다. 그러나 스티븐은 노동당에는 만족할 수가 없었다. 새로운 사고(思考)를 받아들일 수 있는 유연성도 부족하고 상대당보다 훨씬 전통에 속박되어 있기 때문에 자신의 기량을 충분히 발휘할 수가 없었던 것이다. 반면에 보수당은 재능 있고 장래가 유망한 젊은 층으로 이뤄져 있어서 전망이 있을 것이라고 보고 있었다.

보수당은 스티븐 패러데이를 기꺼이 맞아들였다. 그는 정말로 당이 바라고 있던 사람이었다. 노동당의 상당히 강한 선거구를 뚫고 나온 패러데이는 근소한 차이로 승리를 거두었다. 하원에 자기 자리를 차지했을 때 그에겐 승리감이 넘쳐흐르고 있었다. 이것으로 스티븐의 인생은 시작되었고, 그리고 이것이 야말로 그가 바라던 인생이었다. 이런 인생이라면 스티븐은 자신의 능력과 모든 야심을 쏟아 넣을 수가 있다. 스티븐은 자신에게 통치 능력, 그것도 훌륭하게 통치할 수 있는 능력이 있다는 것을 느끼고 있었다. 그에게는 사람을 잘 다룰 수 있는 재능이 있고, 어떤 경우에 겉치레 인사를 해야 하며, 어떤 경우에 반대해야 되는지를 잘 알고 있었다. 언젠가는 내각으로도 진출하겠다고 스티븐은 스스로에게 맹세했다.

그러나 실제로 의원석을 차지했던 흥분이 가라앉아 버리자 스티븐은 갑자기 환멸을 느끼게 되었다. 치열한 경쟁 속에서 당선이 되었기 때문에 그는 일약 각광을 받았지만, 열풍이 끝나자 평범한 제 위치로 돌아가 한 개의 단위로서 당의 원내총무에 종속되어 제자리를 지킬 뿐인 것이다. 이 상태에서 벗어난다는 것은 쉬운 일이 아니다. 능력 이상의 무언가가 필요했다. 영향력이 필요했다.

세력, 또는 가문, 그런 것이 뒷배경으로서 필요했다.

스티븐은 결혼을 생각했다. 그때까지는 결혼에 대해서 생각해 본 적이 거의 없었다. 마음속에 자신의 인생과 야심을 구분하여, 그것이 서로 협력해 나갈 수 있도록 도와주며, 그리고 아기를 낳아 주고 걱정이나 곤란한 일을 서로 의논하여 마음의 부담을 덜어 줄 수 있는 아름다운 여성상을 그리고는 있었지만 단순히 막연한 것이었다. 그와 생각이 같고 그의 성공을 염원하며, 그것이 실현됐을 때에는 그를 칭찬해 줄 수 있는 여성을 막연하게 그리고 있었던 것이다.

그러던 어느 날, 스티븐은 키더민스터 저택에서 개최되는 성대한 리셉션에 참석했다. 키더민스터 집안은 영국에서도 가장 세력 있는 가문이었다. 옛날부터 강력한 정치가 집안이었다. 키더민스터 경은 자신의 소제국을 갖고 있었다. 훤칠한 키에다 기품을 갖춘 그의 용모는 널리 알려져 있었다. 흔들리는 큰 목마를 연상하게 하는 레이디(귀족의 아내와 딸에게 붙이는 경칭) 키더민스터는 전국 각지의 강연회나 여러 가지 위원회의 연사로서도 잘 알려져 있었다. 그에게는 딸이 다섯 명 있으며, 아직 이튼 학교(1440년에 설립된 영국의 전통 있는 명문교)에 다니고 있는 아들이 하나 있다.

키더민스터 집안에서는 젊고 유망한 당원을 격려하는 일이 관례로 되어 있었다. 그래서 스티븐 패러데이도 초대되었던 것이다.

스티븐은 거기에 모인 대부분의 사람을 잘 몰랐기 때문에, 도착해서 20분 동안이나 창가에 우두커니 서 있었다. 그런데 검은 복장의 키가 큰 여자가 테이블 옆에 혼자 서 있는 것을 스티븐이 의식한 것은, 그 방에 있던 사람들이 옆방으로 자리를 옮겨서 주위가 한산해지고 난 뒤였다.

스티븐 패러데이는 사람의 얼굴을 잘 기억한다. 마침 그날 아침 스티븐 패러데이는 지하철에서 여자 승객이 놓고 간 〈홈 가십〉 잡지를 펼쳐 한 면을 들여다보고 있었다. 그런데 거기에는 키더민스터 백작의 셋째 딸인 레이디 알렉산드라 헤일의 사진이 약간 흐릿하게 실려 있고, 그 밑에는 그녀를 소개하는 짧은 문장이 잡담식으로 실려 있었다.

'……어렸을 때부터 내성적이고 소극적인 성격으로, 레이디 키더민스
터 집안의 딸들은 집안일에 관해서는 일가견이 있다는 말을 이미 했듯
이 레이디 알렉산드라는 현재 가정학을 전공하고 있다.'

거기에 서 있는 사람은 분명히 레이디 알렉산드라 헤일이었고, 내성적인 사람이 가지는 특유의 정확한 판단력으로 스티븐은 그녀도 역시 내성적인 사람이라는 것을 이미 꿰뚫어보고 있었다. 딸 중에서는 주변머리가 제일 부족하다고 해서, 알렉산드라는 어렸을 때부터 열등의식으로 고민하고 있었다. 언니나 동생들과 똑같은 환경에서 똑같은 교육을 받아 왔지만, 유독 알렉산드라는 처세술이라는 것을 전혀 몰랐기 때문에 그녀의 어머니에게 매우 걱정을 끼치고 있었다.

스티븐은 그런 것까지는 물론 몰랐었지만, 그녀가 불안정하다는 것이나, 즐거워하지 않는다는 것쯤은 알고 있었다. 그때 갑자기 '이것이다'라는 생각이 머리를 스쳤다. 이것은 기회다! '이렇게 멍청하게 있을 것이 아니라 시도해 보는 거다! 지금 시도하지 않으면 두 번 다시 기회는 오지 않는다!'

스티븐은 테이블 쪽으로 발을 옮겼다. 그녀의 옆으로 다가가서 샌드위치를 한 개 집어들었다. 그러고는 방향을 바꿔 긴장하면서(일부러 연기를 한 것이 아니고 스티븐은 실제로 긴장하고 있었다) 겨우 말을 걸었다.

"저어, 잠깐 실례해도 되겠습니까? 여기에는 제가 아는 사람이 별로 없는데, 당신도 그런 것 같아서 실례를 했습니다. 아무쪼록 기분 나쁘게 생각하지는 말아 주십시오. 사실 저는 매우 부, 부, 부끄럼이 많은 편인데요. 그런데 당신도 혹시 부, 부끄럼을 잘 타는 편이 아니십니까?"(어렸을 적의 그 버릇이 하필이면 이때 되살아난 것이다.)

그녀는 얼굴을 붉히며 입을 열었다. 하지만 역시 스티븐이 생각했던 대로

그녀는 그 말을 하지 못했다. "저는 이 집 딸입니다."라는 말을 한다는 것은 매우 어려운 일이다. 그 대신 그녀는 조용히 고개를 끄덕이며 말했다.

"정말이지 저도 부끄럼이 많은 편이에요. 옛날부터 그랬으니까요."

스티븐은 용기를 내어서 계속 말을 붙였다.

"정말 곤란한 일입니다. 언젠가는 고쳐지겠지요. 가끔 저는 아무 말도 하고 싶지 않을 때가 있습니다."

"저도 마찬가지예요."

스티븐은 약간 빠른 말투로 조금씩 더듬으면서 계속 말을 했다. 그 모습은 아무래도 어린애 같아서 사람을 끌리게 하는 데가 있었다. 2~3년 전에는 그것이 스티븐의 꾸밈없는 그대로의 모습이었지만, 지금은 의식적으로 그것을 억제하여 보다 세련된 사람으로 변신해 있었던 것이다. 젊고 섬세하고 순진한 것이 그의 본래 모습이다.

이윽고 스티븐은 화제를 연극으로 바꿔서 지금 상영 중인 연극에 대해서 이야기를 꺼내 봤다. 그러자 상대편에서는 매우 흥미를 느끼는 것 같았다. 샌드라는 그 연극을 봤던 것이다. 두 사람은 그 연극에 대해서 서로 의견을 나누었다. 그것은 사회봉사 문제를 다룬 연극이었는데, 두 사람은 그 문제에 대해서 열띤 토론을 했다.

그러나 스티븐은 너무 지나치게 열을 내지는 않았다. 레이디 키더민스터가 눈으로 딸을 찾으면서 방으로 들어온 것을 눈치챘기 때문이다. 여기에서 소개되는 것을 스티븐은 원치 않았다. 스티븐은 작은 소리로 인사를 하고 자리를 비켰다.

"만나 뵙게 되어 덕분에 즐거웠습니다. 당신을 못 만났더라면 지겨운 모임이 됐을 겁니다. 정말 즐거웠습니다."

스티븐은 두근두근한 마음으로 키더민스터 저택을 빠져나왔다. 승부가 달린 문제―앞으로는 마음먹은 바를 확고히 굳혀 가야 한다.

그로부터 며칠간 스티븐은 키더민스터 저택 주위를 몇 번이나 서성거렸다. 한 번은 샌드라가 언니 한 명과 함께 집에서 나왔다. 또 한 번은 혼자서 나왔지만, 바쁜 듯한 발걸음이었다. 스티븐은 머리를 흔들었다. 오늘은 안 된다. 그녀는 분명히 누군가와 약속이 있어서 나가는 것이다. 그리고 그 파티가 있은 지 1주일 정도 지났을 때 스티븐의 인내는 한계에 부딪쳤다. 어느 날 아침, 샌드라는 검은 애완용 개를 데리고 나와 공원 쪽으로 천천히 걸어가고 있었다.

5분 뒤, 스티븐은 반대 방향에서 급히 걸어와 갑자기 발을 멈추고 샌드라 앞에 섰다.

"아아, 운이 좋은 데요! 당신을 다시 한 번 만나고 싶었는데요"

정말로 반가워하는 듯한 스티븐의 말투에 샌드라는 얼굴을 붉혔다.

스티븐은 개 쪽으로 몸을 구부렸다.

"귀여운 개로군요. 이름은 뭐라고 하죠?"

"맥타비시예요."

"스코틀랜드 이름 같군요"

잠시 두 사람은 개 얘기를 했다. 그리고 스티븐은 약간 부끄러운 듯이 말했다.

"이전에는 서로 이름도 모르고 헤어졌군요. 저는 패러데이입니다. 스티븐 패러데이. 신출내기 하원의원입니다."

재촉하듯이 샌드라 쪽을 바라보자, 다시 얼굴을 붉히면서 그녀는 말했다.

"알렉산드라 헤일이에요."

이에 대한 스티븐의 반응은 아주 훌륭했다. 그때 스티븐은 옥스퍼드 대학의 연극부 시절로 되돌아가 있었던 것인지도 모른다. 놀라며, 누구인가를 떠올리며, 또 낭패하며, 당혹해한다.

"아니, 당신은—레이디 알렉산드라 헤일, 당신이 알렉산드라 헤일 양이라니, 이게 어찌된 일입니까! 그날은 정말 실례가 많았습니다."

알렉산드라의 반응은 예상한 대로였다. 샌드라는 좋은 본바탕과 천부적인 친절미로써 어떻게든 스티븐의 마음을 안심시키려고 했다.

"제가 그때 먼저 이름을 소개했어야 했어요"

"아니오. 제가 당연히 알고 있어야 했습니다. 그런데 제가 워낙 똑똑하지 못해서 실례를 했습니다."

"어째서 알고 있어야 한다고 생각하세요? 어찌 됐든 그건 중요한 문제가 아니잖아요? 부탁이에요, 패러데이 씨, 그렇게 당황해 하지 마세요. 저어, 패러데이 씨, 저쪽에 서펜타인 연못까지 같이 가지 않으시겠어요? 어머, 맥타비시가 이렇게 잡아당기고 있네요."

그 뒤 스티븐은 공원에서 샌드라를 몇 번 만났다. 스티븐은 자기의 야심을 샌드라에게 얘기했다. 정치적인 문제를 서로 함께 논의하기도 했다. 스티븐은 샌드라가 지적이며 견문이 넓고, 상대의 기분을 알아주는 여자라는 것을 확실히 알게 되었다. 머리도 똑똑하고, 이상할 정도로 편견이 없는 여자였다. 두 사람은 벌써 좋은 친구 사이가 되어 있었다.

다음 단계는 스티븐이 키더민스터 저택의 만찬회에 초대되어 샌드라의 춤 상대로 선택받는 일이었다. 한 청년이 시도했다가 이미 실패로 돌아간 바가 있었다. 레이디 키더민스터가 난처해하고 있는데, 샌드라가 조용히 말했다.

"스티븐 패러데이는 어떨까요?"

"스티븐 패러데이?"

"예. 먼젓번에 열렸던 파티에 오셨던 분인데요. 그 뒤에 한두 번 만난 적이 있어요."

키더민스터 경도 정계에서 미래가 촉망되는 젊은이를 위로하는 것에는 대찬성이었다.

"재기발랄한 청년이지. 매우 유능해. 친형제들의 이름은 들어본 적이 없지만 아무튼 그는 유능한 젊은이다."

스티븐은 역할을 훌륭히 해냈다.

"매우 유능한 청년이군요."

레이디 키더민스터의 말투는 약간 거만한 듯했으나 자신은 의식하지 못하고 있는 것 같았다.

2개월 뒤, 스티븐은 자신의 운세를 시험해 봤다. 두 사람은 서펜타인 연못가에 있고, 맥타비시는 스티븐의 발에 머리를 얹고 앉아 있었다.

"샌드라, 당신은 당신을 사랑하는 내 마음을 알고 있다고 생각하오. 나와 결혼해 주지 않겠소? 나로서도 언젠가 출세할 자신이 없다면 당신에게 구혼도 하지 않아요. 나는 자신이 있소. 나를 선택한 일로 당신이 부끄러워할 일은 결코 하지 않겠소. 맹세해도 좋소."

"부끄럽다니요. 그런 건 생각지도 않아요." 샌드라는 말했다.

"그럼, 받아들이는 겁니까?"

"알고 계시지 않았던가요?"

"알고는 있었지만 자신이 없었던 거요. 당신도 알고 있었는지 모르겠지만, 나는 처음에 그 방에서 당신을 발견하고는 어떻게든 말을 걸기 위해서 용기를 내어 다가갔던 그 순간부터 당신을 좋아했었다오. 그때만큼 몸이 후들후들 떨렸던 적은 없었소"

샌드라가 말했다.

"저도 그때 당신이 좋았어요……."

그러나 일이 그렇게 쉽게 진척되지는 않았다. 스티븐 패러데이와 결혼하겠다고 샌드라가 조용히 얘기했을 때 가족은 즉시 반대했다. 그는 어떤 사람이지? 그에 대해서 우리 가족들이 얼마나 알고 있지?

스티븐은 키더민스터 경에게 자신의 가족이나 성장과정에 대해서 솔직히 얘기했다. 양친이 두 분 다 이미 돌아가셨다는 것이 자기로서는 오히려 좋은 상황이 아닐까 하는 생각이 순간적으로 스티븐의 머리를 스쳤다.

키더민스터 경은 자기 부인에게 말했다.

"흠, 이거 결국은 일이 나쁘게 풀릴지도 모르겠군."

키더민스터 경은 자기 딸의 성격을 잘 알고 있었다. 말이 없으면서도 의지가 강하다는 것을 잘 알고 있었다. 자기가 선택한 남자라면 그것을 끝까지 고집할 것이다. 그 딸은 결코 마음이 변하지는 않을 것이다!

"그 청년에게는 장래성이 있소 뒤에서 조금만 도와주면 쭉쭉 뻗어나갈 거요. 게다가 예의범절도 바른 것 같고……."

레이디 키더민스터는 마지못해 승낙을 했다. 부인이 생각하고 있던 사윗감은 아니었다. 하지만 샌드라는 딸 중에서 가장 성미가 까다로운 아이였다. 수잔은 예쁘고, 에스터는 머리가 좋다. 다이애나는 청년 공작과 결혼했다. 더할 나위 없는 상대다. 그런데 샌드라에게는 그런 딸들과 같은 매력은 없다. 게다가 내성적이다. 만일 그 청년에게 정말 장래성이 있다면…….

부인은 어쩔 도리가 없다는 듯이 중얼거렸다.

"물론 사람은 뒷배경을 이용해야 커나갈 수가 있겠죠……."

이렇게 해서 알렉산드라 캐더린 헤일과 스티븐 레오날드 패러데이는 성대한 결혼식을 올리게 되었다. 두 사람은 이탈리아로 신혼여행을 다녀온 뒤 웨스트민스터의 아담한 집에서 신혼생활을 시작했다. 그런데 얼마 뒤 알렉산드라의 대모(代母)가 죽게 되자 그의 집이 샌드라 앞으로 상속되었다. 그래서 시골에 있는, 크지는 않지만 호화스러운 앤 왕조 양식의 그 저택으로 이사하게 되었다. 이 젊은 부부에겐 모든 것이 순조로웠다. 스티븐은 새로운 열의로써 일에 몰두했고, 샌드라는 모든 면에서 남편을 돕고 남편의 야심을 이해하며 헌신적인 노력을 다했다. 스티븐은 가끔씩 이런 행복한 생활이 믿어지지 않았다. 세력 있는 키더민스터 가(家)와의 인연은 스티븐의 급속한 출세를 의미한다. 기회를 포착해서 일단 얻은 지위는 스티븐 자신의 능력과 재능에 의해 보다 확고한 것이 될 것이다. 스티븐은 자신의 능력을 절대적으로 믿고, 나라를 위해서 혼신의 힘을 다해 일하겠다고 결심했다.

스티븐은 종종 빈틈이라곤 전혀 없어 보이는 샌드라를 보면서 속으로 흡족해했다. 정말로 샌드라는 스티븐이 항상 마음속으로 그리고 있던 여인상, 바로 그것이었다. 샌드라에게는 어딘가 경주마를 연상케 하는 데가 있다―옷차림이 단정하고 교양이 넘치며, 자존심이 강한 여자.

스티븐은 샌드라를 이상적인 반려자로 생각하고 있었다. 두 사람의 생각은 보조를 맞춘 듯이 항상 같은 결론에 달했다. 스티븐 패러데이, 그 왜소하고 내성적인 소년이 마침내 목적을 달성한 것이라고 스티븐은 생각했다. 스티븐의 인생은 그가 생각했던 대로 되어가고 있었다. 이제 막 30을 넘긴 나이이지만 이미 성공은 그의 손 안에 있었다.

이 같은 만족한 생활 속에서 스티븐은 샌드라와 함께 2주일 예정으로 세인트 모리츠로 여행을 떠났다. 그런데 거기 호텔라운지에서 로즈메리 바턴을 만난 것이었다.

그 순간, 자신에게 무슨 일이 일어났는지 스티븐은 아직까지도 잘 모른다. 방 하나를 사이에 두고 스티븐은 사랑에 빠진 것이다. 진지하고 거역할 수 없는 미칠 것 같은 감정이었다. 나이에 걸맞지 않은 분별력 없는 젊은 애들과 같은 감정이었다.

스티븐은 그전부터 자신을 정열적인 성격이 아니라고 생각해 왔다. 소꿉장난과 같은 어설픈 사랑의 감정은 한두 번 경험한 적이 있다. 그리고 그것이 스티븐이 알고 있는 '사랑'의 전부였다. 육체적인 것에는 전혀 흥미가 없었다. 스티븐은 스스로가 너무 결벽하다고 생각하고 있었다. 만일 누군가가 아내를 사랑하고 있느냐고 묻는다면, "물론입니다."라고 대답할 것이다. 그러나 만일 샌드라가 가난한 집 딸이었다면 절대로 결혼하지 않았을 것이라는 사실도 스티븐은 스스로가 잘 알고 있었다. 아내를 좋아하고 존경도 하며 깊은 애정을 느끼고 있고, 그리고 아내의 위치가 주는 도움에 대해서는 말로 표현할 수 없을 정도로 감사한 마음도 갖고 있었다.

새파랗게 젊은 애들처럼 분방하고 가슴 저린 사랑을 할 수 있다는 것이 스티븐으로서는 의외였다. 스티븐은 로즈메리 외에는 아무것도 생각할 수 없게 되었다. 로즈메리의 사랑스러운 얼굴이나 풍성한 갈색 머리칼, 우아한 자태.

스티븐은 식사할 마음도 안 생기고, 밤에는 잠을 이룰 수가 없었다. 두 사람은 함께 스키를 탔다. 로즈메리와 춤도 췄다. 로즈메리를 끌어안으면서 이 세상의 그 무엇보다도 로즈메리가 필요하다고 생각했다. 이 괴로움, 두근거리는 이 격한 감정, 이것은 사랑이다!

이런 무아지경의 상황에서도 변함없는 냉정함을 유지할 수 있게 한 운명의 신에게 스티븐은 감사했다. 로즈메리를 제외하고는 의심하는 사람도, 아는 사람도 없을 것이다.

바턴 부부는 패러데이네보다 1주일 빨리 세인트 모리츠를 떠났다. 스티븐도 샌드라에게 돌아가자고 말했고, 샌드라는 기분 좋게 동의를 했다. 런던으로 돌아온 지 2주일 뒤, 스티븐과 로즈메리는 애인 사이로 발전했다.

사랑의 열병으로 정신을 잃은 시기였다. 이 열병은 얼마나 지속될까? 기껏해야 6개월이었다. 이 6개월 동안 스티븐은 평상시와 똑같이 출근하고, 여러 모임에서는 의견을 발표하고, 집에 돌아와서는 샌드라와 정치에 대해서 논의했다. 그러나 생각하는 것은 오직 로즈메리뿐이었다.

작은 아파트에서의 은밀한 만남, 로즈메리와의 포옹. 꿈, 마음을 어지럽히는 관능적인 꿈.

그리고 꿈은 사라지고 깨어나야 할 시간이 다가왔다.

그것은 갑작스런 일이었다.

마치 터널을 통과하여 갑자기 밝은 햇빛 속으로 나온 것 같았다.

다시 본래대로의 스티븐 패러데이로 되돌아가서 로즈메리를 만나는 일은 삼가야겠다고 생각했다. 이젠 그만두어야 한다. 우리들은 지금 불장난을 하고 있는 것이다. 만일 샌드라가 알게 되면 난처해진다. 아침 식탁에서 스티븐은 샌드라의 눈치를 살폈다. 다행이다. 샌드라는 아무것도 모르고 있는 것 같다. 그런 것은 아예 생각지도 않는다. 요즘 번번이 집을 비울 때에도 그 구실은 너무 뻔한 것이었다. 여자로서는 뭔가 이상하게 느낄 만도 하다. 하지만 다행스럽게도 샌드라는 의심이 많은 여자가 아니다.

스티븐은 안도의 숨을 쉬었다. 자신도 로즈메리도 지금까지 너무 무모한 짓을 한 것이다! 로즈메리의 남편에게 발각되지 않은 것이 이상하다.

스티븐은 갑자기 골프장을 떠올렸다. 시원한 공기를 뚫고 공이 멋지게 날아간다. 느슨한 반바지 차림의 남자들이 파이프 담배를 피운다. 여자들은 골프장에 들어갈 수 없다!

스티븐은 별안간 샌드라에게 말했다.

"둘이서 페어헤이븐에 갈 수 없을까?"

샌드라는 놀란 듯이 그를 쳐다보았다.

"가고 싶으세요? 하지만 빠져나갈 수가 있을까요?"

"수요일이나 목요일쯤에 가면 괜찮을 거요. 몸도 나른한 것 같고 골프나 좀 쳤으면 좋겠는데."

"그렇다면 내일이라도 출발할 수 있어요. 그렇게 되면 아스트리 부부와의 약속은 뒤로 미뤄야 되고, 그 화요일 모임도 거절을 해야 하겠네요. 하지만 로바 부부와의 약속은 어떻게 하시겠어요?"

"아, 그것도 취소해요. 구실은 적당히 붙이면 되는 거니까. 아무튼 여기에서 한시바삐 빠져나가고 싶소."

페어헤이븐에서는 샌드라와 함께 테라스나 정원에서 시간을 보내기도 하고,

골프도 치고, 석양 무렵에는 맥타비시를 데리고 농장까지 산책을 나가기도 했다. 시간은 서서히 흘러갔다.

스티븐은 병이 점점 나아가는 병자와 같은 기분이었다.

로즈메리의 편지를 받았을 때 스티븐은 눈살을 찌푸렸다. 편지를 하면 안 된다고 했는데 끝내 편지를 보내고 만 것이다. 매우 위험한 일이었다. 샌드라는 남편에게 온 편지에 대해서 참견한 적은 없었지만, 그래도 편지를 보낸 로즈메리의 행동이 역시 현명한 일이라고는 할 수 없다.

스티븐은 화가 난 듯이 겉봉을 뜯고서는 서재로 가지고 들어갔다.

여러 장의 두꺼운 편지였다.

읽어 나감에 따라 그 황홀했던 기억이 되살아났다.

사랑해요. 당신을 더 없이 사랑하고 있어요. 꼬박 닷새 동안이나 당신을 만나지 못하다니 도저히 참을 수가 없어요. 당신도 나와 같은 생각을 하고 있을까요? 레퍼드는 자기의 이디오피안을 잊어버린 것이 아닐까요?

스티븐은 한숨을 쉬면서 씁쓸하게 웃었다. 그 바보 같은 말장난은 그녀가 맘에 들어 하던 표범 무늬의 남자용 가운을 그가 사줬을 때 나온 것이었다. 표범 무늬가 변질되어 가는 그 가운을 보고 스티븐은 말했던 것이다.

"하지만 당신의 피부는 변하면 안 돼."

그 뒤 로즈메리는 그를 레퍼드라 부르고, 그는 로즈메리를 '나의 블랙 뷰티'라고 불렀던 것이다.

어처구니없는 얘기다. 너무 바보 같다. 이렇게 긴 편지를 보낸 것이 기특하지 않은 것은 아니나, 그래서는 안 된다. 무슨 일일까? 신경을 더 써서 주의해야 한다고 했는데! 샌드라는 이런 일을 눈감아 줄 여자는 아니다. 만일 샌드라가 조금이라도 눈치를 챘다면, 편지를 쓴다는 것은 위험하다. 로즈메리에게도 분명히 그렇게 말했다. 왜 내가 런던으로 갈 때까지 기다리지 않는 거지? 못난 사람 같으니. 2~3일만 있으면 만날 수 있을 텐데.

다음 날 아침, 아침 식탁에 또 다른 편지가 놓여 있었다. 이번에 스티븐은 마음속으로 저주의 말을 내뱉었다. 스티븐은 샌드라가 잠시 동안 그 편지에 시선을 두는 것 같아서 약간 놀랐다. 그런데 샌드라는 아무 말도 하지 않았다. 다행히도 샌드라는 남편에게 온 편지에 대해서 이것저것 참견을 하고 싶어하는 여자는 아니었다.

아침식사가 끝나자 스티븐은 자동차로 8마일 밖의 시장이 있는 마을까지 나왔다. 거기서는 전화를 걸기가 곤란했기 때문이다. 교환을 통해서 로즈메리가 나왔다.

"여보세요, 로즈메리? 이제 편지 그만 보내요."

"스티븐, 당신이군요. 얼마나 보고 싶었는지 몰라요. 이렇게 당신 목소리를 들을 수 있다니!

"신경을 좀 써줘야겠소. 아무도 엿듣는 사람은 없겠지?"

"물론이에요. 염려 마세요. 당신이 안 계시니까 너무 외로워요. 당신은?"

"물론 나도 그래요. 하지만 편지는 보내지 말아요. 너무 위험한 일이니까."

"편지 어땠어요? 편지 읽으면서 내 생각하셨어요? 아, 사랑하는 당신. 나는 잠시라도 당신 곁을 떠나고 싶지 않아요. 당신도 내 곁을 떠나지 않으시겠죠?"

"그래요. 하지만 전화상으로는 길게 말할 수 없소."

"매우 용의주도하시군요. 도대체 무슨 일이죠?"

"당신을 위해서 그러는 거요, 로즈메리. 나 때문에 당신이 상처를 입는 걸 원치 않아요."

"어떻게 되든 나는 상관하지 않아요. 당신도 그건 알고 계시잖아요."

"하지만 나는 그렇지가 못해요."

"언제 돌아오실 거죠?"

"화요일."

"그럼, 수요일에는 당신을 만날 수 있겠군요."

"으—응."

"정말 기다리기 힘들어요. 무슨 구실을 붙여서 오늘 오시면 안 돼요? 스티븐, 할 수 있잖아요! 붙일 구실은 얼마든지 있잖아요?"

"그건 무리요."

"당신은 내가 없어도 외롭지 않으신 모양이군요."

"바보 같은 소리 하지 말아요. 나도 정말 외로운 건 마찬가지요."

전화를 끊고 나자 스티븐은 피로가 몰려왔다. 여자들은 왜 그렇게 분별력이 없을까? 로즈메리도 나도 앞으로는 더욱 주의를 해야만 한다. 만나는 횟수도 줄이는 편이 좋겠다.

그 뒤, 일은 귀찮게 되었다. 스티븐은 매우 바빴다. 로즈메리에게 이전처럼 많은 시간을 할애한다는 것은 도저히 불가능했다. 그런데 난처한 일은, 로즈메리가 그 상황을 전혀 이해하려 들지 않는다는 것이었다. 스티븐이 설명을 해도 아예 들으려고도 하지 않았다.

"당신의 그 알량한 정치, 무슨 대단한 것이라도 되는 것 같군요."

"하지만 나에겐 소중한 일이오."

로즈메리는 이해하지 못한다. 로즈메리에게 문제가 되는 것은 없다. 그의 일도, 야심도, 출세도 로즈메리에겐 흥미 없는 일이었다. 단지 바라는 것은 그가 계속해서 사랑하고 있다는 말을 해주는 것뿐이다.

"지금까지 그랬던 것처럼 말이죠, 진심으로 나를 사랑한다고 다시 한 번 말해 주세요."

아마 이제는 로즈메리도 그것을 당연하게 느끼고 있을 거라고 스티븐은 생각했다. 로즈메리는 사랑스러운 여자다. 사랑스럽다. 하지만 곤란한 것은 로즈메리에겐 얘기가 통하지 않는다는 점이다.

두 사람은 지금까지 너무 자주 만났다. 언제까지나 똑같은 감정을 유지할 수는 없는 일이다. 만나는 횟수를 줄여야 한다. 아무튼 좀 멀리 해야 한다.

그러나 그 얘기를 로즈메리에게 했을 때 그녀는 몹시 화를 냈다. 주체하지 못할 정도로 화를 내버린 것이다. 로즈메리는 그를 원망하고 있다.

"이제 그전처럼 저를 사랑하지 않는 거군요."

그렇게 되면 물론 계속 사랑하고 있다고 안심시킬 수밖에 없다. 그런데 거기서 로즈메리는 그가 전에 한 말을 하나하나 꺼내는 것이었다.

"둘이 함께 죽을 수 있다면 얼마나 좋겠냐고 하신 말씀 생각나세요? 서로

부둥켜안고 영원히 잠들 수 있다면 얼마나 좋겠냐고요? 역마차를 타고 사막의 나라로 가버리고 싶다고도 하셨죠? 존재하는 것은 별과 낙타뿐, 거기서는 세상의 모든 일을 깨끗이 잊어버릴 수 있다고 하셨죠?"

인간은 사랑에 빠지게 되면 어째서 그런 바보 같은 실수를 하게 되는 걸까? 아무튼 그때는 이성을 잃은 상태였는데, 서로가 냉정해진 지금의 상태에서 새삼 그런 말을 하나하나 들먹거린다는 것은 참을 수 없는 일이다! 여자들은 어째서 가만히 놔두질 않는 걸까! 자신이 저지른 실수를 뒷날 다시 기억해야 된다는 것은 남자로서는 정말 참을 수 없는 일이다.

이윽고 로즈메리는 당치도 않은 말을 꺼냈다.

"남프랑스에 가서 같이 살면 안 될까요? 꼭 그곳이 아니더라도 시실리나 코르시카 같은, 아무도 아는 사람이 없는 곳에 가서 같이 살면 안 될까요?"

스티븐은 무뚝뚝하게 잘라 말했다. 이 세상에 그런 곳은 없다고.

아무리 낯선 곳이라고 해도 몇 년 동안 만나지 못했던 동창생을 우연히 만난다든가, 아무튼 어디든 아는 사람은 있기 마련이다.

그러자 로즈메리는 뭔가 움찔해지는 말을 했다.

"그래요. 하지만 그것이 그렇게 중요한 일일까요?"

순간, 스티븐은 몸이 굳어지는 것 같았지만 냉정하게 말했다.

"무슨 뜻이지?"

로즈메리는 미소를 지었다. 예전에 그의 마음을 사로잡았던 그 매혹적인 미소였다. 그러나 지금은 그 미소가 스티븐을 초조하게 만들었다.

"레퍼드, 저는 가끔 이런 생각을 해요. 언제까지나 우리가 이런 식으로 산다는 것은 어리석은 일이라고요. 별로 어려운 일이라고는 생각지 않아요. 둘이서 어딘가로 떠나요. 이제 숨어 다니는 일은 그만둬요. 조지나 당신 부인도 이혼해 줄 거예요. 그렇게 되면 우리는 함께 살 수 있게 되는 거예요."

그렇게 되면 만사 헛일이다! 파멸이다! 로즈메리는 그것을 모르고 있다.

"당신에게 그런 일을 시키고 싶진 않아."

"하지만, 레퍼드, 나는 조금도 상관없어요. 그런 고루한 생각은 하지 않아요."

"하지만 나는 달라. 나는 생각이 다르다고."

"나는 이 세상에서 가장 소중한 것은 사랑이라고 생각해요. 다른 사람들이 어떻게 생각하든 그건 문제 삼을 필요가 없다고 생각해요."

"나로서는 그것이 중요한 문제요. 그런 스캔들이 표면화되면 내 정치 생명은 끝장이 나는 거요."

"하지만 그게 그렇게 중대한 문제일까요? 당신은 얼마든지 그 밖에 다른 일을 할 수 있는 능력이 있어요."

"바보 같은 소리는 그만둬요."

"게다가 꼭 뭔가를 해야 할 필요는 없잖아요? 돈이라면 제게도 얼마든지 있어요. 그건 조지의 돈이 아니고 제 돈이에요. 전 세계를 다 돌아다닐 수도 있어요. 어딘가 먼 곳으로 떠나는 거예요. 지금까지 아무도 가보지 못한 곳으로 말이에요. 그렇지 않으면 남태평양의 어느 섬도 좋아요. 상상해 보세요. 불타는 태양과 푸른 바다, 그리고 산호초."

스티븐은 상상해 봤다. 남태평양의 섬! 이건 나를 희롱하는 것이나 다름없다. 도대체 나를 어떻게 생각하고 그런 말을 한단 말인가! 내가 떠돌아다니는 건달이라도 된단 말인가!

사랑스럽긴 하지만 머릿속은 텅 빈 여자! 그런 여자를 내가 좋아하다니. 잠시 눈이 멀었던 것이다. 그러나 지금은 이미 냉정을 되찾고 있다. 여기서 어떻게든 빠져나가야 한다. 신중하게 처신하지 않으면 내 인생은 완전히 파멸해 버릴 것이다.

이런 상황에서는 대부분의 남자들이 그렇듯이 스티븐도 그렇게 할 수밖에 없다. 두 사람의 관계는 이제 끝내야 한다—그는 그렇게 썼다. 그것이 당신에게 있어서도 가장 좋은 방법일 것이다. 당신을 도저히 불행하도록 내버려 둘 수는 없다. 당신이 내 마음을 알아주지 않는다면—.

이것으로 모두 끝났다. 이제는 로즈메리도 깨달을 것이다.

그러나 로즈메리가 고집스럽게 이해하려 들지 않은 것이 바로 그것이었다. 일이 그렇게 쉽지는 않았다.

나는 당신을 사랑하고 있어요. 당신 없이는 도저히 살 수 없어요! 유

일한 길은 '진실'을 내 남편과 당신 아내에게 말하는 거예요!

그 편지를 손에 들고 가만히 앉아 있던 그때, 등골이 오싹했던 기분을 스티븐은 아직까지도 기억하고 있다. 어리석은 여자! 텅 빈 여자! 그런 여자라면 조지 바턴에게 아무 말도 털어놓지 않는다고 보장할 수 없고, 그렇게 되면 조지는 로즈메리와 인연을 끊고 나에게도 그 잘못을 돌릴 것이다. 그리고 샌드라도 불문곡직하고 나와 헤어질 것임에 틀림없다. 너무나 뻔한 일이다.

샌드라는 며칠 전에 친구의 일로 너무 기가 막힌다는 표정으로 이야기를 한 적이 있다. "여보, 남편이 다른 여자와 관계가 있다는 것을 알게 되면 이혼할 수밖에 없지 않을까요?" 샌드라는 자존심이 강한 여자다. 남편이 다른 여자와 바람피우고 있다는 사실을 알게 되면 결코 용서하지 않을 것이다.

그렇게 되면 나는 끝장이다. 강력한 키더민스터 집안의 뒷배경은 사라져 버린다. 어리석은 사랑 하나 때문에 나의 꿈과 야망은 순식간에 허물어져 버린다. 그렇다, 그건 어리석은 사랑이었다. 그것 때문에 내 인생을 포기할 수는 없다. 그것을 고집한다면 내 인생은 밑바닥으로 떨어져 버리게 된다.

자신이 걸어온 인생의 승부를 모두 놓쳐 버릴 것이다. 실패! 불명예!

샌드라도 놓쳐 버린다⋯⋯.

갑자기 스티븐은 자기에게 가장 소중한 것이 그것이라는 것을 알고는 자신도 깜짝 놀랐다. 샌드라! 나의 소중한 친구, 샌드라! 자존심이 강하고 아내로서 충실한 샌드라. 안 돼, 샌드라를 놓칠 수는 없다. 모두 잃게 되더라도 샌드라만은 안 된다.

이마에 땀이 맺혔다.

어떻게든 이 덫에서 빠져나와야 한다.

어떻게든 로즈메리를 이해시켜야 한다―하지만 그녀가 들어줄까? 로즈메리는 이해라는 것과는 거리가 먼 여자다. 만일 내가 끝내는 아내를 사랑한다고 로즈메리에게 말한다면? 안 된다. 그녀는 믿지 않을 것이다. 어떻게 해볼 수도 없는 어리석은 여자다. 머릿속은 텅 비어 있고, 사치만 부리는 독점욕이 강한 여자다. 더구나 로즈메리는 아직 나를 사랑하고 있다. 결국 그것 때문에 일이 풀리지 않는 것이다.

스티븐은 참을 수 없는 분노가 치밀었다. 도대체 어떻게 해야 로즈메리를 단념시킬 수 있단 말인가? 어떻게 하면 입을 막아 버릴 수 있을까? 독약이라도 먹이지 않는 한은 불가능한 일이라고 스티븐은 매우 기분 나쁜 생각을 했다.

말벌이 그의 주위를 윙윙 날아다니고 있었다. 스티븐은 어느새 그것을 보고 있었다. 말벌은 열려 있던 잼 병 속으로 들어가더니 거기에서 빠져나오려고 몸부림치고 있었다.

나와 같은 처지구나 하고 스티븐은 생각했다. 달콤함에 탐닉하여 함정에 빠지고, 결국은 빠져나오지 못하는 가련한 놈.

하지만 나는, 스티븐 패러데이는 어떻게든 빠져나온다. 시간이다. 우선은 시간을 벌어 놓고 보는 것이다.

로즈메리는 현재 독감으로 자리에 누워 있다. 일단 큰 꽃다발을 보내서 문병을 하는 거다. 그래서 잠시 동안은 시간을 벌 수가 있다. 다음 주에 샌드라와 그는 바턴 부부와 함께 저녁식사를 하기로 되어 있다. 로즈메리의 생일파티다.

로즈메리는 말했다.

"생일파티가 끝날 때까지는 아무 말도 않겠어요. 조지가 충격을 받을 테니까. 그 사람은 지금 파티 준비 때문에 분주할 거예요. 그 사람은 정말 친절하고 좋은 사람이에요. 생일파티가 완전히 끝나면 조지와 얘기를 하겠어요. 그래서 제 의사를 분명히 전하고 그를 이해시키겠어요."

만일 내가 '이제 우리는 끝난 것이다, 이제 당신에 대한 기억은 사라진 지 오래다.' 하고 냉정히 로즈메리에게 말했다면 어떻게 됐을까? 스티븐은 몸을 떨었다. 안 된다. 그런 말은 할 수 없다. 해서는 안 된다. 로즈메리는 미친 사람처럼 조지한테로 갈 것이다. 샌드라한테로 올지도 모른다. 눈물이 글썽글썽해서 난처한 입장을 설명하는 로즈메리의 목소리가 들리는 것 같았다.

"그 사람은 이제 더 이상 저를 생각하지 않는다고 말했지만, 저는 그것이 거짓이라는 걸 알아요. 그 사람은 당신과의 충실한 생활을 원해요. 하지만 당신이라면 이해해 주시겠죠, 서로 사랑하고 있다면 정직하게 그것을 받아들이는 것이 유일한 삶의 태도라는 것을. 그 사람을 자유롭게 해달라고 부탁하는 것도 그런 이유 때문이에요"

그 여자는 분명히 이런 말도 안 되는 소리를 지껄여댈 것이다. 그리고 샌드라는 자존심 상한 얼굴로 경멸하듯이 말할 것이다.

"그건 그 사람 뜻에 달린 거겠죠!"

샌드라는 용서하지 않을 것이다.

어떻게든 로즈메리의 입을 막을 수 있는 방법을 강구해야 한다.

스티븐은 화가 나서 중얼거렸다.

"독약이 섞인 샴페인이 로즈메리를 침묵하게 하는 유일한 방법이다."

분명히 스티븐은 진심으로 그런 생각을 하고 있었다.

로즈메리의 샴페인 잔에 청산가리, 로즈메리의 핸드백에 청산가리. 독감 뒤의 우울상태.

테이블을 사이에 두고 샌드라와 눈이 마주쳤다.

그 일이 발생한 지 벌써 그럭저럭 1년이 다 되어간다. 그러나 스티븐은 잊을 수가 없다.

제5장

알렉산드라 패러데이

샌드라 패러데이는 로즈메리 바턴을 잊지 않고 있다.

지금도 로즈메리를 생각하고 있다. 그날 밤, 식당에서 로즈메리가 테이블에 쓰러졌을 때의 일을 생각하고 있다.

샌드라는 자신이 갑자기 숨을 들이마셨던 일도, 얼굴을 들어 스티븐이 어떤 눈으로 자기를 보고 있는지를 주시했던 일도 기억하고 있다……

그 사람은 내 눈에서 진상을 읽어낸 걸까? 미움과 공포와 승리감이 교차한 내 기분을 알고 있었을까?

벌써 1년이 가까워지고 있다. 그러나 샌드라의 기분은 마치 어제 일어난 일처럼 생생하다!

만일 사람이 다른 사람의 마음속에서 계속 존재할 수 있다면 죽음이란 무슨 의미가 있을까. 로즈메리가 흡사 그런 것 같았다. 샌드라의 마음에도, 그리고 잘은 모르겠지만 아마 스티븐의 마음에도 로즈메리는 있을 수 있다고 샌드라는 생각했다.

룩셈부르크 레스토랑—훌륭한 음식과 신속한 서비스가 있으며, 장식이나 음식에도 정성을 다하는, 그러나 꺼림칙한 곳. 사람을 접대하는 장소로 흔히 사용되는 곳으로 도저히 그곳을 피해서 갈 수는 없다.

될 수 있는 대로 깨끗하게 잊어버리고 싶었다. 하지만 모든 것이 너무도 생생해서 잊어버릴 수가 없었다.

조지 바턴이 리틀 프라이어스 저택에 살게 된 뒤로는 페어헤이븐도 이미 그전의 분위기가 아니었다.

조지의 행동은 정말 엉뚱했다. 조지 바턴은 원래 이상한 남자다. 이웃으로 친하게 지내고 싶은 그런 남자는 결코 아니다. 조지 바턴이 리틀 프라이어스 저택에 나타난 뒤로 페어헤이븐이 갖는 매력도 조용함도 모두 엉망이 되어 버렸다. 그곳은 원래 항상 위안과 휴식의 장소이며, 자신과 남편이 행복하게 지낼 수 있는 장소였다(적어도 행복한 때가 있었다고 한다면).

샌드라는 입술을 굳게 다물었다. 그렇다, 누가 뭐래도 그건 확실하다! 로즈메리만 없으면 두 사람은 행복할 수가 있었다. 서로의 신뢰와 의견으로써 스티븐과 둘이서 차곡차곡 쌓아왔던 섬세한 그 성은 산산조각이 나버리고 말았다. 어떤 본능적인 반응으로 샌드라는 스티븐에게 자신의 정열이나 헌신을 그대로 나타낼 수가 없었다. 그날 키더민스터 저택에서 스티븐이 의도적으로 다가왔던 그 순간부터 샌드라는 그를 사랑하고 있었다.

스티븐은 분명히 알고 있었던 것이다. 그것을 처음으로 느낀 것이 언제였는지는 확실하지 않다. 두 사람이 결혼하여 안정된 생활을 하던 어느 날 스티븐이 어떤 법안(法案)을 가결시키기 위해 필요한 정치상의 교묘한 조작에 대해서 설명하고 있던 때였다.

그때 순간적으로 샌드라의 머리를 스치는 것이 있었다. '이건 분명히 뭔가와 비슷하다. 무엇일까?' 나중에 샌드라는 그것이 본질적으로 그날 스티븐이 키더민스터 저택에서 사용한 것과 똑같은 방법이라는 것을 알았다. 샌드라는 그런 스티븐을 훨씬 이전부터 알고 있었기 때문에 별로 개의치 않고 그것을 받아들였다. 그때는 단지 그것이 의식의 표면으로 나타난 것에 불과하다고 생각한 것이다.

결혼한 그날부터 샌드라는 자신에 대한 남편의 사랑이, 자신이 남편을 사랑하고 있는 만큼은 되지 못한다는 것을 알았다. 하지만 샌드라는 남편이 원래 무뚝뚝한 탓이라고 생각하고 있었다. 샌드라의 열정은 샌드라 자신의 소위 불행한 운명이었다. 정열적인 사랑이 여자에겐 흔하지 않다는 것을 샌드라는 알고 있었다! 남편을 위해서라면 샌드라는 기꺼이 목숨까지도 바칠 것이다. 남편을 위해서라면 자진해서 거짓말도 하고, 책략도 꾸미고, 고민도 했을 것이다! 하지만 실제로는 남편이 샌드라 자신에게 원하는 부분만을 신중하게 받아들이고 있었다. 스티븐은 아내에게 협력과 공감과, 현실적이고 지적인 내조를 원하고 있었다. 아내의 마음씨보다는 두뇌를, 그리고 키더민스터라는 배경을 원하고 있었다.

남편이 자기를 반려자로 삼을 수 있었던 것에 만족하고 있으며, 자신도 남편을 좋아한다는 것은 샌드라도 믿어 의심치 않았다. 샌드라는 자신이 짊어지고 있는 무거운 짐이 언젠가는 훨씬 가벼워지리라고 꿈꾸고 있었다—친절함과 우정의 장래. 남편은 남편 나름대로 나를 사랑하고 있다고 샌드라는 생각하고 있었다.

그런데 로즈메리가 나타난 것이다.

샌드라는 고통스럽게 입술을 깨물면서 생각에 잠기곤 했다. 어째서 남편은 내가 눈치를 못 챘다고 생각할까 하고 처음부터 샌드라는 알고 있었다. 세인트 모리츠에서 남편이 그 여자를 보는 눈빛이 예사롭지 않다는 것을 느꼈을 때부터. 그 여자가 언제부터 남편의 애인이 되었는지도 알고 있었다.

로즈메리가 사용하는 향수를 샌드라는 알고 있었던 것이다.

얼빠진 남편의 표정 속에서 샌드라는 남편이 무슨 생각을 하고 있는지를 읽어 낼 수가 있었다. 그 여자, 남편은 지금 막 그 여자를 만나고 온 것이다!

자신의 고통이 어느 정도였는지를 감추기가 쉬운 일이 아니었다고 샌드라는 냉정하게 생각했다. 매일 매일이 형극의 길을 걷는 듯한 고통의 나날이었지만, 그 나날을 견딜 수 있도록 지탱해 준 것은, 오직 용기에 대한 자신의 신념과 강한 자존심뿐이었다. 어떻게 해서든 자신의 감정을 밖으로 나타내고 싶지 않았다. 점점 야위어 가면서 피부는 까칠해지고, 얼굴이나 어깨뼈는 한층 더 튀어나와, 한 마디로 피골이 상접하다는 말이 제격일 정도였다. 억지로라도 먹을 수는 있었지만, 억지로 잘 수는 없었다. 긴 밤을 눈물로 하얗게 지새운 적이 한두 번이 아니었다. 수면제를 복용할 수도 있는 문제지만, 약하게 보이는 것은 싫었다. 나는 결코 지지 않는다. 상처 입은 모습을 보이거나, 애원하거나, 항의하는 것을 샌드라는 몹시 싫어했다.

샌드라에게는 작은 위안이 있었다. 그것은 스티븐이 샌드라와 헤어지는 것을 바라지는 않는다는 점이다. 단순히 출세를 위한 것이라고 해도 그 사실은 변하지 않았다. 스티븐은 아내와 헤어지기를 원하지는 않았다.

언젠가는 꼭 돌아올 것이다…….

도대체 남편은 그 여자의 어디가 맘에 들은 걸까? 분명히 애교가 있고 미인이기도 하다. 하지만 그런 여자라면 로즈메리가 아니더라도 얼마든지 있지 않은가. 남편은 로즈메리의 어떤 점에 사로잡힌 걸까?

그 여자는 생각도 깊지 못하고, 어리석고, 게다가 특별히 재미있는 여자도 아니다. 만일 그 여자가 기지가 넘쳐흐르고 매력적이며, 행동거지에도 사람을 끌 만한 데가 있다면 남자도 그것에 끌리게 마련이다.

샌드라는 그들의 관계가 언젠가는 끝날 것이라는 생각에 필사적으로 매달렸다. 스티븐은 언젠가 그 여자에게 싫증을 느낄 것이라고 믿고 있었다.

샌드라는 남편이 인생에 있어서 가장 흥미를 갖고 있는 것은 일이라고 확신하고 있었다. 남편은 위대한 일을 하도록 운명 지워져 있고, 남편도 그것을 알고 있다. 스티븐에게는 정치가로서의 탁월한 두뇌가 있고, 그것을 구사하는 데에 즐거움을 느끼고 있다. 그것이 남편의 생애에 부과된 일인 것이다. 혼미함에서 깨어나기 시작하면 남편도 꼭 그 사실을 알게 될 것이다.

샌드라는 한순간이라도 남편과 헤어지려고 생각한 적은 없었다. 그런 생각이 머리에 떠오르는 일조차도 없었다. 스티븐이 택하든 버리든, 샌드라는 몸도 마음도 스티븐의 것이었다. 남편은 그녀의 생명이고 존재 그 자체였다. 샌드라의 내부에서는 중세적인 열정이 불타오르고 있었다.

한때는 샌드라도 희망을 가진 적이 있었다. 두 사람은 페어헤이븐으로 떠났다. 스티븐은 본래의 그로 돌아간 것 같았다. 남편과의 사이에 예전의 공감이 갑자기 되살아나는 것을 샌드라는 느꼈다. 마음속에 희망이 솟았다. 남편은 지금 나를 원하며, 나와 함께 있는 것을 즐거워하며, 그리고 내 판단력을 믿어 주고 있다. 이것으로 잠시 동안은 남편도 그 여자로부터 벗어날 수 있을 것이다.

스티븐은 이전보다 즐거운 듯했고, 자기 자신을 되찾은 것 같았다.

자신을 회복할 수 없을 정도로 그 여자에게 빠져 있지는 않았던 것이다. 앞으로 그 여자와 헤어질 결심만 해준다면…….

그러나 두 사람이 런던으로 돌아오자 스티븐은 또 헤매기 시작했다. 야윈 얼굴에 수심에 찬 그의 모습은 마치 병자 같았다. 일에 신경을 집중하지도 못했다.

샌드라는 그 원인을 짐작할 수 있었다. 로즈메리가 남편에게 자기를 어디론가 데려가 달라고 조르고 있는 것이다. 남편은 그 첫걸음을 내딛으려 하고 있다. 자신이 가장 소중히 여기는 모든 것을 내던지고 어리석은 짓이다! 미친 짓이다! 그 사람은 언제나 일을 맨 먼저 생각하는 사람인데, 그것을 모를 리가 없다. 마음 깊은 곳에서는 그런 사실을 알고 있는 것이다. 그렇다. 하지만 로즈메리는 매우 아름답다. 게다가 어떻게 해볼 수도 없는 황당한 여자다. 여자 때문에 자신의 인생을 망치고 나중에 후회하는 남자는 비단 스티븐뿐만이 아닐 것이다!

어느 칵테일파티에서 로즈메리가 스티븐에게 하는 말을 샌드라는 들었다.

"……조지에게 말하겠어요. 우리는 결정을 내려야 해요."

로즈메리가 독감으로 몸져누운 것은 바로 그 뒤의 일이었다.

희미한 희망이 샌드라의 가슴에 와 닿았다. 독감을 앓으면 합병증으로 폐렴에 걸리기 쉽다. 작년 겨울에도 합병증으로 친구가 한 명 죽었다. 만일 그 여자가 폐렴에 걸린다면, 그래서 죽게 된다면—.

샌드라는 그런 생각을 억제하려고도 하지 않았다. 또 그러한 자신을 무섭다고도 생각하지 않았다. 양심의 가책도 없이 사람을 미워할 수 있을 정도의 중세적 경향이 샌드라에겐 있었던 것이다.

샌드라는 로즈메리 바턴을 증오하고 있었다. 만일 생각만으로도 사람을 죽일 수 있다면 샌드라는 벌써 로즈메리를 죽였을 것이다.

그러나 생각으로 사람을 죽일 수는 없다—.

생각하는 것만으로는 안 되는 것이다…….

그날 밤, 룩셈부르크 레스토랑의 숙녀용 탈의실에서 본 열은 빛깔의 여우털을 어깨에 헐렁하게 걸쳐 입은 로즈메리가 왜 그렇게 아름다웠던 걸까? 병치레 때문에 창백하고 핼쑥해진 모습이 로즈메리의 아름다움을 한층 더해 주는 것 같았다. 로즈메리가 거울 앞에서 얼굴 화장을 고치면서 서 있었다…….

샌드라는 로즈메리의 등 뒤에서 거울 속에 겹쳐진 두 사람의 모습을 가만히 보고 있었다. 자기의 얼굴은 조각처럼 차고 생기 없는 얼굴이었다. 누가 봐도 무표정하고, 냉정하고, 까다로운 여자라고 느낄 것이다.

그때 로즈메리가 말했다.

"어머, 샌드라, 내가 거울을 가리고 있군요. 나는 이제 다 했어요. 그놈의 독감 때문에 살이 많이 빠져 버렸어요. 거울을 보면 아직 상당히 쇠약하다는 것을 느껴요. 게다가 두통도 심하고"

샌드라는 예의 바르게 관심을 표현하면서 말했다.

"지금도 머리가 아프세요?"

"약간 그렇군요. 혹시 아스피린 갖고 계세요?"

"파이버 정제라면 갖고 있는데요."

샌드라는 핸드백을 열고, 캡슐을 꺼냈다. 로즈메리는 그것을 받아들었다.

"유사시에 대비해서 핸드백에 넣어뒀죠"

바턴의 유능한 여비서 루스 레싱이 이 광경을 보고 있었다. 그녀는 교대로 거울 앞에 와서 가볍게 분을 발랐다. 가지런한 얼굴 모습은 미인이라고 할만했다. 그녀도 로즈메리를 싫어하고 있다는 인상을 샌드라는 받았다.

세 사람은 탈의실을 나왔다. 먼저 샌드라, 그리고 로즈메리, 그 뒤에 레싱 양이 차례로 나왔다. 아 참, 그리고 아이리스라는 로즈메리의 여동생도 거기에 있었다. 큰 회색 눈에다 여학생 같은 하얀 드레스를 입고, 매우 들떠 있는 것 같았다.

여자들은 거기에서 나와 넓은 방에 있는 남자들과 합류했다.

웨이터가 분주하게 나오더니 모두를 테이블로 안내했다. 멋진 아치형의 입구를 통해 방으로 들어갔다. 그러나 거기에 로즈메리가 그 문을 통해 다시 살아서 밖으로 나갈 수는 없다고 경고해 주는 것은 아무것도, 전혀 아무것도 없었다.

제6장

조지 바턴

로즈메리…….

조지 바턴은 들고 있던 술잔을 놓고 넋 나간 사람처럼 벽난로의 불빛을 쳐다보고 있었다.

조지는 적당한 술기운으로 감상에 빠져 이런저런 생각을 하고 있었다.

정말 사랑스러운 여자였다. 조지는 옛날부터 죽 로즈메리에게 열중했었다. 로즈메리도 그것은 알고 있었지만 그런 자신에게 별로 관심은 없는 것 같다고 조지는 항상 생각하고 있었다.

처음에 청혼하던 때도 전혀 자신이 없었다.

딱딱한 표정으로 혼자서 우물우물 중얼거리는 식이었다. 얼간이 같은 남자가 실없는 소리를 지껄였다고 하면 제격일 것이다.

"저어……그……저는 언제라도 좋아요. 그냥 회답만 해주신다면……이런 말은 안 하는 편이 더 나았을지도 모르겠군요. 이제 당신은 나를 만나 주지 않을지도 모르니까요. 조그마한 회사도 한 개 갖고 있긴 합니다만, 저는 원래 못난 사람입니다. 하지만 저의 기분은 이해해 주시리라 믿습니다. 어떻습니까? 물론 예상치 못했던 일이라는 것은 잘 압니다. 하지만 저로서는 제 생각을 전하고 싶었습니다."

로즈메리는 웃으면서 조지의 이마에 키스를 했다. 그리고 말했다.

"조지, 당신은 좋은 사람이에요. 저도 한번 생각해 보겠어요. 하지만 저는 아직 결혼할 생각이 없어요"

조지는 순진한 말투로 대답했다.

"이해합니다. 충분한 시간을 두고 생각해 보십시오. 좋은 회답 기다리겠습니다."

조지는 전혀 기대하지 않았다.

그러므로 로즈메리가 자신의 청혼을 받아들였을 때 조지는 도저히 믿어지지가 않았다. 그저 어리벙벙할 뿐이었다.

물론 로즈메리는 조지를 사랑하고 있었던 것은 아니었다. 조지도 그 점은 잘 알고 있었다. 사실 로즈메리는 솔직히 말했었다.

"당신도 알고 계시겠지만, 저는 안정된 분위기에서 행복하고 평온한 생활을 하고 싶어요. 당신과는 그런 식으로 해나갈 생각이에요. 사랑은 이제 지겨워요. 왠지 항상 결과가 좋지 않게 끝나는 거예요. 당신을 좋아해요, 조지. 좋은 분이에요. 당신은 재미있고, 친절하고, 그리고 저를 멋진 여자로 생각해 주니까요."

조지는 약간 당황하며 대답했다.

"안정된 생활이 무엇보다도 우선이군요. 우리는 왕처럼 행복해질 수 있어요."

뭐 현실적으로 불가능한 얘기만은 아니었다. 두 사람은 행복했다. 조지는 언제나 마음속으로 자신은 시시한 인간이라고 생각하고 있었다. 언젠가는 암초에 부딪칠 일도 있을 것이라고 늘 자기 자신에게도 타이르고 있었다. 로즈메리는 자기처럼 시시하고 따분한 남자에게 만족할 수 있는 여자가 못 된다. 언젠가는 사건이 일어날 것이다! 나는 그 사건을 받아들일 수 있도록 미리 훈련을 해둬야 한다! 하지만 그런 사건은 결코 오래가지는 않으리라는 신념을 끝까지 가지는 거다! 로즈메리는 결국 내 곁으로 돌아올 것이다. 스스로가 그렇게 미리 각오를 해버리면 뒷일은 만사형통이다.

이렇게 생각할 수 있는 것도 로즈메리가 남편을 좋아했기 때문이다. 남편에 대한 로즈메리의 애정은 항상 변함이 없었다. 그것은 로즈메리의 바람기나 변덕과는 전혀 별개의 것이었다.

조지는 그것을 받아들여야 한다고 자기 스스로 타일렀다. 로즈메리처럼 정열적인 성격과 빼어난 미모를 가진 여자에게는 당연히 있을 수 있는 일이라고 자신에게 타일렀다. 조지에게 의외였던 것은 오히려 자신의 반응이었다.

이 청년과 친하게 지내고 있다든가 저 청년과는 어떻다든가 하는 이야기는 아무것도 아니었는데, 이번만은 진심인 것 같다고 처음으로 느낀 때는—.

조지는 아내가 뭔가 달라졌다는 것을 금방 알아차릴 수 있었다. 기분은 항상 들떠 있는 상태고, 아름다움은 더해 가고, 온몸에서 발산되는 빛은 눈이 부실 정도였다. 이윽고 조지가 본능적으로 느낀 것은 움직일 수 없는 사실로 확인되었다.

어느 날 조지가 아내의 방으로 들어가자 로즈메리는 쓰고 있던 편지를 반사적으로 손으로 덮었다. 조지는 그때 알았다. 아내가 애인에게 편지를 쓰고 있었다는 사실을.

이윽고 로즈메리가 방에서 나가자 조지는 곧바로 로즈메리의 책상으로 가 봤다. 편지는 로즈메리가 갖고 갔지만, 압지에는 글씨 자국이 그대로 남아 있었다. 조지는 방의 반대편으로 그것을 가지고 가서 거울에 비춰 봤다. 그랬더니 로즈메리의 휘갈겨 쓴 글씨가 그대로 나타났다.

'*나의 소중한 당신……*'

피가 거꾸로 솟는 것 같았다. 그 순간 조지는 오델로의 기분을 분명히 이해할 수 있었다. 현명한 해결? 그런 생각을 하는 것은 덜 트인 사람이나 하는 짓이다. 조지는 아내의 목을 졸라 죽이고 싶었다! 그 남자를 서서히 죽여주고 싶었다. 누구지? 그 브라운이라는 사람일까? 그렇지 않으면, 그 키다리 스티븐 패러데이인가? 두 사람 다 로즈메리에게 관심을 갖고 있었다.

조지는 거울에 비친 자신의 얼굴을 봤다. 눈이 충혈되어 있었다. 마치 당장이라도 발작을 일으킬 것 같았다.

그때 일을 생각하고 있는 사이에 조지 바턴의 손에서 술잔이 미끄러졌다. 또다시 조지는 숨이 막히고 피가 거꾸로 솟는 것 같았다. 지금까지도…….

조지는 기억을 지워 버렸다. 더 이상 생각해서는 안 된다. 과거의 일은 이미 끝난 것이다. 다시는 그런 생각에 빠지지 않겠다. 로즈메리는 죽었다. 죽어서 편안한 나라로 갔다. 그리고 나도 편안하다. 이제 괴로워할 일은 없다…….

아내의 죽음에 그런 의미가 있다니? 생각해 보면 이상한 일이다. 편안함…….

조지는 루스에게도 그 얘기는 하지 않았다. 루스는 좋은 여자다. 머리도 좋다. 막상 루스가 없다고 한다면 무엇을 어떻게 해야 할지 조지는 막막했다. 루스의 도움은 단순한 동정의 표시일 것이다. 루스에겐 이성으로 느끼게 하는 곳은 결코 없다. 로즈메리처럼 남자의 마음을 빼앗는 매력도 없다…….

로즈메리……식당의 원형 테이블에 마주 앉아 있는 로즈메리. 독감 때문에 약간 야위고 약간 몸이 약해지기는 했다. 그래도 아름다웠다. 그 이상 아름다울 수가 없었다. 그러고는 겨우 한 시간도 못 되어서―.

안 된다. 더 이상 생각하지 않기로 했던 일이다. 지금은 안 된다. 계획, 그 계획에 대해서 생각해 보자.

우선 레이스에게 얘기한다. 편지도 보여 주자. 레이스는 그 편지를 어떻게 생각할까? 아이리스는 아연실색했었다. 처제로서는 전혀 상상하지 못한 일이었을 것이다.

이렇게 되면 내가 어떻게든 뭔가 하지 않으면 안 된다. 누군지 반드시 밝혀내고야 말겠다.

계획. 준비는 다 되어 있다. 일시. 장소

11월 1일. 만성절. 상당히 좋은 착안이다. 장소는 물론 룩셈부르크 레스토랑. 될 수 있으면 그날 사용했던 바로 그 테이블을 잡기로 하자.

그리고 같은 얼굴. 앤터니 브라운, 스티븐 패러데이, 샌드라 패러데이. 그리고 물론 루스와 아이리스, 그리고 나. 한 사람은 어중간하지만 일곱 번째 손님으로서 레이스를 넣자. 레이스는 원래 그 만찬회에 오기로 되어 있었던 사람이다.

그리고 주인 없는 좌석 하나가 눈길을 끈다.

훌륭한 계획이다!

극적이다!

범죄의 재현이다!

비록 완전히 똑같은 상황은 아니지만…….

조지의 마음은 과거로 되돌아갔다…….

로즈메리의 생일…….

로즈메리, 테이블에 엎드려 쓰러져―죽어 있었다…….

제2편 만성절

"어머, 로즈메리로군요. 꽃말은 기억."

루실라 드레이크는 시끄럽게 재잘거리고 있었다. 그것이 이 가정에서 항상 사용되는 표현이고, 루실라의 얄상한 입술이 움직이는 모양을 보면 정말 딱 맞는 표현이었다.

그날 아침, 루실라는 여러 가지 일에 신경을 빼앗기고 있었다. 생각들이 너무 많아서 한 가지에 신경을 집중하기가 힘들 정도였다. 런던으로 돌아갈 시간은 다가오고 있고, 거기에 따르는 집안 문제도 있다. 하인들 문제, 집 정리, 월동 준비, 그 밖에도 자잘하게 할 일들이 꽉 찼다. 그러나 저러나 아이리스의 안색이 신경 쓰여서 아무것도 손에 잡히지 않는다.

"정말 걱정이구나. 그렇게 창백하고 피곤한 안색이니 잠을 전혀 못 잔 사람 같아. 잠은 잘 자는 거니? 만일 잠이 잘 안 오면 좋은 수면제가 있으니 먹어 봐. 와일리 선생, 아니 개스켈 선생이었던가? 그러니까 생각이 나는데, 잡화점에는 내가 직접 가봐야겠어. 하인들이 자기들 것도 같이 주문했는지, 그렇잖으면 잡화점 쪽에서 속임수를 쓴 것인지 확인해 봐야겠어. 비누상자가 몇 개씩이나—나는 기껏해야 1주일에 세 개밖에 쓰지 않는데 말이야. 그런데 어쩌면 소다수를 먹어 보는 편이 더 좋을지도 모르겠구나. 내가 어렸을 때는 그것을 주로 많이 먹었다. 그리고 물론 시금치도 그렇고 오늘 점심때는 시금치를 준비하도록 주방일 하는 사람한테 시켜 놔야겠어."

아이리스는 몸이 나른한 데다, 루실라 고모의 요점 없는 얘기에는 이미 익숙해져 있기도 해서 개스켈 선생의 이름 끝에 왜 고모가 시골 잡화점을 생각해 냈는지 굳이 물어보고 싶지도 않았다. 물어본다고 해도, "그것은 잡화점 이름이 크랜퍼드이기 때문이야"라고 대답할 것이 뻔하기 때문이었다. 루실라 고모의 사고범위는 항상 틀에 박힌 것이었다.

아이리스는 있는 힘을 다해서 겨우 이렇게 대답했다.

"나는 아무렇지도 않아요, 루실라 고모."

루실라 드레이크는 말했다.

"눈가에 기미가 생겼구나. 너무 무리한 탓일 거야."

"몇 주일 동안이나 아무 일도 하지 않았는데."

"네가 그렇게 생각하고 있을 뿐이야. 젊은 아가씨에겐 테니스도 너무 무리하게 하면 몸에 별로 좋지 않아. 게다가 여기는 분지라서 그런지 공기가 별로 좋지 않아요. 사람을 무기력하게 하는 데가 있어. 조지가 그 여자 대신에 나에게 의논해 주었으면 좋았을 텐데."

"그 여자?"

"조지가 매우 대단하게 생각하는 레싱 양 말이야. 사무실에서는 유능한지 몰라도 그 밖에 다른 일에 끌어들인다는 것은 크게 잘못하는 일이라고 생각하거든. 그렇게 되면 기어오르고, 자기도 가족의 일원이라고 생각해 버릴 테니까. 나는 별로 이롭지 못한 일이라고 생각해."

"하지만, 루실라 고모, 루스는 사실상 가족이나 다름없잖아요."

드레이크 부인은 비웃듯이 말했다.

"그 아가씨는 그런 생각이겠지. 그것은 확실해. 조지도 가엾지. 여자에 관해서는 일자무식이니 말이야. 그건 안 될 말이야, 아이리스 조지를 지켜 줘야 해. 그리고 내가 너라면, 가령 레싱 양이 아무리 좋은 사람이라 해도 결혼할 생각은 아예 못 하도록 확실히 해두겠다."

아이리스는 순간 정신이 번쩍 났다.

"형부가 루스와 결혼을 하다니요. 그, 그런 것은 생각해 본 적도 없어요."

"너는 아직 눈앞에 생기는 일에 대해서 민감하지 못해. 아무래도 인생 경험이 부족한 때이니까."

아이리스는 자기도 모르게 웃음이 나왔다. 루실라 고모는 가끔씩 정말 이상한 말을 한다.

"그 아가씨, 결혼생활에는 관심이 없어."

"그게 그렇게 중요한 걸까요?" 아이리스가 물었다.

"중요한 거라니? 물론 중요하고말고."

"하지만 그렇게 된다면 오히려 좋지 않을까요?"

고모는 가만히 아이리스를 보고 있었다.

"결국 형부한테는 좋은 일이겠죠. 하지만 고모가 하시는 말씀도 이해해요. 저도 그 아가씨가 형부를 좋아한다고 생각해요. 그 사람이라면 좋은 아내가 될 것이고, 형부의 뒷바라지도 잘 해줄 거예요."

드레이크 부인은 코웃음 치며 그 양같이 순한 얼굴에 노여운 표정을 지었다.

"조지에게는 지금 아무것도 불편한 것이 없어. 이 이상 무엇이 필요할까. 훌륭한 식사에, 건강도 충분히 곁에서 신경을 써 주고 있는데. 한 지붕 밑에서 너같이 귀여운 처제와 같이 산다는 것도 즐거울 테고, 그리고 언젠간 네가 결혼하더라도 네가 아직 건강하니까 그의 시중을 들어줄 수 있지 않겠니. 도대체 그 사무만 보던 아가씨가 집안일에 대해서 무얼 알겠니? 계산, 장부, 속기, 타이프, 그런 것이 가정에 무슨 도움이 될까 말이다."

아이리스는 웃으면서 고개를 저었지만 그것에 대해 말다툼 하기는 싫었다. 그녀는 루스의 부드러운 검은 머리칼이나 루스 취향의 검소한 복장이 돋보이는 그 모습을 떠올리고 있었다. 가엾게도 루실라 고모는 화목하고 편안한 가정생활이나 가사에만 신경을 쓰고 있지, 낭만적인 꿈같은 건 먼 옛날이야기일 뿐, 아마 그것이 어떤 것이었는지도 잊어버렸을 것이다—.

루실라 드레이크는 헥터 말의 배다른 누나로, 전처의 자식이었다. 동생을 낳은 어머니가 죽자 루실라는 나이 차가 많은 동생의 엄마가 되어 주어야 했다. 아버지를 위해서 모든 집안일을 맡아서 처리해야 했던 루실라는 혼기를 놓쳐버린 채 해를 거듭해 갔다. 루실라가 케일렙 드레이크 씨를 만났을 때는 이미 40이 가까운 나이였고, 드레이크 자신도 50을 넘긴 나이였다. 두 사람의 결혼생활은 그나마 잠시일 뿐, 불과 2년 만에 루실라 드레이크는 어린 자식이 딸린 미망인이 되었다. 늦게 얻은 어린 자식인데다 또 뜻밖에 얻은 아들이었던 만큼 그것은 루실라 드레이크 생애 최대의 사건이었다. 아들은 결국 골칫거리가 되어 끊임없이 돈이나 뜯어가는 존재에 지나지 않지만, 그래도 루실라는 결코 실망하지 않았다. 드레이크 부인은 아들 빅터를 성품이 부드럽고 마음이 약한 성격이라고 굳게 믿고, 그 외에 다른 말은 완고하게 받아들이려 하지 않았다. 빅터는 사람을 너무 믿어 버린다. 너무 믿기 때문에 나쁜 놈들한테 항상 당하는 것이다. 빅터는 운이 나쁘다. 빅터는 속임수에 빠진 것이다. 빅터는 사기꾼에게 걸린 거다. 허점을 이용하는 나쁜 사람들에게 보기 좋게 당한 것이다. 붙임성 있고 순하던 얼굴은 누가 비난하거나 건드리기만 하면 갑자기 굳어지며 험악하게 변한다. 나는 내 아들에 관해서는 누구보다 잘 알고 있어요. 그 애는 착하고 마음씨도 매우 좋지만, 그 애의 친구란 놈들이 그 점을 이용하고 있는 거랍니다. 나에게 돈을 달라고 조르는 것을 빅터가 얼마나 싫어하고 있는지 나는 잘 알고 있어요. 하지만 그 가엾은 애가 그 정도로 어려운 상태에 놓이게 되면 어떻게 다른 방법이 있겠어요? 나한테 오지 않으면 누구한테 가겠어요?

어찌 됐든 이 집에 와서 아이리스를 돌봐 주지 않겠느냐는 조지의 권유는 아무리 자존심은 강하다지만 당시에 최악의 빈곤 상태였던 루실라에겐 정말 구세주의 구원이나 다름없었다. 그 사실은 루실라도 인정하고 있었다. 그래서 지금까지 1년 동안 루실라는 행복했고 아무런 불편 없이 생활해 왔으므로, 가난을 모르는 젊은 여자에게 그 자리를 빼앗길지도 모른다는 우려 때문에 마음 편하게 지켜볼 수 없었던 것은 인간으로선 당연한 생각이었다. 현대적이며 유능하고, 무슨 일이든 잘 처리할 수 있는 능력이 있다는 것만으로 조지와 결혼하려는 것은 아무리 생각해도 돈 때문이 아닐까 하고 루실라는 스스로에게 반문했다. 그 여자가 원하고 있는 것은 틀림없이 그것이다! 좋은 가정과, 부자에다 마음씨 좋은 남편. 루실라처럼 나이 많은 여자가 그 젊은 여자에게 스스로 살아가기 위해서 일하는 길을 택하라고 아무리 말해 본들 통할 리가 없다. 여자란 옛날이나 지금이나 변하지 않는 존재다. 만일 안락한 생활을 하도록 해 줄 수 있는 남자가 있다면 열이면 열 전부 그쪽을 택할 것이다. 루스 레싱은 약삭빠르고 교묘하게 신뢰를 얻은 다음 조지에게 가구의 배치에 대해서 조언까지 하는 등, 이 집에 없어서는 안 될 존재로 부각되고 있다. 하지만 다행스럽게도 여기에는 그 여자가 무엇을 노리고 있는지를 관찰하고 있는 사람이 적어도 한 사람은 있는 것이다!

루실라 드레이크는 축 처진 두 겹의 턱이 덜렁거릴 정도로 고개를 흔들면서 이 세상 일은 무엇이든 다 간파할 수 있다는 듯이 눈썹을 치켜세웠다. 그러고는 레싱 양에 관한 얘기를 중단하고 다른 얘기로 말꼬리를 옮겼다.

　"내가 마음을 결정하지 못하고 있는 것은 모포 문제야. 내년 봄까지는 여기에 오지 않을 것인지, 아니면 주말에 조지가 이 집을 사용할 것인지 그 점을 확실히 알고 싶은데, 그 사람은 전혀 말이 없으니 원."

　"형부도 아직 모를 거예요."

　아이리스는 어떻게 되든 상관없는 문제지만 일부러 대꾸를 해주려고 노력했다.

　"날씨가 좋으면 가끔씩 와도 괜찮겠죠. 저는 그렇게 했으면 좋겠는데. 하지만 오고 싶을 때는 언제든지 올 수 있잖아요. 집은 항상 그대로 있으니까."

　"그건 그렇지만 나는 확실히 알고 싶단다. 그러니까 만일 내년까지 못 오게 되면 모포에 방충제를 넣어둬야 하거든. 만일 또 올 것이라면 넣을 필요가 없겠지. 어차피 모포를 사용할 테니까 말이야. 방충제 냄새는 너무 지독해."

　"그럼 사용하지 않으면 되잖아요."

　"하지만 이번 여름은 너무 무더웠기 때문에 벌레가 많이 생겼을 거야. 벌레 때문에 이번 여름은 지겨웠다고들 하잖니. 게다가 말벌들까지 서식하고 있어요. 호킨스가 어제 한 말인데, 이번 여름에 말벌의 둥지를 30개나 발견했다는구나. 30개면 얼마나 많은 건지 생각해 봐—."

　아이리스는 호킨스에 관해서 생각해 봤다. 어둠 속에서 슬금슬금 다가간다. 손에는 청산가리를 들고—청산가리—로즈메리 언니—왜 항상 생각이 그쪽으로 비약되어 버리는 것일까?

　루실라 고모의 목소리는 마치 냇물이 흘러가듯 계속 들리고 있다—지금은 이미 다른 얘기를 하고 있었다.

　"은화는 은행에 넣어 두는 편이 좋지 않을까? 샌드라 부인은 강도가 많으니 주의하라고 하던데. 하긴 이 집은 문이 다 튼튼한 철창으로 되어 있으니까 걱정은 안 해도 되겠지. 그런데 그 알렉산드라 부인은 머리모양이 안 어울리는 것 같아. 그런 식으로 하면 얼굴이 딱딱해 보이는데. 하긴 원래 딱딱한 성격이라고는 생각하지만. 게다가 신경질적이고 말이야. 요즘엔 누구랄 것도 없이 다 신경질적이야. 우리가 젊었을 때는 신경과민이 무엇인지조차 몰랐는데. 그러니까 또 생각났는데, 요즘 조지 안색이 안 좋은 것 같더구나. 혹시 독감에라도 걸린 것은 아닐까? 어떤 때는 얼굴에 열이 있어 보이기도 하던데. 하지만 아무래도 일에 신경을 쓰다 보면 안색이 좋지 않은 건 당연하지. 그 사람을 보고 있으면 뭔가 항상 생각하는 표정이야."

아이리스가 몸을 떨자 루실라 드레이크는 자기 말이 맞다는 듯이 말했다.

"아이고, 거 봐. 한기가 들 거라고 했잖아."

제2장

"그 사람들이 여기에 오지 않았더라면 얼마나 좋았을까 하는 생각이 들어요."

샌드라 패러데이의 한숨 섞인 말에 남편은 놀라서 돌아봤다. 마치 스티븐 자신이 생각하고 있던 것을 샌드라가 대신 말로 표현해 준 것 같기 때문이리라. 그가 필사적으로 숨기려 했던 것이다. 그럼 샌드라도 나와 같은 생각을 하고 있었던 것일까? 샌드라도 역시 새로 이사 온 이웃 때문에 페어헤이븐의 생활이 재미가 없고 그 평화가 깨졌다고 느끼고 있었던 걸까? 스티븐은 무심코 그런 자기의 감정을 나타냈다.

"그 사람들에 관해서 당신도 그런 식으로 생각하고 있는 줄은 몰랐는데."

스티븐이 그렇게 생각해서인지는 몰라도 스티븐이 그 말을 하자 샌드라는 즉시 평상시 자신으로 되돌아갔다.

"시골에서는 이웃이 중요해요. 런던에서처럼 단순한 인사교환 정도로는 도저히 이웃이 되기가 힘들어요."

"그래, 분명히 그건 그래요."

"이번에는 또 이런 엉뚱한 파티에 나가야 하다니."

두 사람은 각각 말없이 마음속으로 점심식사 장면을 다시 생각해 봤다. 조지 바턴은 친절하고 원기가 넘쳐흐르는 것 같았지만, 그 저변에 흐르고 있는 일종의 흥분을 두 사람 다 꿰뚫어 보지 못하고 있었다. 요즘 조지 바턴은 정말 이상하다. 로즈메리가 죽기 전에는 스티븐은 조지에 관해서 별로 관심을 가진 적이 없었다. 조지는 항상 눈에 띄지 않게 그냥 그 자리에 있었을 뿐이며, 젊고 아름다운 아내를 가진 부드러운 남편에 불과했었다.

조지를 배반하고 있는 것에 대해서 스티븐은 양심의 가책을 느껴 본 적이 한 번도 없었다. 조지는 원래부터 배반당할 운명인 것이다. 나이도 많고, 더구나 그에겐 매력적이고 변덕스런 여자를 꽉 붙들어 놓을 만한 매력도 없다. 조지도 역시 속고 있었던 걸까? 스티븐은 그렇게 생각하지 않았다. 조지는 로즈메리에 대해서 잘 알고 있었다고 스티븐은 생각했다. 아내를 사랑하고는 있지만, 아내의 관심을 붙들어 맬 만한 힘이 없는 남자라고 비하시키고 있었다.

그렇지만 조지도 괴로웠을 것이다. 로즈메리가 죽었을 때 조지는 어떤 기분이었을까 하고 스티븐은 생각하기 시작했다.

스티븐과 샌드라는 그 비극이 있은 뒤로 몇 개월 동안 거의 조지를 보지 못했다. 조지가 다시 두 사람의 생활에 끼어든 것은 리틀 프라이어스 저택으로 갑자기 이사를 와서 모습을 나타냈을 때로, 그때 조지는 이미 딴 사람 같았다. 그전보다도 생기 있고 적극적이며, 그리고 분명히 이상한 데가 있었다.

오늘도 조지는 이상했다. 그 뭔가 엉뚱하다고밖에 할 수 없는 초대. 아이리스의 열여덟 번째 생일을 축하하는 파티. 조지는 스티븐과 샌드라 두 사람에게 꼭 참석해 달라고 부탁했던 것이다.

스티븐과 샌드라가 그동안 매우 친절하게 해주었기 때문이라는 것이다.

샌드라는 곧바로 대답했다.

"물론 가겠어요. 즐거운 파티가 될 거예요. 런던으로 돌아가면 스티븐은 여러 가지로 바쁠 테고, 저도 자질구레한 일들이 많습니다만, 어떻게 해서든 둘이 같이 가도록 하겠어요."

"그럼, 지금 여기서 당장 날짜를 정해 버려도 괜찮을까요?"

조지의 얼굴은 혈색이 좋고 싱글벙글하며 뭔가 단도직입적인 데가 있었다.

"그럼, 다음 주로 하면 어떨까 생각하는데요. 수요일이나 목요일은 어떠세요? 목요일은 11월 1일인데 그렇게 해도 괜찮겠습니까? 저희들은 상관없으니까 두 분의 사정에 맞춰 주세요."

사람을 꼼짝 못하게 하는 그런 초대였다. 사교적인 교섭을 할 여지 따위는 전혀 없다. 스티븐은 아이리스가 얼굴을 붉히고 당혹해하는 표정을 짓는 것을 알아차렸다. 그리고 샌드라의 대응은 완벽했다.

피할 수 없는 일로 판단한 샌드라는 웃으면서 굴복하며, 목요일인 11월 1일은 둘 다 별로 바쁘지 않다고 말했었다.

갑자기 스티븐은 생각하고 있던 것을 딱 잘라 말했다.

"우리는 갈 필요가 없어."

샌드라는 그제야 얼굴을 남편 쪽으로 돌렸다. 뭔가를 생각하고 있었던 모양이다.

"가지 않아도 괜찮을까요?"

"적당히 변명을 하는 거지."

"그렇다고 해도 날짜를 변경하는 것밖에는 구실이 없을 거예요. 그 사람은 우리들을 꼭 참석시키려고 생각하는 것 같아요."

"도대체 무슨 꿍꿍인지 모르겠군. 분명히 아이리스의 생일파티라고 했잖소. 그 아가씨가 우리들의 참석을 꼭 바라고 있을 이유도 없을 텐데."

"그렇지 않아요. 그런 것이 아니에요."

샌드라는 뭔가 짚이는 데가 있는 것 같았다.

잠시 뒤에 샌드라는 말했다.

"이 파티가 어디서 열릴지 생각해 보셨어요?"

"아니."

"룩셈부르크 레스토랑이에요."

너무 놀라서 스티븐은 잠시 아무 말도 못했다.

얼굴이 창백해지는 것을 스티븐은 느꼈다. 정신을 가다듬어서 스티븐은 샌드라의 눈을 보았다. 자신의 지나친 비약일까? 아니면, 아내의 부드러운 눈빛 속에 뭔가 의미가 담겨져 있는 걸까!

"하지만 그것은 바람직하지 못한 일이오."

스티븐은 자신의 기분을 감추려는 듯이 큰소리로 격하게 말했다.

"룩셈부르크 레스토랑에서 그것을 그대로 재현하려는 것 아니오? 그 사람 지금 제 정신이 아닌 것 같구먼."

"나도 그렇게 생각했어요."

"그렇다면 딱 잘라 거절해야 하지 않겠소. 정말 불쾌한 사건이었어. 그때의 소동을 기억하고 있겠지. 신문에 사진까지 났으니까."

"분명히 기억하고 있어요. 불쾌한 사건이었죠."

"우리들은 불쾌하기 짝이 없는데 그 사람은 그걸 모르는 걸까?"

"그 사람에겐 나름대로 이유가 있어요, 스티븐. 그가 나에게 그 이유를 말해주더군요."

"어떤 이유지?"

스티븐은 아내가 자신의 눈을 피해서 이야기하는 것을 고맙게 생각했다.

"점심식사가 끝나고 조지가 나를 부르더군요. 이유를 설명해 주고 싶다고하면서요. 그것은 아이리스가 아직까지 언니가 죽었을 때 받은 충격에서 완전히 헤어나지 못하고 있기 때문이라는 거예요."

샌드라가 얘기를 중단하자, 스티븐은 마지못해 겨우 입을 열었다.

"아마 그건 그럴 거야. 그 아가씨는 건강하고는 거리가 먼 것 같더구먼. 점심식사 때에도 거의 병자 같은 모습이었으니까."

"그래요. 나도 그건 느꼈어요. 그래도 요즘에는 그전에 비해서 건강한 것 같고 활기도 있어 보이던데요. 어떻든 나는 조지 바턴이 한 말을 당신에게 그대로 하고 있을 뿐이니까요. 그 사람 얘기로는 아이리스는 그 일 이후 룩셈부르크 레스토랑에만은 가능하면 가지 않으려 한다는 거예요."

"그것도 무리는 아니지."

"하지만 조지에 의하면, 그것은 좋지 않은 일이라는 거예요. 그 일로 신경과 의사에게 상담도 해본 것 같아요. 그런데 의사는 지금 유행하는 현대병이라고 하더래요. 그리고 그 의사가 어떤 충격이라도 그 뒤에 그것을 피할 것이 아니라 그 문제에 부딪쳐야 한다고 했다나 봐요. 비행기가 추락한 뒤에 반드시 곧바로 비행사를 한 번 더 공중으로 비행시키는 것과 같은 이치겠죠."

"그 의사의 말은 또 한 사람의 자살자가 나온다는 건가?"

샌드라는 조용히 말했다.

"그 레스토랑에서의 연상을 극복해야 한다는 말이겠죠. 결국은 그저 단순한 레스토랑에 지나지 않는다는 것을 인식시켜야 한다는 거죠. 그 의사는 될 수 있으면 그때와 똑같은 사람들을 초대해서 극히 평범하고 즐거운 파티를 열라고 했대요."

"그 파티에 참석했던 사람들에겐 정말 즐거운 얘기로군!"

"그렇게 싫으세요, 스티븐?"

순간, 스티븐은 조심해야 한다는 생각이 언뜻 머리를 스쳤다. 그래서 스티븐은 얼른 말을 받았다.

"나는 상관없어요. 그냥 왠지 기분 나쁜 얘기라고 생각했을 뿐이오. 나로서는 전혀 상관없는—내가 걱정하고 있는 것은 당신이오. 당신만 괜찮다면—."

샌드라는 스티븐의 말을 가로막았다.

"나도 정말이지 싫어요. 하지만 조지 바턴에게 그런 식으로 말하게 되면 양해를 얻기가 힘들어요. 아무튼 그 뒤로도 룩셈부르크 레스토랑은 계속 이용했고, 당신도 그렇잖아요. 그곳은 자주 이용하시는 곳이잖아요."

"하지만 상황이 달라요."

"확실히 그렇죠."

스티븐은 말을 계속 이었다.

"당신 말처럼 거절한다는 것은 어렵지. 게다가 날짜를 지연시켜 봤자 어차피 또다시 초대하게 될 거고. 하지만 말이지, 샌드라, 당신이 참아야 할 이유는 전혀 없는 거요. 나는 간다 하더라도 당신은 그만두는 게 좋아요. 두통이 있다든가, 한기가 든다든가, 구실은 얼마든지 있잖겠소."

샌드라는 얼굴을 들었다.

"그건 지레 겁내는 것 같아서 싫어요. 당신이 가신다면 저도 가겠어요."

샌드라는 남편의 팔에 손을 얹고 말했다.

"설사 우리들의 결혼이 의미 없는 결혼이었다고 해도, 어려운 일을 둘이서 함께 의논해서 결정짓는 일 정도는 가능하잖아요."

스티븐은 가만히 아내를 쳐다봤다. 아내의 입에서, 마치 훨씬 이전부터 알고 있던 일인 듯 전혀 아무렇지도 않게, 너무 쉽고 통렬하게 나오는 말에 스티븐은 곧바로 무슨 말을 할 수가 없었다.

그래도 마음을 가다듬고 스티븐은 말했다.

"왜 그런 소리를 하지? 우리들 결혼이 의미가 없다니?"

샌드라는 가만히 남편을 쳐다봤다.

"그렇지 않을까요?"

"아니야. 그건 전혀 아니야. 우리들 결혼은 내 인생의 전부요."

샌드라는 미소를 지었다.

"어느 의미에서는 그렇겠죠. 우리들은 서로 호흡을 맞추는 팀이에요, 스티븐. 둘이서 협력하여 더 말할 나위 없는 훌륭한 결과를 가져온 거예요."

"그런 뜻이 아니오."

스티븐은 자신의 숨결이 거칠어지는 것을 느꼈다. 양손으로 아내의 손을 잡고 힘있게 쥐었다.

"샌드라, 당신은 나에게 있어서 그 어떤 것과도 바꿀 수 없는 존재라는 사실을 당신은 모른단 말이오?"

순간, 샌드라는 확실한 것을 알았다. 믿어지지 않고 뜻밖이었지만, 틀림은 없다.

샌드라는 남편의 팔에 안기고, 남편은 아내를 꽉 껴안으며 입술을 포개고는 띄엄띄엄 말했다.

"샌드라—샌드라—샌드라. 당신을 좋아하오……. 나는 두려웠소. 당신을 잃게 될까 봐 겁이 났었소."

샌드라의 귀에 자신이 하는 말이 들려왔다.

"로즈메리의 일로?"

"아니?"

스티븐은 자기도 모르게 아내를 밀어내고 한 걸음 물러섰다. 너무 당황한 나머지 표정이 넋 나간 사람처럼 멍청해 보였다.

"알고 있었소, 로즈메리의 일을?"

"물론이에요. 처음부터 쭉."

"그럼, 이해해 주는 거요?"

샌드라는 머리를 흔들었다.

"아뇨, 이해 못해요. 이해하고 싶지도 않아요. 당신은 그 여자를 사랑하고 있었죠?"

"그렇지 않아요. 내가 사랑하는 사람은 오직 당신뿐이오."

괴로운 생각들이 샌드라를 엄습했다. 남편이 한 말을 들먹이며 샌드라는 말했다.

"처음 나를 본 순간부터 말이죠? 그런 거짓말은 이젠 듣고 싶지도 않아요. 그것은 거짓말이에요!"

이 뜻밖의 공격에도 스티븐은 이제 놀라지 않았다. 아내가 하는 말을 가만히 음미하고 있는 것 같았다.

"그래, 분명히 그것은 거짓말이었소. 하지만 이상한 얘기가 될지 모르겠소만, 그것은 거짓말이 아니었다고 할 수도 있소. 지금은 그것이 진심이었다는 기분이 드니까 말이오. 이해해 줘요, 샌드라. 자신의 천한 행위를 항상 그럴듯한 이유로 합리화 시켜버리는 인간이 있다는 것을 당신도 알고 있겠지? 사실은 관심이 없으면서도 '성의를 보여야 한다.'고 생각하는 인간, '이렇게 하는 것이 자신의 임무'라고 생각하는 인간, 자신의 천하고 불순한 행위를 모든 사욕을 버린 고결한 마음에서 비롯된 것이라고 생각하면서 일생 동안 자신을 속이며 살아가는 위선자들 말이오! 그런 인간들과는 전혀 반대인 사람들도 이 세상에는 있다는 것을 알아줬으면 좋겠소. 비천한 생각밖에 못 하고 자기 자신이나 인생에도 자신이 없기 때문에 모든 것을 잘못된 동기 때문이라고 생각해 버리는 것이오. 당신은 나에게 없어서는 안 될 존재요. 이것만은 진심이오. 그때의 일을 생각해 보면 깨닫는 바는 많지만, 만일 그것이 진심이 아니었다면 결코 지금까지 유지될 수는 없었을 거요."

괴로운 듯이 샌드라는 말했다.

"나를 사랑하지는 않았군요."

"나는 사람을 사랑한 적이 없었소. 나는 여자를 사랑할 줄도 모르는 남자였소. 그 주제에 그 차가운 결벽을 속으로는 자랑으로 여기고 있었소! 그렇소, 분명히 나는 그것을 자랑으로 여기고 있었소! 그것이 어느 날 갑자기 사랑으로 변한 것이오. '키더민스터 가의 셋째 딸'에게 말이오. 바보처럼 흥분하고 여린 사랑이었소. 한 여름의 천둥번개처럼 덧없고 비현실적인 그 사랑은 눈 깜짝할 사이에 사라져 버린 거요."

자조(自嘲)하듯이 스티븐은 말을 덧붙였다.

"어리석은 사람이 지껄이는 말은 아무리 힘차게 외쳐대도 결국은 알맹이 없는 헛소리라고 흔히들 말하지 않소"

스티븐은 거기서 말을 중단했지만 곧바로 또 얘기를 꺼냈다.

"내 눈이 뜨이고 진실을 깨달은 곳은 바로 여기요. 이 페어헤이븐이오."

"정말이세요?"

"나에게 소중한 사람은 이 세상에서 오직 한 사람, 당신뿐이오. 당신의 사랑을 잃고 싶지 않소"

"아, 내가 그것만 알고 있었어도……."

"그럼, 당신은 어떻게 생각하고 있었소?"

"그 여자와 함께 어디론가 사라져 버릴 궁리를 하는 줄로만 알았어요."

"로즈메리하고?" 스티븐은 힘없이 웃었다.

"그렇게 되면, 그것이야말로 일생동안 고초를 면하지 못할 일이 되겠지!"

"그 여자가 당신에게 그렇게 하자고 말하지 않았나요?"

"분명히 그런 말을 했지."

"그래서 어떻게 됐어요?"

스티븐은 숨을 깊게 들이마셨다. 또 그 일이 되살아난 것이다. 그 생각하기조차 싫은 일을 또다시 거론해야 한다. 스티븐은 말했다.

"바로 그 룩셈부르크 레스토랑에서 그렇게 된 거요."

두 사람 다 아무 말도 하지 않았지만, 서로 상대가 같은 곳을 보고 있다는 것을 알고 있었다. 그전에는 아름다웠던 여자가 청산가리 중독으로 푸르게 변한 얼굴.

시체가 된 여자를 발견하고, 그리고 얼굴을 들어 서로의 눈을 봤다…….

스티븐이 말했다.

"잊어버리는 거야, 샌드라. 이제 잊어버립시다!"

"잊겠다고 해서 잊히는 것은 아니에요. 우리들로서는 잊을 수 없는 일이에요."

잠시 동안 두 사람은 아무 말 없이 있었다. 이윽고 샌드라가 입을 열었다.

"이제부터 어떻게 해야 할까요?"

"당신이 아까 말했던 대로요. 둘이서 정면으로 부딪치는 거요. 그 내키지 않는 파티가 가령 어떤 이유로 열리든지 간에 참석하는 거요."

"조지 바턴이 아이리스를 위한 일이라고 한 말을 당신은 믿으세요?"

"믿지 않아요. 당신은?"

"있을 수 있는 일이라고 생각해요. 하지만 설사 그렇다고 해도 그것이 진짜 이유는 아니겠죠."

"그럼, 진짜 이유는 무엇이라고 생각하는 거요?"

"모르겠어요, 스티븐. 하지만 뭔가 무서워요."

"조지 바턴이?"

"예. 그 사람은 알고 있다는 생각이 들어요."

스티븐은 날카롭게 반문했다.

"알고 있다니, 무엇을?"

샌드라는 천천히 고개를 들어 남편의 눈을 쳐다봤다. 그리고 속삭이듯이 샌드라는 말했다.

"겁을 내서는 안 돼요. 우리는 용기를 가져야 해요—이 세상에 있는 모든 용기를 긁어모아서—당신은 큰 인물이 될 분이에요, 스티븐. 세계가 필요로 하는 큰 인물 말이에요. 그 어떤 것도 그것을 방해하지는 못 해요. 나는 당신의 아내이고, 당신을 사랑해요."

"그 파티는 무엇이라고 생각하지, 샌드라?"

"함정이라고 생각해요."

스티븐은 천천히 말했다.

"호랑이를 잡으려면 호랑이 굴속으로 들어가야 한다는 뜻인가?"

"그래요. 하지만 그것을 눈치채게 해서는 안 돼요."

"맞아. 당신 말이 맞소."

갑자기 샌드라는 머리를 뒤로 젖히며 소리를 질렀다.

"무엇이든 좋으니 해봐요, 로즈메리. 당신에게 절대 지지는 않을 테니까."

"진정해요, 샌드라. 로즈메리는 죽었어."

"그럴까요? 문득문득 그녀가 지금도 살아 있는 듯한 기분이 들어요……."

제3장

공원 한복판쯤에 왔을 때 아이리스가 말했다.

"돌아갈 때는 혼자 가도 되죠, 형부? 저는 지금부터 산책하려고요. 프라이어스 언덕까지 올라가서, 거기에서 숲 속을 빠져 내려오려고 해요. 오늘은 하루종일 머리가 지끈거려서."

"저런, 가엾게도. 그럼 갔다 와. 나는 같이 갈 수가 없지만. 오늘 오후에 손님이 오기로 되어 있는데 언제 올지는 확실히 모르겠어."

"괜찮아요. 그럼 잠시 뒤에 봐요."

아이리스는 바쁜 발길을 돌려 언덕의 경사면을 따라 숲을 향해서 걷기 시작했다. 언덕 끝까지 오르자 아이리스는 크게 심호흡을 했다. 10월에 흔히 볼수 있는 무더운 날씨였다. 습기 찬 공기가 나뭇잎들을 덮고, 머리 위에 낮게걸려 있는 구름은 지금이라도 비를 뿌릴 것만 같았다.

언덕 위는 골짜기보다도 공기가 부족하지만, 그래도 아이리스는 그곳이 호흡하기에 더 편한 것 같았다.

아이리스는 잘려진 나무의 그루터기에 앉아 골짜기의 아래쪽 나무숲에 살짝 몸을 기대듯이 우뚝 서 있는 리틀 프라이어스 저택을 가만히 내려다보았다. 그 왼쪽에는 페어헤이븐 저택이 하얗게 빛나고 있었다. 아이리스는 손으로턱을 괴고, 차분한 마음으로 그 광경을 계속 내려다보고 있었다. 아이리스의뒤에서 나뭇잎이 떨어지는 소리 같은 희미한 소리가 들려서 아이리스가 재빨리 뒤돌아보자, 나뭇가지를 헤치고 앤터니 브라운이 모습을 나타냈다.

약간 화를 내며 아이리스는 큰소리로 말했다.

"토니! 당신은 왜 항상 그런 식으로 나타나는 거예요? 마치 팬터마임에나오는 악마 같군요."

앤터니는 아이리스 옆에 앉았다. 담배를 꺼내어 아이리스에게 한 대 권했지만, 아이리스는 고개를 저었다. 그는 담배를 물고 불을 붙여 한 모금 들이마시고 말했다.

"그것은 내가 수수께끼의 남자이기 때문이오. 아무 데서나 불쑥 나타나는 것이 내 취미지."

"내가 여기 있다는 것을 어떻게 알았죠?"

"새들을 관찰할 때 쓰는 성능 좋은 쌍안경을 사용했지. 당신이 패러데이 부부와 점심을 함께한다는 말을 들었기 때문에, 당신이 집을 나올 때부터 쭉 이 언덕의 경사면에서 지켜보고 있었소."

"왜 보통 사람들처럼 집에 오지 않는 거죠?"

"나는 보통 사람이 아니오." 앤터니는 몹시 놀란 투로 말했다.

"나는 매우 색다른 인간이기 때문이오."

"분명히 그건 그래요."

앤터니는 재빨리 아이리스의 눈을 쳐다봤다.

"무슨 일이 있었던 거요?"

"아뇨, 아무것도. 그냥—."

아이리스는 얘기를 중단했다. 앤터니가 의심스럽게 물었다.

"그냥—?"

아이리스는 심호흡을 했다.

"여기가 싫어졌어요. 여기는 싫어요. 런던으로 돌아가고 싶어요."

"이제 곧 돌아가겠지?"

"다음 주예요."

"그럼, 패러데이 가에서 송별파티를 한 거요?"

"파티는 아니었어요. 그 두 사람과 나이 먹은 사촌이 한 사람 있었을 뿐인데요."

"당신은 패러데이 부부를 좋아하고 있소, 아이리스?"

"몰라요. 그렇게 좋아하지는 않지만—이런 말을 해서는 안 되겠지만, 그 사람들 우리들에게 매우 친절히 잘해 주었어요."

"그럼, 그들은 당신네들을 좋아한다고 생각하고 있소?"

"그렇게 생각하진 않아요. 우리를 오히려 싫어하고 있지 않을까 생각해요."

"재미있군."

"뭐가요?"

"그것이 사실이라 해도 내가 한 말은 그런 뜻이 아니었소. 내 말은, 당신이 '우리'란 말을 사용했다는 거요. 내가 물은 것은 당신에 관한 것뿐인데."

"그랬군요. 나에 대해서라면 뭐 맘에 들어 하지 않을 이유도 없지 않을까요? 소극적인 의미로 말이에요. 내 생각에는 우리 가족이 가까운 이웃에 살게 된 것을 그 사람들이 싫어하는 것 같아요. 우리들은 그렇게 그 사람들과 친하지는 않았으니까요. 그 사람들은 로즈메리 언니의 친구들이었어요."

"글쎄, 그들이 로즈메리의 친구였다고는 해도, 샌드라 패러데이와 로즈메리는 그렇게 친했다고는 생각되지 않는데."

"그래요?"

아이리스는 뭔가 불안한 표정이었지만, 앤터니는 여유 있게 담배 연기를 계속 뿜어 댔다. 잠시 뒤에 앤터니가 말했다.

"패러데이 부부에 대해서 내가 가장 강하게 느끼고 있는 것이 뭔지 알겠소?"

"뭔데요?"

"결국 그들은 패러데이라는 것이오. 그 두 사람은 항상 그런 식으로 생각하고 있는 것이오. '스티븐과 샌드라'라고 하는, 국가와 영국 교회에 의해 묶여진 두 사람의 인간이 아니고, 두 사람은 패러데이라는 한 개의 존재라는 것이오. 당신에겐 약간 엉뚱한 생각으로 보일지도 모르겠지만, 그들은 같은 목적, 같은 사고방식, 같은 희망과 공포와 신념을 갖고 있는 것이오. 단지 이상한 것은 그들이 성격상으로는 전혀 정반대라고 하는 점이지. 스티븐 패러데이는 넓은 시야를 가진 지적인 남자로, 타인의 의견에는 놀랄 정도로 민감하나 자기 자신에 대해서는 전혀 신념이 없고, 어딘가 도덕적인 용기도 부족한 데가 있소. 한편 샌드라는 중세적인 편협한 사고방식을 갖고 있지만 광신적으로 상대를 받들어 줄 수 있는 여자로, 상당한 배짱도 있지."

"그는 제가 보기에는 항상 왠지 필요 이상으로 거드름을 피우는, 약간 나사가 빠진 사람처럼 보이던데요."

"그는 결코 얼간이가 아니오. 단지, 흔히 볼 수 있는 불행한 성공인의 한 사람이지."

"불행한?"

"성공한 사람은 대개가 불행하지. 그렇기 때문에 성공했다고도 할 수 있소. 그런 사람들은 뭔가 세상이 인정해 주는 것을 성취하는 걸로 자기 자신의 보람을 느끼는 인간들이오."

"당신은 정말 엉뚱한 사람이군요. 앤터니—."

"당신도 그들을 잘 관찰해 보면 내가 말한 대로 느낄 수 있을 거요. 행복한 사람은 실패한 무리들 속에 있는 법이오. 그들은 별로 신경을 쓰지 않고도 자기 자신에게 만족할 수 있기 때문이지. 나처럼 말이오. 그런 사람들과는 쉽게 친해질 수가 있소. 이것도 나처럼 말이오."

"자신에 대해서 점수가 매우 후하시군요."

"자신의 장점에다 상대의 주의를 끌어들이고 있는 거요. 당신이 그것을 몰라주면 곤란한데."

아이리스는 웃었다. 기분이 가벼워졌다. 왠지 우울하고 불안했던 마음이 깨끗이 사라져 버렸다. 아이리스는 시계를 들여다보았다.

"집으로 가서 함께 차라도 하시지요. 그리고 당신의 그 색다른 교제법으로 집안식구들을 즐겁게 해주셨으면 좋겠는데요."

앤터니는 고개를 흔들었다.

"오늘은 곤란해요. 돌아가야만 해요."

아이리스는 약간 딱딱한 표정으로 말했다.

"왜 저희 집에는 가지 않으려고 하시죠? 뭔가 이유가 있겠죠."

앤터니는 어깨를 움츠려 보였다.

"대접을 받는 것에 대해서 나는 약간 다른 견해를 갖고 있다고 생각해 주면 돼요. 조지는 나를 싫어해요. 그건 확실하지."

"형부를 걱정할 필요는 없어요. 루실라 고모와 내가 당신을 부르면—고모는 매우 좋은 사람이에요. 당신도 꼭 좋아하게 될 거예요."

"꼭 그렇게 될 거요. 하지만 역시 나는 싫소."

"로즈메리 언니가 있을 때는 자주 오셨잖아요."

"그것은 말이오, 약간 경우가 달라요."

차가운 손이 조용히 아이리스의 마음에 닿았다. 아이리스는 말했다.

"오늘은 무슨 일로 여기에 올 생각을 했죠? 이런 곳에도 볼 일이 있나요?"

"매우 중요한 일—당신에게 용무가 있어서 온 거요. 당신에게 물어보고 싶은 것이 있어서 여기에 온 것이오, 아이리스."

차가운 손은 사라졌다. 그리고 대신에 희미한 두근거림, 태고적부터 여자들이라면 경험해 왔을 두근거림을 아이리스는 느꼈다. 그 두근거림을 느끼면서 아이리스는 자신의 먼 선조 할머니도 "XX씨, 너무 갑작스러운 말씀이군요."라고 말을 하기 전에 지었을 법한 예상치 못했다는 듯한 표정을 지었다.

"뭔데요?"

아이리스는 일부러 어린애 같은 얼굴을 하면서 앤터니를 쳐다보았다.

앤터니는 아이리스를 지긋이 바라보고 있었다. 그 눈은 너무 순진해서 엄숙할 정도였다.

"솔직하게 대답해 줬으면 좋겠소, 아이리스. 이것이 내가 물어보고 싶은 것이오. 당신은 나를 믿을 수 있소?"

아이리스는 약간 현기증이 났다. 예상하고 있던 말이 아니었다. 앤터니도 그것을 알고 있는 눈치였다.

"내가 이런 말을 하리라고는 생각 못했겠지? 하지만, 매우 중요한 문제요, 아이리스. 나로서는 무엇보다 중요한 일이오. 다시 한 번 물어보겠소. 당신은 나를 믿을 수 있소?"

아이리스는 잠시 망설이다가 이윽고 시선을 떨어뜨린 채로 말했다.

"예."

"그럼, 한 가지 더. 다른 것을 묻겠소. 지금부터 런던으로 가서 아무도 모르게 나와 결혼해 줄 수 있겠소?"

아이리스는 가만히 앤터니를 쳐다봤다.

"그건 할 수 없어요."

"나하고는 결혼할 수 없다는 것이오?"

"그런 방법으로는요."

"하지만, 당신은 나를 좋아하지 않소, 분명히 나를 사랑하고 있잖소?"

아이리스는 말했다.

"그래요. 당신을 좋아해요, 앤터니."

"하지만 당신은 나와 결혼식을 올리려고는 생각지 않고 있군요?"

"어떻게 제가 그런 일을 할 수가 있겠어요? 조지 형부는 매우 상심할 것이고, 루실라 고모님은 평생 나를 용서하지 않으실 거예요. 그리고 나는 아직 그런 나이가 아니에요. 아직 열여덟이에요."

"나이는 속일 수밖에 없겠군. 보호자의 승낙도 없이 미성년자와 결혼했을 경우에 어느 정도의 벌금을 물어야 한다는 것은 알고 있지만. 그럼, 당신의 보호자는 누구요?"

"조지 형부예요. 재산 관리자도 그분이고요."

"아까도 말했듯이 어느 정도의 벌금을 물게 되면 우리들을 갈라놓을 수는 없을 거요. 내가 걱정하고 있는 것은 당신이 결혼할 수 있느냐 없느냐 그거요."

아이리스는 고개를 흔들었다.

"저는 할 수 없어요. 그런 일은 도저히 못 해요. 하지만 무엇 때문이죠? 왜 그런 식으로 해야만 하죠?"

앤터니는 말했다.

"그러니까 애초에 나를 믿을 수 있느냐고 물은 것이오. 이유는 나를 믿고 묻지 말아 줬으면 좋겠소. 하지만 걱정할 건 없어요."

아이리스는 조심스럽게 말했다.

"형부가 좀더 당신에 관한 것을 알고 있다면 좋을 텐데. 저어, 함께 가요. 집에는 루실라 고모와 형부뿐이니까요."

"확실하오? 나는 분명히—." 앤터니는 말을 끊었다.

"언덕을 올라올 때 남자 한 사람이 당신의 집을 향해 걸어가는 것을 봤는데—이상한 얘기지만, 분명히 어디에선가—." 앤터니는 잠시 망설였다.

"만난 적이 있는 것 같은데."

"그래요, 깜박 잊었어요. 형부는 누군가 손님이 오기로 되어 있다고 했어요."

"맞아, 그 사람은 레이스라는 사람이오—레이스 대령."

"그 사람인지도 모르겠네요. 형부는 레이스 대령을 알고 있어요. 그날 만찬회에도 오기로 되어 있었던 사람이에요. 그 로즈메리 언니가—."

아이리스는 거기까지밖에 말하지 않았지만, 그 목소리는 떨리고 있었다. 앤터니는 아이리스의 손을 잡았다.

"이제 그 일을 잊어버려요. 하지만 정말 무서운 사건이었소."

아이리스는 고개를 흔들었다.

"안 돼요, 앤터니—."

"뭐가?"

"이런 것을 생각해 본 적 없으세요?"

자신이 생각하고 있는 것을 어떻게 표현해야 좋을지 몰라 아이리스는 약간 허둥거렸다.

"지금까지 이런 식으로 생각해 본 적은 없으세요? 말하자면 로즈메리 언니는 자살한 것이 아닐지도 모른다든가, 혹시 살해된 것은 아닐까라든가 하고—."

"무슨 말을 하는 거요, 아이리스는 왜 또 그런 생각을 하게 됐지?"

그 말에는 대답하지 않고 아이리스는 말을 덧붙였다.

"그런 식으로 생각해 본 적 없어요?"

"전혀 없어. 로즈메리는 틀림없이 자살한 것이오."

아이리스는 입을 다물었다.

"당신에게 누가 그런 말을 했지?"

순간, 아이리스는 형부한테서 들은 믿어지지 않는 사건을 앤터니에게 숨김없이 털어놓고 싶었지만 간신히 참았다. 그리고 천천히 아이리스는 말했다.

"왠지 그냥 그런 생각이 났어요."

"그런 일은 이제 잊어버려요."

아이리스를 일으켜 세워서 그 볼에 앤터니는 가볍게 키스했다.

"귀여운 바보 아가씨, 로즈메리 언니는 잊어버리고 나만을 생각해요."

파이프 담배를 피우면서 레이스 대령은 눈을 가만히 조지 바턴에게로 돌렸다.

대령은 조지 바턴이 어렸을 때부터 알고 있었다. 바턴의 숙부와 레이스는 고향 친구 사이였다. 두 사람은 20년 가까운 나이 차가 있다. 레이스는 60 고개를 넘긴 나이지만 등이 꼿꼿한 군인다운 체격에 햇빛에 그은 얼굴과 알맞은 길이로 손질한 회색 머리칼, 그리고 예리한 검은 눈을 갖고 있었다.

두 사람은 특별히 친밀한 사이는 아니었다. 하지만, 바턴은 성인이 되어서도 레이스에게는 '조지 녀석'으로 불리는 희미한 추억 속 인물 중 한 사람이었다.

그 레이스도 지금 조지에 대해서는 전혀 아는 바가 없는 것 같다고 생각하고 있었다. 지난 몇 년 동안 가끔 만나는 일은 있었어도 두 사람은 별로 닮은데가 없다는 것을 서로가 느낄 뿐이었다. 레이스는 집 안에 틀어박혀 있는 남자가 아니고 제국을 건설해 가는 타입이고, 그 인생의 대부분을 해외에서 보냈다. 한편, 조지는 전형적인 영국 신사였다. 두 사람의 관심의 대상은 전혀 다른 곳에 있고, 만나더라도 그저 '지난날들'의 미적지근한 추억들을 서로 교환할 뿐, 그 뒤에는 항상 거북한 분위기가 흐르고 있었다. 레이스 대령은 말이 별로 없는 사람이었는데, 어쩌면 구세대의 소설가들에게 사랑받던, 강직하고 말수가 없는 남자의 전형인 체하고 있었는지도 모른다.

지금도 레이스는 묵묵히 조지가 왜 그 파티를 열려고 하는지 이상하게 생각하고 있었다. 게다가, 조지는 1년 전에 마지막으로 만났을 때와는 어딘가 이상하게 다르다고 레이스는 생각했다. 레이스는 그전부터 조지 바턴을 너무나 고지식한 사람이라고 느끼고 있었다. 주의 깊고 실질적이고 상상력이 전혀 없다.

그런데 지금 조지의 태도에는 뭔가 이상한 변화가 생긴 것 같다. 마치 고양이처럼 신경이 날카롭다.

조지는 벌써 세 번째로 담배에 불을 붙이고 있었다―그것은 전혀 바턴답지 않은 태도였다.

레이스는 물고 있던 파이프를 입에서 빼고 말했다.

"이봐, 조지, 도대체 무엇을 걱정하고 있지?"

"대령님, 저를 좀 도와주십시오. 곤란한 일입니다. 꼭 의논해서 힘을 빌고 싶습니다."

레이스 대령은 고개를 끄덕이며 조지가 말을 계속하기를 기다렸다.

"약 1년 전에 당신은 우리들의 만찬회에 초대받은 적이 있었죠―룩셈부르크 레스토랑으로. 그런데 외국에 나갈 일이 생겨서 참석을 못하셨잖습니까?"

"남아프리카로 갔었지."

"그 만찬회에서 아내는 죽었습니다."

레이스는 의자가 왠지 불편하다는 듯이 몸을 움직였다.

"알고 있어. 신문에서 읽었지. 지금 그 말을 꺼내지 않았던 것도, 위로의 말을 하지 않았던 것도 그때의 일을 다시 문제 삼고 싶지 않기 때문이었네. 참으로 안된 일이었어. 내 기분을 이해해 주겠지?"

"예, 잘 알고 있습니다. 하지만 문제는 그게 아니에요. 사실 저는 아내가 살해됐다고 생각하고 있습니다."

단어 하나가 레이스의 가슴에 강하게 와 닿았다. 레이스의 눈썹이 치켜세워졌다.

"살해?"

"이것을 읽어 보시죠."

조지는 두 통의 편지를 내밀었다. 레이스의 눈썹이 더욱 올라갔다.

"익명의 편지로군."

"예. 내용은 사실인 것 같아요."

레이스는 천천히 고개를 저었다.

"상당히 위험한 일이로군. 어떤 사건이든지 간에 신문에서 떠들어댄 뒤에 아무 근거도 없는 불쾌한 편지들이 얼마나 많이 배달되는지 정말 놀랄 정도니까 말일세."

"그건 저도 알고 있습니다. 하지만 이것은 그때 쓴 편지가 아닙니다. 그때로 부터 여섯 달이나 지나서 쓴 겁니다."

레이스는 고개를 끄덕였다.

"거기가 중요한 대목이로군. 그럼 누가 썼다고 생각하나?"

"모르겠습니다. 누구든 상관없어요. 중요한 것은 제가 그 편지 내용을 믿는 다는 사실이죠. 아내는 살해된 겁니다."

레이스는 파이프 담배를 밑으로 내렸다. 레이스는 의자에서 상체를 약간 일 으켰다.

"하지만 자네는 왜 그렇게 생각하지? 그 사건이 발생했을 당시에도 이상하 다고 생각했었나? 경찰은 어땠지?"

"그 사건이 발생했을 때는 저도 제 정신이 아니었어요. 부검 결과도 저는 그대로 받아들였죠. 아내는 독감에 걸려 있었기 때문에 신경이 쇠약해진 것이 라고 말입니다. 자살이 아니라는 생각은 전혀 못했죠. 그 핸드백에 증거물도 있었으니까요."

"어떤 증거가 있었는데?"

"청산가리입니다."

"생각나는군. 그것을 샴페인에 타서 마셨다고 했었나?"

"그렇습니다. 그때는 의심할 여지도 없었습니다만."

"사전에 자살하려는 징조는 없었나?"

"전혀 없었습니다. 로즈메리는 인생에 대해 낙관적이었으니까요."

레이스는 고개를 끄덕였다. 레이스는 로즈메리를 한 번밖에 만난 적이 없었 다. 대단한 미인으로 백치미가 있는 여자라고 생각하고 있었다. 하지만 자질구 레한 일에 신경을 쓰는 여자는 아니었다.

"의사의 증언은 어땠는가? 신경상태나 그 밖의 다른 것에 대해서는?"

"로즈메리의 주치의는 로즈메리가 어렸을 때부터 말 가(家)의 사람들을 치 료해 온 상당히 나이가 많은 사람인데요. 그때 마침 병원에 없었습니다. 그래 서 그 의사의 동업자인 젊은 남자가 로즈메리를 진찰했죠. 그에 의하면 그런 형태의 독감은 병이 나은 뒤에도 상당히 심각한 우울증을 남기기 쉽다고 하더 군요." 조지는 일단 말을 중단했다가 다시 계속했다.

"이 편지를 받은 뒤에 나는 로즈메리의 주치의와 얘기를 해보았습니다. 물론 편지 얘기는 한마디도 하지 않았죠. 그냥 사건에 대해서 의견을 주고받았을 뿐입니다. 의사도 그 사건 소식을 듣고 매우 놀랐다고 하더군요. 도무지 믿어지지가 않았다고요. 로즈메리는 절대로 자살할 사람이 아니라는 겁니다. 하지만 아무리 잘 알고 있는 환자라 할지라도 전혀 그 사람답지 않은 행동을 취하는 일이 있을 수도 있다며 의사는 로즈메리의 자살을 의외로 생각하고 있더군요."

다시 조지는 말을 중단했다가 이윽고 또 말을 이었다.

"의사와 이야기한 뒤로 저는 로즈메리의 자살을 도저히 이해할 수가 없었습니다. 로즈메리는 웬만한 슬픔 따위에는 슬퍼하지도 않을뿐더러 그 정도의 슬픔은 이겨낼 수 있는 여자였지요. 아무 일에나 쉽게 열중하며, 때로는 정말 분별없이 경솔한 행동을 할 때도 있었습니다만 '모든 것으로부터 벗어나고 싶다'라는 식의 행동은 한 번도 본 적이 없었습니다."

레이스는 다소 당황한 듯이 중얼거렸다.

"단순한 우울증 외에 뭔가 자살의 동기가 될 만한 일은 없었는가? 예를 들어 뭔가 매우 기분 나빴다든가 하는―."

"다소 신경이 예민했다는 것밖에는 눈에 띄는 점이 없었습니다."

상대편의 눈을 피하면서, 레이스는 말했다.

"부인은 원래 감상적인 사람이었나? 자네도 알다시피 나는 자네 부인을 한 번밖에 만난 적이 없잖은가. 그런데 세상에는 자살하는 척해서 소동을 벌이는 사람도 있기 마련이네―대개는 누군가와 싸웠을 때겠지만. 말하자면 '그 사람을 가슴 아프게 해줘야지!' 하는 식의 어린애 같은 동기에서 비롯된 것 말일세."

"로즈메리와 저는 싸움 같은 것은 해본 적이 없어요."

"그렇겠지. 게다가 청산가리를 이용할 수는 더욱 없었겠지. 청산가리는 함부로 취급할 수 있는 것이 못 된다는 것쯤은 누구나 아는 사실이니까."

"또 한 가지 이유는 바로 그것입니다. 설사 로즈메리가 자살을 생각했다 해도 절대로 그런 방법으로는 하지 않았을 겁니다. 고통스럽고 보기에도 흉하니 말입니다. 수면제 같은 것을 사용하는 편이 훨씬 그 여자다워요."

"나도 같은 생각이네. 부인이 청산가리를 샀다든지 아니면 가지고 있었다든지, 혹시 그런 일은 없었을까?"

"아뇨, 없었습니다. 하지만 언젠가 시골에 있는 친구 집에 놀러 갔을 때인데, 로즈메리가 말벌을 둥지째 건드린 적이 있었어요. 그때 혹시 청산가리를 약간 입수하지 않았을까 하는 생각도 듭니다."

"그렇군. 충분히 있을 수 있는 일이지. 정원사가 있는 집이라면 대부분은 비치해 두니까."

약간 사이를 두고 레이스는 말을 계속했다.

"지금까지 한 말을 정리해 볼까. 자살할 만한 타입이었다든가 그 준비를 하고 있었다는 것을 확실히 보증할 만한 사실은 없어. 그러면 살인인데, 그런 증거도 역시 없지. 만일에 있다면 경찰의 손에 있을 것일세. 보통 사람들은 그런 일엔 관심이 없으니까."

"살인이 아닐까 하는 생각은 공상이라고 생각하겠죠."

"하지만, 여섯 달이 지난 지금 자네는 공상이 아닌 것 같다고 생각하는 거지?"

조지는 천천히 말했다.

"처음부터 저는 석연치 않은 기분이었습니다. 마음속에 그런 것을 갖고 있었기 때문에 그 편지를 봤을 때 아무 의심 없이 그것을 받아들이지 않았나 하는 생각이 듭니다."

"음—." 레이스는 수긍했다.

"그렇다면 그 편지 내용을 사실이라고 가정해 보세. 자네는 누가 수상하다고 생각하나?"

조지는 몸을 앞으로 굽혔다—그 얼굴이 경련을 일으키고 있었다.

"제가 두렵게 생각하는 점은 바로 그것입니다. 만일 로즈메리가 살해되었다고 한다면, 테이블에 빙 둘러 앉아 있던 사람들 중에 누군가, 혹 친구들 중에 누군가가 했다는 결론이 나옵니다. 그 밖에 테이블 근처에는 아무도 없었으니까요."

"술시중은 누가 들었지? 와인을 따른 사람은 누군가?"

"찰스입니다. 룩셈부르크 레스토랑의 웨이터장이죠. 찰스는 알고 계시죠?"

레이스는 머리를 끄덕였다. 찰스라면 누구든지 다 안다. 찰스가 손님에게 독약을 먹였다고는 도저히 생각할 수 없다.

"그리고 우리들을 담당했던 웨이터는 쥐제페였습니다. 쥐제페도 우리들하고는 잘 아는 사이죠. 쥐제페하고 저는 몇 년 전부터 알고 지내는 사이고, 거기에 가면 항상 그가 저를 담당했죠. 재미있고 쾌활한 성격이랍니다."

"그럼 남는 것은 만찬회 멤버군. 누구누구 왔었지?"

"하원의원인 스티븐 패러데이, 그의 부인인 레이디 알렉산드라 패러데이, 제 비서인 루스 레싱, 앤터니 브라운이라는 남자, 로즈메리의 동생인 아이리스, 그리고 저입니다. 모두 일곱 명이었습니다. 당신이 오셨더라면 여덟 명이 되었겠죠. 그 바람에 다른 사람을 찾아봤지만 워낙 일이 급하게 닥쳐서 적당한 사람을 구하지 못했지요."

"그랬었군. 그래, 바턴 자네는 누가 그랬다고 생각하나."

조지는 자기도 모르게 언성을 높였다.

"모르겠어요―몰라요. 만일 알고 있다면―."

"알았네, 알았어. 나는 그저 자네에게는 짐작되는 사람이 있지 않을까 하고 잠시 생각해 봤을 뿐이네. 뭐 그렇게 어렵게 생각할 것은 없어. 좌석 배치는 어떤 식으로 되어 있었나, 자네부터 순서대로 가면?"

"제 오른쪽에는 샌드라 패러데이가 앉아 있었습니다. 그 옆에는 앤터니 브라운, 그리고 로즈메리 그리고 스티븐 패러데이, 그리고 아이리스, 그 옆에 루스 레싱이 있었는데 제 바로 왼쪽이죠."

"음, 그럼 자네 부인은 미리부터 샴페인을 마시고 있었던 게로군."

"예, 여러 잔을 따라서 마셨어요. 그러니까 그녀가 죽은 것은 무대에서 쇼를 하고 있을 때였습니다. 상당히 흥청거렸죠―우리들은 모두 흑인들의 쇼를 보고 있었습니다. 아내가 쓰러진 것은 불이 켜지기 바로 직전이었습니다. 비명을 질렀다든가, 또는 숨을 헐떡거리며 괴로워했을지도 모르겠지만 아무도 그것을 들은 사람은 없습니다. 의사 얘기로는, 거의 즉사했을 것이라는 겁니다. 그 점만은 감사하고 있습니다."

"그렇군. 그런데 바턴, 표면적으로는 너무 확실하네."

"무슨 뜻입니까?"

"스티븐 패러데이 말인데, 그는 그녀의 오른쪽에 있었네. 그녀의 샴페인 잔은 패러데이의 왼쪽에 곧바로 가깝게 있었을 것이 틀림없어. 불빛이 어두워지고, 모든 사람들의 주의가 무대로 쏠렸을 때, 곧바로 청산을 넣는 것은 어렵지 않을 테니까. 그것은 정말 간단한 방법이지.

이런 절호의 기회를 놓칠 사람은 아무도 없을 것이네. 룩셈부르크 레스토랑의 테이블 배치는 나도 알고 있네만, 테이블과 테이블 사이에 상당한 공간이 있지—설령 조명이 어둡다고 해도 아무도 눈치채지 못하게 테이블로 다가갈 수가 있을지는 상당히 의문스럽지. 역시 로즈메리의 왼쪽에 앉아 있던 사람에게도 이와 똑같은 이론을 적용할 수가 있네. 부인의 샴페인 잔에 뭔가를 넣으려고 했다면 그쪽으로 상당히 몸을 기울여야만 될 것이네. 또 한 사람 가능성이 있는 인물이 있지만, 우선 확실한 사람부터 시작해 보세. 스티븐 패러데이 하원의원에게 자네의 부인을 살해할 만한 어떤 이유가 있었을까?"

조지는 담담한 목소리로 말했다.

"두 사람은—두 사람은 상당히 친하게 지냈습니다. 만일, 만일 로즈메리가 그를 차 버렸다면 그는 보복하고 싶은 마음이 생겼을지도 모르죠."

"상당히 멜로드라마틱하군. 자네가 생각할 수 있는 동기는 그것뿐인가?"

"그렇습니다."

조지는 얼굴이 매우 붉어졌다. 레이스는 재빨리 시선을 조지에게로 옮기면서 말을 덧붙였다.

"두 번째 후보자를 생각해 보기로 하세. 이번에는 여자 중에서 한 사람 꼽아 보기로 하지."

"여자는 왜죠?"

"무슨 소린가, 조지? 자네는 그것을 깨닫지 못한 게로군. 일곱 사람 중에서 여자가 네 사람이고, 남자는 세 사람이었네. 그날 밤 세 쌍의 남녀가 춤을 추었을 때 여자 한 사람만이 테이블에 남아 있었던 적이 한두 번은 있었을 것이네. 춤은 모두 다 같이 추었겠지?"

"그래요. 모두 다 같이요."

"좋아. 그럼 플로어 쇼가 시작되기 전에 언제였든 상관없으니까, 혼자 남아 있었던 사람을 기억해 낼 수 있겠나?"

조지는 잠시 생각했다.

"분명히—맞아요. 마지막에 혼자 남아 있었던 사람은 아이리스이고, 그전에는 루스입니다."

"부인이 마지막으로 샴페인을 마신 것이 언제였는지 기억하나?"

"그러니까 아내는 말이죠, 브라운과 춤을 추고 있었습니다. 자리로 돌아올 때에 매우 격한 춤이었다고 한 말을 기억하고 있습니다—그 남자는 춤을 아주 잘 추죠. 그때 아내는 술잔에 있던 와인을 다 마셨습니다. 그리고 2~3분이 지나서 왈츠가 시작되자 아내는 저와 춤을 추었습니다. 제가 제대로 출 수 있는 것은 왈츠뿐이라는 것을 알고 있었던 거지요. 패러데이는 루스와, 레이디 알렉산드라는 브라운과 추었습니다. 아이리스가 자리에 혼자 남은 셈이 되죠. 그리고 곧바로 이어서 플로어 쇼가 시작되었습니다."

"그럼, 그 아이리스라는 아가씨부터 생각해 보지 않겠나. 부인이 죽게 되어 그녀에겐 돈이 생긴 건가?"

조지는 침을 튀기며 강하게 말했다.

"무슨 말씀을 하시는 겁니까, 레이스. 그런 어처구니없는 생각은 하지 마십시오. 아이리스는 아직 어린데다가 여학생입니다."

"나는 말이지, 사람을 죽인 여학생을 두 사람이나 알고 있네."

"하지만, 아이리스만은! 처제는 로즈메리를 매우 사랑했습니다."

"흥분하지 말게나, 바턴. 그녀에겐 일단 기회가 있었네. 그래서 동기도 있었는지 어떤지를 알고 싶은 것뿐이네. 자네의 부인은 분명히 상당한 재산을 갖고 있었을 텐데, 그 돈이 어디로 간 건가, 자네한테로?"

"아니오. 아이리스에게로 갔습니다. 신탁재산입니다."

조지가 설명하는 것을 레이스는 가만히 주의 깊게 듣고 있었다.

"정말 묘한 경우로군. 부자인 언니와 가난한 동생이라. 사람에 따라서는 서로 미워하는 사이가 될 수도 있지 않겠나?"

"아이리스만은 결코 그런 사람이 아닙니다. 제가 단언할 수 있습니다."

"그럴지도 모르지. 하지만 그녀에겐 분명한 동기가 있었네. 동기에 대해서 좀 생각해 보기로 하세. 그 밖에 동기가 있을 만한 사람은?"

"아무도—아무도 없습니다. 로즈메리에게 원한을 가질 만한 사람은 한 사람도 없었습니다. 그것에 대해서는 제가 완벽하게 조사를 해봤습니다. 여러 가지 질문을 통해서 뭔가를 찾아내 보려 했습니다. 이 집을 선택한 것도 패러데이 가와 가깝기 때문에 뭔가 발견할 수 있을까 해서—."

조지는 말을 중단했다. 레이스는 파이프를 집어들어 그 가운데 부분을 손톱으로 긁기 시작했다.

"나에게는 죄다 얘기를 하는 편이 좋지 않을까, 조지?"

"무엇을 말입니까?"

"자네는 지금 뭔가 숨기고 있네. 나는 금방 알 수 있네. 부인의 인격을 보호하려는 것도 좋고, 그녀가 살해된 것인지 어떤지를 분명히 하려는 노력도 좋네. 하지만, 만일 후자가 자네에게 보다 중요한 일이라면 숨김없이 얘기를 해야 되지 않겠나."

잠시 침묵이 흘렀다. 한숨을 쉬며 조지는 말했다.

"알겠습니다. 당신에겐 졌습니다."

"부인에게 애인이 있었다는 근거를 자네는 분명히 갖고 있을 것이네, 그렇지?"

"예, 그렇습니다."

"그럼 스티븐 패러데이?"

"모르겠습니다. 정말 모르겠어요! 그 사람일 수도 있고, 혹은 브라운일 수도 있겠죠. 어느 쪽이라고 단정하기는 어려운 문제입니다."

"그 앤터니 브라운이라는 사람에 대해서 자네가 알고 있는 대로 얘기해 주지 않겠나. 이상하단 말이야, 분명히 어디서 많이 듣던 이름인데……."

"그에 대해서는 아무것도 모릅니다. 아무도 모릅니다. 남자답고 사람들의 기분을 잘 알아차리는 타입이긴 하지만, 아무도 브라운에 대해서 아는 사람은 없습니다. 미국 사람인 것 같기는 하지만 특별히 사투리를 쓰지는 않습니다."

"음, 그럼 대사관에다 문의를 해보면 좀 알 수 있겠군. 그런데 자네는 어느 쪽인지에 대해서 생각해 본 적이 없나?"

"전혀 없습니다. 이런 일이 있었어요. 레이스, 어느 날 아내가 편지를 쓰고 있었죠. 그래서 제가 그 압지를 조사해 봤습니다. 그랬더니 그것은 러브레터더군요. 상대편 이름은 쓰여 있지 않았고요."

레이스는 아무렇지도 않은 듯이 눈길을 옆으로 돌렸다.

"조그마한 실마리는 되는군. 예를 들어 레이디 알렉산드라 말인데─만일에 그녀의 남편이 자네의 부인과 관계했다고 한다면, 그녀도 용의자의 범위에 들어가게 되네. 그녀는, 말하자면 사물을 외곬으로 생각하는 성격일 것이네. 매우 조용하고 내성적인 성격 말일세. 이런 성격을 가진 사람은 누군가가 심하게 행동을 하면 살인도 할 수 있지. 이렇게 해서 한 걸음 정도 진전된 느낌이 드는군. 수수께끼 같은 인물인 브라운에, 패러데이, 패러데이의 부인, 그리고 아이리스 말로 압축할 수 있게 되었으니 말일세. 그리고 루스 레싱은 어떤 여자지?"

"루스는 관계가 있을 리 없어요. 적어도 그녀에게는 전혀 동기가 없으니까요."

"자네의 비서라고 했나? 어떤 여자지?"

"이 세상에서 가장 사랑받아야 할 사람이죠." 조지는 힘있게 말했다.

"실질적으로는 한 가족이나 다름없습니다. 저의 한쪽 팔 역할을 하는, 제가 가장 존중하고 신뢰하는 사람입니다."

"마음에 들은 게로군."

이렇게 말하면서 레이스는 살피듯이 조지를 바라보았다.

"신뢰하고 있습니다. 그 여자는 말이죠, 레이스, 정말 훌륭한 여성입니다. 저는 모든 면에서 그녀를 신뢰하고 있습니다. 세상에서 가장 정직하고 사랑스러운 여성입니다."

레이스가 뭔가를 중얼거리는 바람에 그 얘기는 일단 중단됐다. 레이스는 마음속으로 그 낯선 루스 레싱이라는 여자에게 분명한 동기가 있다고 자신이 짐작하고 있다는 것을 조지가 느끼지 못하도록 전혀 밖으로 표현하지는 않았다.

이 '세상에서 가장 사랑스러운 여성'이라면 조지의 부인을 다른 세상으로 보내고 싶다는 분명한 이유가 있었을 것이라고 레이스는 생각했다. 그것은 타산적인 동기일 것이다. 그녀는 두 번째 바턴 부인을 꿈꾸고 있었는지도 모른다. 아니면, 가장 순수하게 자신의 주인을 사랑하고 있었다고도 생각할 수 있다. 아무튼 로즈메리의 죽음에 관련된 동기는 있을 것이다.

그런 생각에 동요되지 않고 레이스는 부드럽게 말했다.

"자네도 알고 있겠지만 말일세, 조지, 자네에게도 분명히 훌륭한 동기가 있을 것이네."

"제게요?" 조지는 당황한 표정이었다.

"오델로와 데스데모나를 생각해 보게."

"아 말씀하시는 뜻은 알겠습니다. 하지만……하지만 말이죠, 저와 로즈메리의 사이는 그렇지 않았습니다. 저는 그녀를 무척 사랑했습니다. 하지만 저는 처음부터 알고 있었습니다. 언젠가는 이런 일이 있을 것이라고—결국 감당해 내야 할 일이라고 말입니다. 저를 싫어하는 것은 아니었습니다. 아내는 저를 매우 좋아했고 항상 상냥하게 대해 주었습니다. 하지만 저는 어쩔 수 없는 따분한 남자입니다. 도저히 도리가 없는 거죠. 낭만적이지도 못하고요. 저는 아내와 결혼할 때 제 스스로에게 이렇게 말했습니다. 재미있고 즐거운 일만은 아니라고 말이죠. 아내에게도 똑같은 말을 했습니다. 그래도 역시 그런 일이 일어났을 때는 괴로웠습니다. 하지만 저는 그녀의 머리카락 하나라도 손을 대려는 생각은 한 적도—"

조지는 일단 말을 중단했지만, 이윽고 급변한 말투로 이야기를 계속했다.

"설령 제가 했다면 도대체 왜 제가 새삼스럽게 이런 일에 말려들려고 하겠습니까. 자살이라는 판결도 나왔고, 모두 결말이 난 상태입니다. 그런 일을 하는 것은 미친 짓이겠죠."

"당연하지. 그러니까 나도 정말로 자네를 의심하는 것은 아닐세. 만일 자네가 감쪽같이 살인을 해치웠다면, 지금 자네 손에 들려 있는 이런 편지가 몇 장이 날아오든지, 오는 대로 불 속에 던져 버리고 그 일에 대해서는 한마디도 하지 않을 테니까 말일세. 이렇게 되면 사건의 요점은 한 가지, 누가 이 편지를 썼을까?"

"예?" 조지는 약간 놀랐다.

"저는 전혀 짐작이 안 가는데요."

"자네는 이 문제엔 별로 흥미가 없는 모양이군. 하지만 나에게는 매우 흥미 있는 일일세. 내가 처음에 자네에게 물은 것도 바로 이것이었네. 이 편지는 누가 썼을까? 나는 틀림없이 범인이 쓴 것이라고 생각하고 있네. 만일 범인이 아니라면, 자네가 말한 것처럼 사건은 이미 끝난 것이고 모든 사람들이 예외 없이 자살설을 인정하고 있는데, 굳이 그것을 부정하며 다시 거론할 필요가 있을까? 그럼, 누구일까? 사건을 다시 자극시켜 즐기고 있는 놈은 누구일까?"

"하인일까요?" 조지는 모호하게 말했다.

"그럴 수도 있겠군. 만일 그렇다면 그 하인은 누구이며 무엇을 알고 있는 걸까? 로즈메리가 비밀을 누설할 만큼 가까이 지낸 하인이 있었나?"

"아뇨. 그때는 요리하는 사람이 한 사람 있었습니다. 파운드 부인이라고 하는데, 그녀는 지금도 있습니다. 그리고 하인이 두 사람 있었는데, 두 사람 다 이 고장에는 없을 겁니다. 우리 집에서도 별로 오래 있지는 않았으니까요."

"그런데 바턴, 아마 자네에겐 내 조언이 필요할 텐데, 나로서도 문제를 차분히 생각해 봐야만 하네. 로즈메리가 죽은 것은 변할 수 없는 사실이네. 자네가 아무리 애를 써도 부인을 다시 살려낼 수는 없는 문제 아니겠는가. 자살이라는 증거가 그다지 납득할 수 없는 것이라고 해도, 살인이라는 증거가 확실치 않다는 것도 마찬가지겠지. 그럼 얘기를 쉽게 풀기 위해 일단 로즈메리는 살해된 것으로 하세. 자네는 모든 것을 다시 파헤쳐도 괜찮겠는가? 그렇게 되면 여러 가지로 소란스러워져서 집안의 수치를 드러내게 될지도 모르고, 부인에 대해서 공공연히 화제가 될—"

조지 바턴은 어쩔 줄을 몰랐다. 조지는 버럭 소리를 질렀다.

"그럼 저에게 이대로 수수방관만 하고 있으란 말씀입니까? 그 얼간이 패러데이는 지나치게 거드름을 피우는 연설을 하며 그럴 듯한 활약을 보이고 있긴 하지만, 한 껍질 벗기면 비열한 살인자인지도 몰라요."

"나는 단지 정말로 파헤치기 시작하면 어떻게 될지 그것을 알고 싶을 뿐이네."

"저는 진실을 알고 싶습니다."

"알았네. 그렇다면 이 편지는 경찰로 넘기는 수밖에 없지. 경찰이라면 이것을 쓴 사람이 누구인지, 또 정말로 무엇을 알고 있는 건지 사실대로 조사해줄 수가 있을 것이네. 단, 이것만은 기억해 둬야 하네. 일단 경찰에 조사를 의뢰하면 도중에 그만두게 할 수가 없다는 것을 말이야."

"경찰에 의뢰할 생각은 없습니다. 그래서 당신을 만나려 한 겁니다. 저는 범인에게 올가미를 씌울 생각입니다."

"그건 도대체 무슨 뜻이지?"

"들어보십시오, 레이스. 실은 룩셈부르크 레스토랑에서 파티를 열려고 생각하고 있습니다. 당신도 초대하겠습니다. 초대자는 전번과 같이 패러데이 부부에 앤터니 브라운, 루스, 아이리스, 그리고 저입니다. 계획은 완벽하게 짜여 있습니다."

"도대체 어떻게 하려고?"

조지는 힘없이 웃었다.

"그것은 말씀드릴 수 없습니다. 미리 얘기를 하게 되면 계획은 물거품이 되어 버릴 테니까요. 그러니까 아무 선입견 없이 나오셔서 무슨 일이 일어나는지를 잘 지켜보십시오."

레이스는 상체를 앞으로 구부렸다. 레이스의 목소리가 갑자기 험악해졌다.

"나는 마음에 안 드네, 조지. 뭔가 책에서 본뜬 것 같은, 그런 어설픈 일을 연출할 필요는 없다고 생각하네. 경찰서로 가는 거야. 이런 일은 경찰에게 맡기는 게 제일이야. 그들은 전문가가 아닌가. 범인을 추적하는 일에 비전문가가 나선다는 것은 무리한 일이네."

"그래서 당신을 초대한 겁니다. 당신은 초심자가 아니니까요."

"어허, 자네, 내가 옛날에 첩보부에 있었다는 것을 두고 얘기하는 모양이군. 하지만 자네가 나한테 아무 얘기도 안 해주기 때문에 이러는 것 아닌가."

"그것은 어쩔 수 없는 일입니다."

레이스는 고개를 저었다.

"미안하지만 나는 손을 떼겠네. 자네의 계획은 맘에 안 들고, 그리고 도움을 주는 것도 사양하겠네. 생각을 바꿨네, 조지. 다른 사람에게 부탁해 보게나. 적당한 사람이 있지 않겠나?"

"포기할 생각은 없습니다. 모든 준비는 끝났습니다."

"그렇게 고집을 부릴 문제가 아니네. 이런 일은 자네보다도 내가 더 잘 알고 있네. 자네의 계획은 아무래도 맘에 안 들어. 위험이 따를지도 모른단 말이야. 그것을 생각해 봤는가?"

"누가 됐든 위험한 것은 마찬가지겠죠."

레이스는 한숨을 쉬었다.

"자네는 지금 뭔가 착각하고 있네. 아무튼 좋아. 나중에 나를 원망하지는 말게. 마지막으로 다시 한 번 말해 두겠네. 그런 무분별한 계획은 취소하게."

조지 바턴은 고개를 저을 뿐이었다.

제5장

11월 1일은 새벽부터 스산하고 음울한 날씨였다. 엘버스턴 스퀘어에서는 식당이 너무 어두워서 아침밥을 짓는데 불을 켜놓고 하지 않으면 안 될 정도였다.

아이리스는 평소에는 커피와 토스트를 2층까지 가져오게 하여 아침식사를 했지만, 이날만은 아래층으로 내려와서 창백하고 생기 없는 얼굴로 앉아 있었는데, 아무것에도 손을 대지 않은 채 접시를 밀어놓았다. 조지는 떨리는 손으로 타임지를 한 장 한 장 작은 소리를 내면서 넘기고 있었고, 테이블 맞은편에서는 루실라 드레이크가 손수건을 얼굴에 대고 울고 있었다.

"그 애가 뭔가 무서운 짓을 저지르는 것을 나는 이해할 수 있어. 아주 마음이 여린 애인데―게다가, 정말로 사느냐 죽느냐 정도의 문제에 부딪친 것이 아니라면 그 애가 이런 식으로 말했을 리가 없어."

신문을 계속 뒤적이면서 조지는 강한 어조로 말했다.

"걱정하지 마세요, 루실라 고모님. 제가 손을 써 놓을 테니까요."

"그 점은 알고 있어, 조지. 자네는 언제나 잘 처리해 줬으니까. 하지만, 만일 조금이라도 늦어지게 되면 돌이킬 수 없는 사태가 되지 않을까 해서 나는 그게 걱정이란 말이야. 자네가 이것저것 조사하는 동안에 말이야―그런 것들은 모두 시간이 꽤 걸리잖아."

"염려 마세요. 서둘러서 끝낼 테니까요."

"그 애 말로는 '반드시 2일까지 해주지 않으면 안 된다.'고 말했는데, 내일이 바로 2일이 되는 날이잖아. 그 애에게 만일 무슨 일이라도 생긴다면 나는 죽을 때까지 나 자신을 용서할 수 없을 거야."

"잘 될 거예요." 조지는 천천히 커피를 마시며 말했다.

"게다가, 나한테 그 전화채권도 아직 있고—."

"어때요, 루실라 고모님. 제게 모든 걸 맡겨 주시는 게."

"걱정하지 마세요, 루실라 고모." 아이리스가 사이에 끼어들었다.

"조지 형부라면 뭐든지 잘 해나갈 거예요. 그리고 이런 일은 전에도 있었잖아요."

"그리 오래된 일은 아니지."

('3개월 전이었지.' 하고 조지는 마음속으로 중얼거렸다)

"그 무서운 목장에서 불쌍한 그 애가 나쁜 친구들의 꾐에 속고 나서는 이런 일은 한 번도 없었어."

조지는 냅킨으로 콧수염을 닦고 일어나 테이블을 떠나면서 드레이크 부인의 등을 가볍게 두드려 주었다.

"자, 기운을 내세요. 이제 곧 루스에게 말해서 전보를 치게 할 테니까요."

조지가 현관 쪽 응접실로 나가자 아이리스가 뒤따라 나왔다.

"형부, 오늘 밤 파티는 연기하는 것이 좋지 않을까요. 루실라 고모는 기분이 아주 안 좋은 것 같아요. 집에서 곁에 붙어 있어 주는 편이 좋을 듯싶은데요."

"그럴 필요까지는 없어." 조지의 온화했던 표정이 갑자기 굳어졌다.

"어째서 그런 사기꾼 건달 녀석 때문에 우리들 모두가 생활의 혼란을 겪지 않으면 안 되는 거야? 이건 협박이야—아주 명백한 협박일 뿐, 그 이상 아무것도 아냐. 만일 내 생각대로 할 수 있다면 그런 녀석은 단돈 한 푼도 주지 않을 텐데."

"루실라 고모는 절대로 찬성하지 않을 거예요."

"고모님은 바보야—옛날부터 그랬으니까. 나이 40이 넘어 아이를 낳더니 완전히 앞뒤 분별력이 없어진 것 같아. 갓난아이 때부터 그 애가 원하는 것은 뭐든지 들어줘서 그 애를 망쳐 버린 거야. 어린 빅터에게 어려운 일을 스스로 해결해 보라고 한 번이라도 말해 줬으면 그 녀석도 저렇게 자라지는 않았을 텐데. 뭐, 지난 얘기는 그만두기로 하지. 처제, 오늘 밤까지 손을 써 놔야지. 그래야 루실라 고모님이 안심하고 주무실 수 있을 것 같으니. 괜찮다면 고모님을 함께 모시고 가도 좋고."

"그건 안 돼요. 고모는 레스토랑을 싫어하시고—게다가, 금방 주무실 텐데. 난방도 잘 안 돼 있고 담배연기도 가득 찬 그 레스토랑에 오래 있게 되면 기관지 천식 발작을 일으킬지도 몰라요."

"알고 있어. 진심으로 한 얘기가 아니야. 가서 고모님을 좀 위로해 줘. 처제, 모든 일이 잘 해결될 것이라고 말해 줘."

조지는 발길을 돌려서 현관문을 나섰다. 아이리스는 천천히 식당으로 돌아갔다. 전화벨이 울리자 아이리스가 곧 받았다.

"여보세요—누구세요?"

아이리스의 표정이 갑자기 바뀌어, 그 창백하고 절망적이었던 얼굴에 반가운 기색이 번졌다.

"앤터니—!"

"나 앤터니요. 어제 전화를 했었는데 없다고 하더군. 조지에게서 뭐 좀 들은 얘기 없소?"

"무슨 얘기?"

"아, 조지가 오늘 밤에 있을 파티에 꼭 오라고 하더구먼. '소중하고 귀여운 자식에겐 매를 한 대 더 때려야 한다.'는 평소의 그의 스타일과는 영 딴판이란 말이오. 게다가 나한테 꼭 와야 한다고 못을 박고 아마 당신이 그 사람에게 무슨 일을 꾸미게 한 건 아닌가 해서."

"아니—아니에요. 저와는 전혀 상관없는 일이에요."

"그럼, 그 사람 마음이 어떻게라도 된 건가?"

"그렇다고는 볼 수 없어요. 그것은—."

"여보세요—끊겨 버렸나?"

"아니, 듣고 있어요."

"나는 또 전화가 끊긴 줄 알았지. 무슨 일이 있는 거요? 숨소리가 나한테까지 들리는데, 뭔가 곤란한 일이라도 있소?"

"아니에요—아무 일도 없어요. 내일이 되면 다 좋아지겠죠."

"기특한 신념이군. '내일은 결코 오지 않는다.'라는 말은 없나?"

"그만두세요."

"아이리스—뭔가 걱정되는 일이라도 있소?"

"아니, 없어요. 말할 수 없어요, 비밀로 하라고 했어요. 이해 할 수 있죠?"

"얘기해 봐요, 무슨 일이지?"

"안 돼요—정말로 얘기할 수 없어요. 앤터니, 그런데 내가 한 가지 물어봐도 돼요?"

"대답할 수 있는 거라면."

"당신—전에 로즈메리 언니를 사랑했어요?"

갑자기 침묵이 흐르고, 잠시 뒤에 웃음소리가 들려왔다.

"그런가? 그랬었나? 그랬었지, 아이리스, 내가 전에 로즈메리를 좋아했던 건 사실이오. 로즈메리는 매우 예뻤으니까. 그런데 어느 날 그녀와 얘기를 하고 있을 때 계단을 내려오는 당신을 보았소—눈 깜짝할 사이에 로즈메리에 대한 그런 기분은 멀리 사라져 버리더군. 당신 외에는 이 세상에 아무도 없소. 이건 확실한 내 진실이오. 이상하게 생각하진 말아요. 로미오에게도 줄리엣에게 완전히 빠지기 전에는 로절린드가 있었으니까."

"고마워요, 앤터니. 기뻐요."

"그럼, 오늘 밤에 보자고. 오늘이 당신 생일이랬지?"

"진짜는 다음 주예요—하지만, 오늘 밤으로 앞당겨서 생일파티를 미리 열기로 한 거예요."

"목소리가 너무 들떠 있는 것 같은데."

"별로 들떠 있지 않아요."

"조지가 꾸미고 있는 일이 어떤 의미가 있는 것인지 모르지만 내게는 별 볼 일 없는 착상같이 생각되는데. 그때와 같은 장소에서 또 그런 파티를—."

"저는 룩셈부르크 레스토랑에 몇 번이나 갔었어요. 그 뒤에도—로즈메리 언니—뭐, 굳이 못 갈 이유도 없잖아요."

"그렇지. 거기에 간다고 해도 별로 이상할 것은 없으니까. 생일 선물을 준비해 두었소. 아이리스 마음에 들었으면 좋겠는데. 자, 그럼."

앤터니는 전화를 끊었다.

아이리스는 루실라를 달래고 안심시키기 위해서 발길을 돌렸다.

조지는 사무실에 도착하자마자 루스를 방으로 불렀다.

단정한 검은 상의와 스커트를 입은 루스가 잔잔한 미소를 띠며 들어오자 조지의 불안했던 마음은 어느 정도 가라앉았다.

"안녕하세요?"

"안녕, 루스. 또 귀찮은 일들이군. 이것을 봐요."

조지가 내민 전보를 루스가 손에 들었다.

"또 빅터 드레이크로군요."

"그래, 지긋지긋한 놈이야."

루스는 잠시 전보를 손에 든 채 아무 말도 하려고 하지 않았다. 빅터 드레이크의 야윈 갈색 얼굴은 웃으면 코 주위에 주름이 생겼다. 조롱하는 듯한 목소리로 그는 말했었다. "마지막엔 고용주와 결혼하려는 속셈의 여자……." 문득 선명하게 그때의 일이 되살아났다.

루스는 생각했다.

'그때가 바로 엊그제였던 것 같은데…….'

조지의 목소리에 루스는 제정신으로 돌아왔다.

"벌써 1년 전 일이잖아. 그 녀석을 배로 보낸 것 말이야."

루스는 그때 일을 회상해 보았다.

"아, 참 그렇군요. 작년 10월 29일이었지요."

"대단한 사람이군. 루스는 놀랄 만한 기억력을 갖고 있어!"

조지가 모르는—자신에게는 그것을 기억할 만한 이유가 있다고 루스는 마음속으로 생각했다. 전화로 로즈메리가 부주의하게 내뱉은 말을 들었을 때 루스는 자신이 고용주 부인을 증오하고 있음을 확실히 깨달았지만, 빅터 드레이크 때문에 그 기억이 지금까지 더욱 생생하게 남아 있는 것이다.

"운이 좋다고 해야 하나—." 조지가 말했다.

"그 녀석이 그만큼이나 그쪽에 있어 준 것 말이야. 지난주에 50파운드가 한 번 더 나가기는 했지만 말이야."

"이번 300파운드는 너무 많은 것 같은데요."

"확실히 그렇지? 그렇게 많이 줄 수는 없어. 우선, 언제나 하는 것처럼 조사해볼 필요가 있을 거야."

"오길비 씨와 연락을 해보겠습니다."

알렉산더 오길비는 조지의 부에노스아이레스 주재 대리인으로, 성실하고 건실한 스코틀랜드 출신 사람이었다.

"그렇군. 곧 전보를 치도록 해요. 루실라 고모님은 언제나처럼 흥분 상태야. 이제 히스테리로 변해 버렸어. 이번 일로 오늘 밤 파티도 상당히 열기 어려워졌는걸."

"제가 남아서 옆에 있을까요?"

"아니—." 조지는 단호하게 거절했다.

"그럴 필요가 전혀 없어. 당신은 그 파티에 참석하지 않으면 안 되는 사람 중 하나요. 당신이 필요하오, 루스."

조지는 루스의 손을 잡았다.

"당신은 너무 헌신적인 것 같아."

"그렇지 않아요."

루스는 미소를 띠면서 말했다.

"오길비 씨와 전화로 연락을 해보는 게 어떨까요? 오늘 밤까지 완전히 해결될지도 모르니까요."

"좋은 생각이야. 그 정도의 지출은 가치가 있겠군."

"곧 해보겠습니다."

루스는 조지의 손에서 살짝 손을 빼고 조지의 방에서 나왔다.

조지는 12시 반에 밖으로 나와서 택시를 잡아타고 룩셈부르크 레스토랑으로 향했다.

악명 높지만 인기가 있는 웨이터장인 찰스가 조지 쪽으로 다가와서, 당당한 태도로 머리를 숙이고 웃는 얼굴로 맞아들였다.

"안녕하세요, 바턴 씨!"

"안녕, 찰스. 준비는 모두 끝났겠죠?"

"꼭 만족하시리라 믿습니다."

"똑같은 테이블이오?"

"후미진 방의 한가운데 좌석, 맞습니까?"

"그래—그리고 여분의 자리도 몇 개 준비해 뒀겠죠?"

"모든 준비가 완료되었습니다."

"그리고, 그것은 준비해 놓았소—로즈메리꽃은(로즈메리꽃은 상록관목으로 '충실·정조·기억의 상징')?"

"예, 바턴 씨. 그러나 저것만으로는 약간 쓸쓸한 기분이 드는데요. 빨간 열매가 달린 나무를 군데군데 놓아두면 어떨까요?—아니면, 국화꽃이라도?"

"아니, 로즈메리만으로도 충분해요."

"알았습니다. 메뉴판을 보셔야죠, 쥐제페."

찰스가 손가락을 소리 내어 울리자, 상냥해 보이며 체구가 작은 중년의 이탈리아 사람이 모습을 보였다.

"바턴 씨에게 메뉴판을."

메뉴판을 펼쳐본다.

굴, 콩소메 수프, 룩셈부르크 특제인 혀가자미 요리, 뇌조(들꿩 종류) 요리, 포아르 엘렌(배에 바닐라 시럽을 넣고 끓인 것에다 초콜릿 소스를 첨가한 음식), 닭의 간에 베이컨을 입힌 구이.

조지는 별로 관심 없다는 눈빛으로 메뉴판을 바라보았다.

"좋아요. 이제 다 됐군."

조지는 메뉴판을 돌려주었다. 찰스가 문까지 조지를 바래다주면서 약간 소리를 낮춰서 속삭였다.

"저희가 얼마나 감사하고 있는지 한 말씀드려도 좋을까요, 바턴 씨. 또 저희 가게를 찾아 주신 것에 대해서요."

미소가—어쩐지 기분 나쁜 듯한 미소가 조지의 얼굴에 떠올랐다.

조지는 말했다.

"지난 일은 잊지 않으면 안 되고—언제까지나 옛날 일에 매달려 살 수만은 없는 일이니까요. 이제 모두 지난 일이 되어 버렸는데, 뭘."

"지당하신 말씀입니다, 바턴 씨. 그때는 저희도 대단히 쇼크를 받았고, 또 매우 유감스럽게 생각하는 바입니다. 아가씨의 생일파티는 멋지고 즐거운 파티가 될 겁니다. 뭐든지 바턴 씨가 원하시는 대로 해 드리겠습니다."

정중하게 인사를 한 뒤 찰스는 창문 근처의 테이블에서 뭔가 실수를 저지른 신출내기 웨이터를 향해 화난 잠자리처럼 돌진해 갔다.

조지는 입가에 쓴웃음을 지으면서 식당을 나왔다. 그는 사건이 있었던 룩셈부르크 식당에 대해 진심으로 동정을 느낄 만큼 감상적인 사람이 아니었다. 로즈메리가 그곳을 자살 장소로 정한 것이었든, 또한 누군가가 거기서 그녀를 죽이기로 한 것이었든 룩셈부르크 식당 측 책임은 아니었지만, 사실 룩셈부르크 식당으로서는 매우 커다란 타격이기는 했다. 그러나 한 가지 생각에 매달리는 사람이 대개 그렇듯이, 조지의 머릿속에는 오직 그 일밖에 없었다.

조지는 클럽에서 점심식사를 마친 뒤 회의에 잠깐 참석했다.

사무실에 돌아오는 도중에 조지는 공중전화 부스에서 메이다 베일 국에 전화했다. 후유 하고 한숨을 쉬면서 조지는 공중전화 부스를 나왔다. 모두 예정대로 잘 진행되어 가고 있었다.

조지는 사무실로 돌아왔다.

곧 루스가 들어왔다.

"빅터 드레이크에 관한 얘긴데요."

"뭔데?"

"아무래도 상당히 상태가 나빠진 것 같아요. 형사 사건으로 될 우려도 있는 것 같습니다. 상당한 기간 동안 회사의 자금을 횡령했기 때문에."

"오길비가 그렇게 말했소?"

"예, 오늘 아침 그분에게 전화해 봤는데요, 아까 10분 정도 전에 그쪽에서 전화가 왔어요. 그분의 얘기로는 빅터는 매우 뻔뻔스럽게 행동하고 있다고 하는군요."

"있을 법한 얘기야."

"만일 돈만 되돌려준다면, 회사 측에서 소송은 걸지 않겠다고 한답니다. 오길비 씨가 그쪽 사장과 만났는데, 그 점만은 정말인 것 같아요. 액수는 165파운드이고요."

"그랬군. 그래서 빅터 선생께서는 135파운드는 자기 주머니에 챙기시겠다 그런 얘기인가?"

"그런 것 같습니다."

"어쨌든 형사 사건이 되는 것만큼은 어떻게 해서라도 막아야 하겠지."

조지는 치밀어 오르는 화를 참기 어려웠지만, 얼마간의 만족감도 느끼며 말했다.

"오길비 씨에게는 그 선에서 얘기를 진행하도록 부탁해 두었습니다. 그러면 되겠죠?"

"내 생각대로 하자면 그 삐뚤어진 애송이 녀석이 구치소에 들어가는 것을 보고 싶은데—하지만 그놈 어머니 생각도 하지 않으면 안 되니. 어리석기는 하지만—그래도 좋은 녀석인데 말이야. 언제나처럼 이번에도 또 빅터 선생의 승리로군."

"사장님은 정말로 마음이 좋은 분이세요." 루스가 말했다.

"내가?"

"세계에서 가장 좋은 분이라고 생각해요."

조지는 가슴이 뜨거워졌다. 기쁘기도 하고 계면쩍기도 했다. 충동적으로 조지는 루스의 손을 잡고 입술을 댔다.

"사랑스러운 루스. 나의 소중한, 그리고 최고의 친구요. 당신이 없었다면 나는 어떻게 됐을까?"

두 사람은 바싹 다가섰다.

루스는 생각했다.

'이 사람이라면 나를 행복하게 해줄 수 있을 거야. 나 또한 이 사람을 행복하게 해줄 수 있는데. 만일—'

조지는 생각했다.

'레이스가 말한 대로 하는 편이 좋을까? 계획은 모두 취소하고 그것이 가장 좋은 게 아닐까?'

조지의 결심은 흔들렸지만, 그런 갈팡질팡하던 마음도 잠시 뒤에는 사라졌다. 조지는 말했다.

"9시 반에 룩셈부르크 레스토랑으로 와요."

　작년의 그 멤버가 다 모였다.

　조지는 휴 하고 안도의 한숨을 내쉬었다. 마지막 순간까지 조지는 누군가 한 사람이라도 참가할 수 없다고 말해 오지 않을까 걱정하고 있었다—그러나 모두 빠지지 않고 다 모였다. 키가 큰 스티븐 패러데이는 표정이 굳어져 있었지만 어딘가 모르게 점잔을 빼고 있는 듯했다. 샌드라 패러데이는 새까만 벨벳 가운을 걸치고 에메랄드 목걸이를 하고 있었다. 샌드라는 고상한 분위기가 몸에 배어 있었다. 그 분위기는 부자연스럽지 않고, 오히려 평소보다도 더 우아하게 보일 정도였다. 루스도 옥으로 된 클립을 하나 붙인 외에는 아무런 장식도 없는 까만색 옷을 입고 있었다. 윤기가 나는 아름다운 검은 머리는 곱게 빗질하여 매만져져 있었으며, 목과 팔 부위는 눈부시게 하얬다. 다른 여자들보다도 훨씬 하얬다. 루스는 직장 여성이기에 피부를 햇볕에 태울 수 있을 정도의 시간적인 여유가 없었기 때문이다. 조지와 서로 눈이 마주치자 그 눈 속에 보이는 불안감을 알아챘는지, 루스는 안심시키려는 듯 웃어 보였다. 조지는 기분이 가벼워졌다. 충실한 루스 조지 옆에는 아이리스가 이상하다고 느낄 정도로 입을 다물고 조용히 있었다. 아이리스만이 이 파티가 뭔가 좀 이상하다는 낌새를 알아차린 것 같다. 그 얼굴은 창백했는데, 어떤 의미로는 그 얼굴색이 아이리스에게 잘 어울려서 우수가 어린 듯한 차분한 아름다움을 가져다주었다. 아이리스가 입고 있는 옷은 녹색의 단정한 드레스였다. 맨 마지막에 도착한 것은 앤터니 브라운이었는데, 조지의 눈에는 그가 왠지 야생 동물처럼—예를 들면 퓨마나 표범과 같이 민첩하게, 그리고 살그머니 찾아온 듯 느껴졌다. 이 사내에겐 아직 야성적인 면이 남아 있는 것 같다.

　이것으로 모두 모였다—모두 조지의 함정 속에 들어와 있는 것이다. 이제 곧 베일을 벗길 수가 있을 것이다……

그들은 각자 칵테일을 들이켰다. 그리고 모두들 일어서서 아치형 통로를 통해 홀로 들어갔다.

춤을 추고 있는 커플들, 부드러운 흑인 음악, 바쁘게 돌아다니는 웨이터들.

찰스가 앞으로 나가서 상냥한 표정으로 모두를 테이블로 안내했다. 방의 한가운데 완만한 아치 모양을 그리고 있는 천장 밑의 다소 높은 곳에 테이블이 세 개 놓여 있었다―중앙에 큰 것이 한 개, 양쪽 옆에 2인용의 작은 테이블이 두 개 있었다. 작은 테이블 중 하나는 중년의 혈색이 좋지 않은 외국인과 금발의 미인이, 또 한 테이블에는 젊은 남녀가 앉아 있었다. 한가운데 있는 테이블은 바턴 집안의 파티를 위해서 예약되어 있었다.

조지는 친절한 몸짓으로 모두를 각자의 자리에 앉혔다.

"샌드라, 당신은 여기 내 오른쪽 옆에 앉아 주시겠습니까? 브라운 씨는 그 옆에 앉고요. 아이리스, 오늘 밤은 처제를 위한 파티이니까 꼭 여기 내 옆에 앉아 줬으면 좋겠어. 그리고 그 옆에 패러데이 씨, 그리고 당신 루스―."

조지는 말을 끊었다―루스와 앤터니 사이에 빈자리가 하나 있었다. 테이블은 7인용으로 준비되어 있었다.

"제 친구인 레이스 대령께서 조금 늦을지도 모르겠으니 기다리지 말고 시작하라고 하더군요. 도중에 오겠죠. 꼭 여러분에게 소개하고 싶은―멋진 사람이랍니다. 온 세계를 돌아다녔으니 반드시 재미있는 여행담을 들려줄 겁니다."

아이리스는 조지가 지정해 준 자리에 앉으면서 화가 치밀어 오르는 것을 느꼈다.

'형부는 일부러 이렇게 한 거야―나를 앤터니에게서 멀리 앉도록. 루스야말로 내가 지금 앉아 있는 자리, 오늘의 파티 주최자 옆에 앉아야만 하는데. 역시 형부는 아직도 앤터니를 싫어하고 있고, 믿지 않는 것 같아.'

아이리스는 테이블 맞은편 쪽을 살짝 바라보았다. 앤터니는 눈살을 찌푸리고 있다. 앤터니는 아이리스를 보고 있지 않았다. 앤터니는 옆의 빈자리를 곁눈질로 바라보면서 매우 신경을 쓰는 듯했다. 앤터니가 말했다.

"또 한 사람이 오기로 했다니 정말 반가운 일이군요. 바턴 씨, 전 아무래도 도중에 실례를 해야 할 것 같아서요. 사정이 좀 있어서 말이죠. 여기서 다른 사람과 또 만나기로 했거든요."

조지는 웃으면서 말했다.

"즐거운 시간에 일을 들먹이는 건가요? 아직 젊은 사람이 너무 그렇게 일에 쫓겨 살지 않아도 될 텐데……브라운 씨, 뭐 하긴 나는 아직도 당신이 하는 일이 뭔지 잘 모르고 있지만."

가끔씩 주위 사람들의 말소리가 끊기곤 했다. 앤터니의 대답은 냉담했고 별로 동요하는 기색도 없었다.

"조직적인 범죄입니다, 바턴 씨. 그런 질문에는 전 언제나 이렇게 대답하죠. '계획적인 강도'라고. 그래서 세상을 속이고, 가족들은 남모르게 부유하게 살고 있다고요."

샌드라 패러데이가 웃으면서 말했다.

"당신은 뭔가 무기에 관련된 일을 하고 계시잖아요? 무기왕은 오늘날엔 평화를 깨뜨리는 악한과 다름이 없잖겠어요?"

아이리스는 그 말을 듣는 순간 앤터니의 눈이 갑자기 휘둥그레지는 것을 보았다. 그러나 앤터니는 표정도 별로 변하지 않고 곧 가벼운 어조로 말을 받았다.

"제 정체를 알아서는 곤란합니다, 레이디 알렉산드라. 중요한 비밀 사항이라서요. 이웃 나라 스파이가 지금 이곳 어딘가에서 절 지켜보고 있는지도 모르고……부인은 방금 아주 부주의한 말을 하신 겁니다."

진지한 얼굴로 앤터니는 고개를 저었다.

웨이터가 큰 접시를 가져왔다. 스티븐이 아이리스에게 춤추지 않겠느냐고 청해 왔다. 곧 모두가 춤추기 시작했다. 분위기가 부드러워졌다.

이윽고 아이리스의 춤 상대로 앤터니 차례가 돌아왔다. 아이리스는 말했다.

"우리를 나란히 앉게 해주지 않다니, 형부도 짓궂은 데가 있어요."

"친절한 처사인지도 몰라. 당신 자리는 바로 내 맞은편 자리니까 계속 당신을 바라볼 수가 있잖소?"

"정말로 도중에 자리를 뜨지 않으면 안 돼요?"

"그렇게 될지도 모르겠어." 잠시 뒤에 앤터니가 말했다.

"레이스 대령이 온다는 것을 알고 있었소?"

"아뇨, 전혀 몰랐어요."

"이상하군, 그건!"

"레이스 대령을 알고 있어요? 아, 그렇군요. 그렇게 말했었지, 요전번에."

그리고 아이리스는 말을 계속했다.

"어떤 사람인데요?"

"다들 잘 모르는 것 같아."

두 사람은 자리로 돌아왔다. 밤이 깊어간다. 잠시 풀렸던 긴장감이 다시 되살아나는 것 같았다. 테이블 주위에는 긴장된 공기가 감돌았다. 단 한 사람, 오늘의 파티를 주최한 사람만이 무사태평으로 즐기고 있는 것 같았다.

아이리스는 조지가 시계를 잠깐 들여다보는 것을 보고 있었다.

갑자기 드럼 소리가 울리고—불빛이 어두워졌다. 홀의 무대장치가 올려졌다. 의자를 조금 뒤로 밀고 몸을 옆으로 돌렸다. 세 명의 남자와 세 명의 여자가 홀에 나와 춤을 추었다. 그러고 나서 잠시 뒤에 성대모사를 하는 남자가 무대에 등장했다. 기차, 기선, 롤러, 비행기, 재봉틀, 소 울음소리. 성대모사는 많은 갈채를 받았다. 그 뒤에 레니와 플로의 춤이 계속 되었는데, 그것은 춤이라고 하기보다는 곡예에 가까웠다. 박수가 쏟아져 나왔다. 그 뒤엔 룩셈부르크 식당 6인조 악단의 합주가 있었고 이어서 불빛이 밝아졌다.

모두들 갑자기 밝아진 불빛 때문에 눈을 잘 뜨지 못했다.

동시에 갑자기 긴장이 풀어지면서, 테이블 위에 앉아 있던 사람들의 긴장했던 마음도 다소 누그러지는 듯했다. 모두가 무의식중에 자칫하면 꼭 무슨 일이 일어날 것 같은 불안감을 느끼고 있었다. 그러나 결국은 아무 일도 일어나지 않은 것이다. 1년 전의 파티에서는 불빛이 밝아진 시간과 테이블에 푹 쓰러져 있는 시체를 발견한 시간이 같았기 때문이다. 과거가 이제 겨우 확실한 과거 사실이 되고—망각 속으로 사라져 버린 느낌이었다. 지난날의 비극의 그림자는 사라졌다.

샌드라가 밝은 표정으로 앤터니를 바라보았다. 스티븐은 아이리스에게 말을 걸었고, 루스가 거기에 참견하려고 몸을 앞으로 내밀었다. 조지만이 가만히 자리에 앉은 채 눈을 크게 뜨고 있었다—조지의 눈은 맞은편, 아무도 없는 의자를 바라보고 있었다.

아이리스가 조지를 팔꿈치로 가볍게 치자 조지는 그제야 제정신으로 돌아왔다.

"정신 차리세요. 형부, 자, 춤춰요. 저와는 아직 한 번도 추지 않았잖아요."

조지는 일어섰다. 아이리스에게 웃어 보이면서 잔을 손에 들었다.

"우선 건배 합시다—생일을 맞은 젊은 여성을 위해서! 아이리스 말의 영원한 행복을 위하여!"

모두 웃으면서 잔을 비우고 나서 춤을 추기 위해 일어섰다. 조지와 아이리스, 스티븐과 루스, 앤터니와 샌드라.

경쾌한 재즈의 멜로디가 흘러나왔다. 서로 얘기를 나누면서 모두 동시에 자리로 돌아왔다. 모두 자리에 앉았다.

갑자기 조지가 앞으로 나섰다.

"여러분에게 부탁하고 싶은 일이 있습니다. 1년 전 대략 이맘때일 겁니다. 우리는 여기에 모였었습니다. 그런데 그날 밤은 비극적으로 끝났습니다. 옛날의 괴로운 사건을 기억하고 싶지는 않습니다만, 동시에 또 로즈메리가 완전히 잊히는 것도 싫습니다. 나는 여러분이 그녀의 추억을 위해 건배해 주셨으면 합니다—추억을 위해서."

조지는 잔을 들었다. 다른 사람들도 모두 순순히 조지를 따라서 했다. 모두의 얼굴은 마치 가면을 쓴 것 같았다.

"로즈메리의 추억을 위해서!" 조지가 말했다.

잔이 각자의 입술에 닿았다. 모두 마신다.

갑자기 술을 마시던 동작이 멈춰졌다—조지의 몸이 앞으로 흔들리더니 의자에 힘없이 쓰러지면서 양손으로 목을 감싸 쥐고, 얼굴은 필사적으로 공기를 들이마시려고 하면서 순식간에 잿빛으로 변해 갔다. 조지가 죽기까지는 1분 30초 정도밖에 걸리지 않았다.

제3편 아이리스

"죽은 사람에게는 평온함이 찾아온다고 믿고 있었다.
그러나 그렇지 않았다⋯⋯."

레이스 대령은 런던경시청 현관 안으로 들어섰다. 앞에 놓인 용지에 기입을 끝내고, 몇 분 뒤에는 주임경감인 켐프의 방에서 그와 악수를 하고 있었다.

두 사람은 옛날부터 서로 잘 아는 사이였다. 켐프에게는 어딘지 모르게 그 노련한 경감 배틀을 생각나게 하는 점이 있었다(배틀은 《0시를 향하여》, 《세븐 다이얼스 미스터리》 등에서 나오는 총경). 사실 켐프는 상당히 오랫동안 배틀 밑에서 일했으므로, 어쩌면 무의식중에 그 선배의 여러 가지 버릇들을 흉내 내게 되었는지도 모른다. 한 가지 사건에만 몰두하여 그 사건을 해결할 때까지 모든 것을 파헤쳐가는 듯한 경향이 켐프에게도 있다—그러나 배틀이 티크 재(材)나 떡갈나무와 같은 재질을 생각나게 한다면, 켐프는 좀더 화려한 나무—예를 들면, 마호가니 재(材)나 질 좋은 자단목을 생각나게 한다.

"어서 오십시오. 특별히 대령님을 전화로 부른 것은—." 켐프가 말했다.

"이 사건에 관해서 저희들로서는 어떤 도움이라도 아쉬운 형편이라서요."

"사건이 이제 겨우 전문가의 손에 들어간 것 같군."

레이스가 말했다. 켐프는 그것을 굳이 부정하려 들지 않았다. 매우 다루기 어려운, 세상의 이목을 끌기 쉽고 중요한 사건만이 자기에게 맡겨진다고 켐프는 생각하고 나서 진지한 표정으로 말을 이었다.

"이 사건은 키더민스터 집안과 관련되어 있어서요. 수사를 신중하게 진행하지 않으면 안 된다는 것을 잘 아시리라 믿습니다."

레이스는 고개를 끄덕였다. 레이스는 레이디 알렉산드라 패러데이와는 몇 번 만난 적이 있었다. 확실히 명문가의 기품 있고 정숙한 부인이라는 느낌을 받았으며, 세상에 떠도는 좋지 않은 소문과는 거리가 먼 듯한 여자였다. 공개 석상에서 알렉산드라가 연설하는 것을 레이스는 들은 적이 있다—미사여구를 동원한 연설은 아니었지만, 확실하고 알기 쉽게 문제를 잘 파악하여 이야기를 진행하는 스타일로, 그 나름대로 훌륭한 연설이었다.

그녀의 공적인 생활은 모든 신문에 떠들썩하게 다루어졌지만, 그녀의 사생활은 평온한 가정을 배경으로 해서 그려지는 것밖에는 마치 이 세상에 존재하지 않는 여자와도 같았다.

그러나 그런 여자에게도 역시 사생활은 있을 것이라고 레이스는 생각했다. 절망도, 사랑도, 질투하는 고통스런 마음도 있을 것이다. 감정에 치우쳐서 자제력을 잃어 목숨을 건 위험한 사건을 일으키는 일도 있을 수 있는 것이다.

레이스는 흥미가 있는 듯 말했다.

"그녀가 그 사건을 저질렀다고 보지는 않는가, 켐프?"

"레이디 알렉산드라가 말입니까? 대령님은 그녀가 죽였다고 생각하시나요?"

"나야 뭐 잘 모르지만, 그럴 가능성도 있지 않을까 하는 것이지. 그럼, 그녀의 남편─키더민스터 집안의 배경을 업고 있는 남자는 어떤가?"

켐프 경감의 침착한 짙은 녹색의 눈은 레이스의 말에 그럴 리가 있겠냐는 반박의 기색은 전혀 없이, 레이스의 검은 눈동자만을 가만히 바라보고 있었다.

"만일, 둘 중 누군가 한 사람이 그 사건을 일으켰다면 우리들은 그녀의 남편 혹은 그녀를 교수형에 처하는데 필요한 단서를 잡기 위해 수사에 전력을 다해야만 하겠지요. 그 점은 대령님도 알고 계실 겁니다. 우리 영국에서는 살인자에 대해서는 아무런 은혜도 베풀지 않는다는 것을요. 그러나 반드시 확실한 증거가 있어야 됩니다─검사도 그 점만은 꼭 확인할 테니까요."

레이스는 고개를 끄덕였다. 그러고 나서 천천히 입을 떼었다.

"사건의 경과를 한 번 더 검토해 보세."

"조지 바턴은 청산가리를 먹고 죽었습니다─1년 전 그의 아내 사건과 똑같습니다. 대령님은 사건 당시 바로 그 레스토랑에 있었다고 하셨죠?"

"그랬지. 바턴은 내게도 파티에 와 달라고 했어. 나는 거절했는데, 그 녀석 하는 짓이 영 마음에 들지 않았기 때문이야. 나는 그의 방식에 반대했지. 만일 부인이 죽은 것에 대해 의심이 간다면 그것을 해결해 주는 기관에 가는 것이 바람직하다고 권했었지─자네 같은 사람들이 있는 곳으로 말이야."

"당연히 그랬어야 하는 건데요."

"그런데 그는 자신의 생각을 양보하지 않았지—살인자를 함정에 빠뜨리려는 생각이었으니까. 그것이 어떤 함정인가는 절대 말하려 하지 않았네. 나는 일이 어떻게 되어가는지 걱정이 되어서 말이야—뭐, 그런 이유로 어젯밤엔 무슨 일이 일어날까 하여 그것을 보려고 룩셈부르크 식당에 갔던 것이지. 내가 앉은 테이블은 상당히 떨어진 곳이었지—눈에 띄어서는 거북해질 테니까. 유감스럽게도 내가 말하는 것은 아무 도움도 안 될 걸세. 내가 앉은 곳에서 본 바로는 의심스런 점이 전혀 없었으니까. 그 테이블에 가까이 접근한 사람들은 웨이터와, 파티에 나온 사람들뿐이었네."

"그렇겠군요." 켐프가 말했다.

"그렇게 되면 범위는 좁아지게 됩니다. 그들 중 누군가가, 아니면 웨이터 쥐제페 발사노가 청산가리를 넣었다는 것이 됩니다. 그를 오늘 아침에 다시 불렀지요—대령님이 만나고 싶어하시지 않을까 해서요. 그러나 그 사람은 별로 관련되어 있는 것같이 보이지는 않습니다. 룩셈부르크 식당에서 12년이나 근무 했다더군요. 평판도 좋으며, 결혼해서 아이도 셋 있고 신원도 확실합니다. 어떤 손님과도 잘 지내고 있습니다."

"그렇게 되면 남은 것은 파티에 참석한 사람들인데."

"예, 파티 참석자들 구성 멤버는 똑같았습니다. 그 부인이 죽었을 때와 말이죠."

"그 점에 대해서는 어떻게 생각하나?"

"두 사건이 관계가 있을 것 같은 생각이 들어서 계속 조사하는 중입니다. 애덤스에게 시켰지요. 이번 사건을 사람들은 자살로 보고 있는데, 자살이 아닌 것은 확실합니다. 그러나 지금 이 시점에서는 자살로 간주하는 것이 가장 타당한 결론인데, 그것은 타살로 보이는 직접적인 증거가 아무것도 없기 때문이죠. 그렇게 되면 자살이라고밖에 볼 수가 없게 되거든요. 그 밖에 다른 방도가 없으니까요. 우리가 맡은 사건 중에도 그런 경우가 많이 있습니다. 의문에 쌓인 자살이지요. 세상에는 이런 의문의 베일에 가려진 사건은 잘 알려지지 않습니다—그러나 우리는 항상 잊지 않고 있습니다. 때로는 은밀하게 수사를 진행하는 일도 있지요. 갑자기 뭔가가 수사선상에 떠오르는 일도 있고, 아무것도 잡히지 않는 경우도 있습니다. 이번 사건은 단서가 될 만한 것이 아무것도 없습니다."

"지금까지 조사한 바로는 말인가?"

"지금까지 조사한 바로는 그렇습니다. 누군가가 바턴 씨에게 부인이 살해된 것이라는 사실을 알려줬다—그는 부지런히 행동하기 시작했다. 마치 바턴 씨가 범인을 확실히 알고 있다고 선전하는 것과 같은 행동이었지요—정말로 그랬는지 아닌지는 알 수 없지만요. 그러나 범인은 그렇게 생각했음이 틀림없습니다—그래서 범인은 당황하기 시작했고, 결국엔 바턴 씨를 해치웠다. 제 예측으로는 그렇게 된 것이 아닌가 합니다만—제 생각이 어떻습니까?"

"뭐 그렇겠지—거기까지는 확실한 것 같네. '함정'이 어떤 것이었는지는 하느님만이 알고 계시겠지만. 그 테이블에는 빈자리가 하나 있었네. 필시 예상 밖의 증인을 위해서 준비한 자리일 것일세. 어쨌든 예상하지 못한 결과를 가져다주었지. 범인에게 경계심을 갖게 했고, 범인은 그 함정에서 베일이 벗겨질 때까지 기다리지 않은 것이지."

"그런데—." 켐프가 말했다.

"용의자는 다섯 명이라 할 수 있겠죠. 그리고 처음 사건도 자세히 조사하지 않으면 안 되겠습니다—바턴 부인이 살해된 사건 말입니다."

"자네는 이제 그 사건도 자살이 아니라고 확신하고 있군."

"이번 살인사건으로 자살이 아니었음이 증명되었다고 봅니다. 그러나 우리가 그때 자살을 가장 타당한 결론으로 받아들인 것을 대령님도 비난하시지는 않으리라 믿습니다. 그 나름대로 증거도 있었으니까요."

"독감을 앓은 흔적이 남아 있었던 것 말인가?"

켐프의 목각같이 표정 없던 얼굴이 조금 누그러지면서 작은 주름이 잡혔다.

"그것은 검시재판 결과였습니다. 의학적인 증거로도 충분했고, 모두들 그렇게 믿었지요. 번번이 있는 일입니다. 게다가, 여동생에게 보내려던 중간까지만 쓴 편지도 있었거든요. 거기에는 바턴 부인의 재산을 어떤 식으로 나누는 것이 좋은지 쓰여 있어서—그녀에게 자살할 뜻이 있었음을 나타내 주고 있었습니다. 뭔가 궁지에 몰려 있었음이 틀림없습니다. 그러나 부인의 경우 십중팔구 원인은 연애였을 겁니다. 남자라면 대개 금전적인 걱정이 대부분입니다만."

"그렇다면 자네는 바턴 부인이 연애를 하고 있었다는 것을 알고 있었나?"

"예. 사건이 발생한 즉시 조사를 해보았습니다. 상당히 조심스럽게 연애를 했던 것 같습니다만—그러나 그다지 수확은 없었습니다."

"스티븐 패러데이 말인가?"

"그렇습니다. 두 사람은 얼스 코트의 변두리 작은 아파트에서 만나곤 했던 것 같습니다. 한 6개월 정도 계속 된 것 같았는데, 두 사람 사이에 말다툼이 있었든자—혹은 남자 쪽이 여자에게 싫증이 났고, 그래서 자포자기가 된 바턴 부인은 스스로 목숨을 끊었을 것이라는 결론이 나왔죠. 그런 여자의 예는 흔히 있는 일입니다."

"레스토랑에서 청산가리를 먹고?"

"예—만일 그녀가 극적으로 자살을 하고 싶었다면요. 남자가 보는 앞에서 할 수도 있다는 거지요. 사람에 따라서는 매우 멋지게 죽고 싶어하는 경우도 있으니까요. 제가 조사한 바로는 바턴 부인은 그다지 인습에 얽매였던 여자는 아니었던 것 같습니다. 조심하고 경계했던 것은 오히려 남자 쪽이었습니다."

"스티븐 패러데이의 아내는 둘 사이가 뭔가 이상하다는 사실을 알고 있었던 게 아닐까?"

"저희들이 조사한 바로는 그녀는 아무것도 몰랐던 것 같습니다."

"하지만 알고 있었는지도 모르잖는가, 켐프? 감정을 겉으로 나타내는 여자가 아닌 것 같던데."

"예, 확실히 그렇습니다. 그렇게 되면 두 사람 모두 가능성이 있게 됩니다. 여자는 질투 때문에, 남자는 사회적인 지위 때문에 이혼이라도 하게 되면 매우 큰 것을 잃게 되니까요. 옛날처럼 이혼이 대단한 것으로 여겨지는 시대는 아니지만, 스티븐 패러데이의 경우 키더민스터 집안과의 감정이 좋지 않게 되면 키더민스터라는 거대한 적에게 둘러싸이게 되겠죠."

"비서인 여자는 어때?"

"그녀에게도 가능성은 있습니다. 조지 바턴에게 빠져 있었던 것 같습니다.

사무실에서는 상당히 친하게 지냈고, 그녀가 바턴에게 열을 올리고 있었다는 소문도 있었습니다. 실제로 어제 오후의 일입니다만, 전화교환원인 한 여자가 바턴이 루스 레싱의 손을 잡고는 당신 없이는 나는 아무것도 할 수 없다고 말한 것을 흉내 내더군요. 마침 그때 레싱이 나타나서는 그것을 보고 그녀를 그 자리에서 당장 해고시켰다더군요. 한 달치 월급을 주고서 곧장 내보냈다고 합니다. 이번 사건에 매우 신경질적인 반응을 보이고 있는 것 같습니다. 그리고 또 한 사람, 그 여동생에게는 상당한 재산이 물려진다는 사실입니다. 이 점도 기억해 둘 필요가 있을 겁니다. 좋은 처녀로 보입니다만, 아직은 잘 모르겠습니다. 그리고 바턴 부인에게는 또 한 사람의 남자친구가 있었습니다."

"그 남자에 대해서는 꼭 듣고 싶은데, 자네가 알고 있는 사항을 말이야."

켐프는 천천히 말하기 시작했다.

"매우 사소한 것입니다—그것도 별로 수확 있는 정보라고는 할 수 없습니다만, 신원은 확실한 사람입니다. 미국 시민권을 갖고 있는 사람으로, 그 밖에는 아무것도 모르고 있습니다. 나쁜 일로 왔는지 그렇지 않은지는 잘 모르겠지만, 그 남자는 우리나라에 건너 와서 클래리지 호텔에 머물고 있는데, 듀스베리 경과 어찌어찌하다 가까워진 것 같습니다."

"사기꾼인가?"

"그럴지도 모릅니다. 듀스베리 경은 그 남자가 마음에 들었던 것 같습니다—런던에 머물도록 부탁했다는 얘기가 있거든요. 그즈음은 좀 긴박했던 시기였으니까요."

"무기였겠군" 레이스가 말했다.

"듀스베리의 공장에서 새로운 전차의 시운전에 관해 분쟁이 있었던 바로 그때잖나?"

"그렇습니다. 이 브라운이라는 사내는 무기를 취급하고 있는 사람이라고 합니다. 그가 거기에 모습을 나타내고 바로 뒤에 그 태업 사건이 있었죠—타이밍을 아주 잘 맞춰서 나타난 것이지요. 브라운은 듀스베리의 옛 친구 패거리들과도 자주 만났습니다—무기 산업에 관련이 있는 사람에게는 누구에게나 접근했던 것 같습니다. 그 결과, 제 생각으로는 그 자가 보아서는 안 되는 것들을 많이 보았던 것으로 생각되어집니다. 그중 한두 가지 예를 든다면, 그가 그 세계에 모습을 나타내고서 얼마 되지 않아 공장에서 큰 분쟁이 일어난 사실입니다."

"흥미 있는 사내로군. 그 앤터니 브라운이라는 자는."

"예. 상당히 매력이 있는 사람입니다. 확실히요. 그리고 그것을 최대한 이용하고 있는 것 같습니다."

"그래서 바턴 부인은 어떤 방법으로 걸려들었는가? 조지 바턴은 무기와는 전혀 관계가 없는 남자가 아닌가?"

"그렇지요. 하지만 두 사람은 꽤 가까운 사이였던 것 같습니다. 그래서 혹시 그가 자기도 모르게 무심히 뭔가를 누설했는지도 모릅니다. 대령님도 잘 아시겠지만, 아름다운 부인이라면 남자로부터 어느 정도의 비밀을 캐낼 수 있잖습니까?"

레이스는 경감의 이 말이, 레이스가 지난날 총지휘했던 대간첩본부를 지칭하는 것이지, 아무것도 모르는 패거리들이 자신에 대해서 이러쿵저러쿵 입방아를 찧듯 레이스의 개인적인 실책을 가리키고 있지는 않을 것이라고 받아들이고서는 고개를 끄덕였다.

잠깐 사이를 두었다가 레이스는 말했다.

"조지 바턴에게 온 그 편지에 관해서는 조사해 보았는가?"

"예. 어젯밤 그의 집 책상 속에 있는 것을 발견했습니다. 아이리스 말이 찾아주더군요."

"나는 그 편지에 흥미를 갖고 있네, 켐프 전문가의 의견은 어떤가?"

"싸구려 편지지에, 잉크도 흔한 것입니다—지문은 조지 바턴과 아이리스 말의 것이 편지에서 채취되었습니다. 그리고 봉투에는 판정할 수 없는 지문이 많이 찍혀 있었는데, 우체국 직원 등의 것이겠죠. 편지는 활자체로 쓰여 있었고, 전문가의 얘기로는 교양 있는, 보통의 건강 상태를 가진 사람의 손에 의해 쓰인 것이라고 합니다."

"교양 있는 사람이라. 하인은 아니겠군?"

"아마 아닐 겁니다."

"그렇게 되면 점점 재미있게 돼가는군."

"적어도 누군가 그 밖에도 이 사건에 의심을 품고 있던 인물이 있었다는 얘기가 되는데."

"그 인물은 경찰에 신고하지 않았어. 조지의 의혹을 부채질 하면서도 자신은 그 사건을 밝히려고 하지 않았어. 어쩐지 이상한데, 켐프 조지가 자기 자신에게 편지를 쓴 것은 아닐까?"

"그것도 있을 수 있는 일입니다. 그러나 어째서 그런 짓을?"

"자살의 예행연습으로써—자살을 살해된 것처럼 꾸미기 위해서 말이야."

"스티븐 패러데이를 교수형 시키기 위해서 말입니까? 그것도 예측 가능하죠—그렇다면, 조지가 모든 일을 패러데이에게 뒤집어씌우려고 했다면, 보다 더 확실한 뭔가를 만들어 놓았을 겁니다. 그런데 실제로 우리는 패러데이에게 불리한 아무런 단서도 잡지 못하고 있습니다."

"청산가리에 대해서는? 약을 넣은 용기는 발견했나?"

"예. 작고 하얀 종이봉투가 테이블 밑에서 발견되었습니다. 봉투 속에 청산가리가 남아 있었습니다. 지문은 찍혀 있지 않았고요. 탐정소설이라면 당연히 특수한 종이였다든가, 특이한 포장 방법에 의해 지문이 감춰졌다든가 하는 식으로 될 것입니다만. 탐정소설의 작가 패거리들에게 이런 지긋지긋한 수사의 절차를 가르쳐 주고 싶습니다. 대개의 사건이 거의 단서가 될 만한 것이 없다는 것을요. 아마 그 작자들도 잘 알고 있을 것입니다. 누구나 아무 데서나 단서가 될 만한 것을 쉽게 발견할 수는 없다는 것을요."

레이스는 미소를 지었다.

"자네, 상당히 흥분했군. 어젯밤 뭔가 눈치를 챈 사람은 없었을까?"

"실은 오늘 제가 제일 먼저 손을 대려고 하는 것이 바로 그 점입니다. 어젯밤엔 모두에게서 간단한 진술만 듣고 나서, 말과 함께 앨버스틴 스퀘어에 가서 바턴 씨의 책상과 서류 등을 대충 조사하고 왔습니다. 오늘은, 모두에게서 좀더 자세한 진술을 들을 예정입니다—그리고 방 한가운데의 그 두 테이블에 있었던 사람들의 진술도요."

켐프는 소리를 내면서 서류를 한 장 한 장 넘겼다.

"아, 여기 있습니다. 제럴드 톨링턴. 근위보병 제1연대에 소속된 사람입니다. 그리고 귀족의 딸 패트리셔 브라이스우드워스. 두 사람은 약혼 중인 젊은 커플이군요. 그리고 페드로 모랄레스─정체를 알 수 없는 멕시코 사람인데, 눈의 흰자위 부분까지 황색인 사내입니다. 그리고 크리스틴 샤논─남자 같은 금발의 미녀입니다만, 이 여자도 아무것도 보지 못했던 것 같습니다. 대령님으로서는 상상도 할 수 없을 정도의 멍청한 여자입니다. 단, 돈에 관한 것만은 제외하고요. 이 중 누군가가 뭔가를 보았을 가능성은 전혀 없습니다만, 좀더 확실히 하기 위해 이름과 주소를 기록해 두었습니다. 어쨌든 웨이터 쥐제페부터 시작할 예정입니다. 지금 여기에 와 있습니다. 이 방으로 부르겠습니다."

제2장

쥐제페 발사노는 중년의, 어딘가 모르게 원숭이를 닮은 듯 영리해 보이는 사내다. 신경이 날카로워져 있는 것 같았지만, 필요 이상의 반응을 보이지는 않았다. 영어는 능숙하게 구사했는데, 쥐제페의 말에 의하면 열여섯 살 때부터 계속 영국에서 살았고, 영국인 여자를 아내로 맞았기 때문이라고 했다.

켐프의 태도에는 동정이 담겨져 있었다.

"그러면, 쥐제페, 이번 사건에 대해서 뭐든 생각나는 것이 있으면 말해 주시지요."

"저로서는 몹시 재미없는 사건입니다. 그 테이블의 시중을 들은 것은 저였으니까요. 와인을 따라주었던 것도 접니다. 모든 사람들은 제 머리가 좀 이상해져서 그 와인 잔에 독을 넣었다고 말하더군요. 저는 그런 짓을 한 적이 없습니다. 그렇지만 모두들 그렇게 말하겠죠. 실제로 골드스타인 씨는 제게 1주일가량 일을 쉬면 어떻겠냐고 말씀하시더군요—그렇게 하면 식당에서 좋지 않은 말을 듣거나, 손가락질을 받지 않고 해결될 테니까요. 그러는 편이 공평하고 바른 처사가 되겠죠. 골드스타인 씨는 그 사건이 제 과실이 아님을 잘 아실 테고, 그리고 제가 그 가게에서 매우 오랫동안 일해 왔으므로 저를 해고하지 않는 겁니다. 다른 레스토랑의 주인이라면 아마 해고시켰을 건데요. 찰스도 마찬가지로 친절히 대해 줍니다만, 그래도 역시 제게 있어서는 뜻하지 않은 재난입니다—게다가, 저는 무서워졌습니다. 제게 적이 있는 것일까 하고 스스로에게 물어보기도 했지요."

"그래서—." 켐프는 언제나처럼 무표정한 얼굴로 물었다.

"적이 있는 것 같소?"

원숭이를 닮은 슬픈 듯한 얼굴에 쓴웃음이 번졌다. 쥐제페는 양팔을 벌려

보였다.

"제게 말입니까? 제게는 이 세상에 적 같은 건 한 사람도 없습니다. 좋은 친구는 많이 있습니다만, 적은 없습니다."

켐프는 위압적인 낮은 소리로 말했다.

"그러면, 이제 어젯밤의 일로 얘기를 돌립시다. 샴페인에 대해서 얘기해 주시지요."

"1928년제의 클리코였습니다―매우 고급품의 비싼 와인이지요. 바턴 씨는 그런 분이지요―고급 요리와 고급 술을 무척 좋아하셨습니다. 최고급 음식을 말입니다."

"미리 그 와인을 주문했었소?"

"그렇습니다. 무엇이든 찰스와 미리 의논해서 하셨죠."

"그 테이블의 빈자리는 어떻게 된 거요?"

"그것도 그분이 결정하신 일입니다. 그분이 찰스에게 말씀하셔서, 찰스가 제게 그렇게 해놓으라고 한 거죠. 나중에 젊은 부인이 그 자리에 앉을 것이라고 했습니다."

"젊은 부인?"

레이스와 켐프는 서로 얼굴을 마주 보았다.

"그 젊은 부인이 누군지 알고 있소?"

쥐제페는 고개를 내저었다.

"아뇨, 거기에 대해서는 저는 아무것도 모릅니다. 늦게 나타나기로 되어 있었다는 것밖에는. 제가 들은 얘기는 그것뿐입니다."

"와인 얘기를 계속해 주시오. 몇 병이었소?"

"두 병인데, 만일 모자라게 될 것에 대비해서 세 병을 내놓을 수 있도록 준비해 두었습니다. 처음 한 병은 금방 바닥이 났습니다. 두 병째를 연 것은 플로어 쇼가 시작되기 조금 전입니다. 모두의 잔에 따라 부은 뒤, 병은 아이스박스에 넣어 두었습니다."

"바턴 씨가 잔을 들어 마시는 것을 마지막으로 본 것은?"

"글쎄요, 쇼가 끝났을 때 모두들 젊은 여인의 건강을 기원하면서 마셨습니다.

그분의 생일이구나 하고 저는 생각했지요. 그러고서 모두들 춤을 추러 나갔습니다. 그 사건은 그 뒤에 모두가 제자리로 돌아오고 나서 벌어졌죠. 바턴 씨가 그 술을 마시자마자 그렇게 되고 말았습니다—그분이 돌아가신 거지요."

"모두가 춤을 추고 있는 사이에 잔에다 술을 따라 부었소?"

"아뇨. 젊은 여인을 위해서 모두가 건배를 할 때 잔을 채웠는데, 모두들 별로 마시지 않았습니다. 한 모금이나 두 모금 정도 밖에는요. 잔에는 아직도 꽤 남아 있었습니다."

"누군가—누군가 말이요. 한참 춤을 추고 있을 때 그 테이블에 접근하지 않았소?"

"어느 누구도 접근하지 않았습니다. 그것은 확실합니다."

"모두 일제히 춤추러 나갔소?"

"그렇습니다."

"그리고 동시에 자기 자리로 돌아왔소?"

쥐제페는 열심히 어제 일을 생각해 내려는 듯 눈을 가늘게 떴다.

"바턴 씨가 제일 먼저 자리로 돌아와 앉으셨습니다—젊은 여인과 함께. 다른 사람들보다도 흐트러짐 없이 똑바로 앉아 계셨지요. 그렇게 오랫동안 춤을 추시지는 않았습니다. 그러고 나서 피부가 흰 신사 패러데이 씨와 검은 드레스의 젊은 여성. 레이디 알렉산드라 패러데이와 피부가 거무스름한 신사가 가장 나중에 자리로 돌아왔습니다."

"패러데이와 알렉산드라를 알고 있었소?"

"예, 우리 룩셈부르크 레스토랑에서는 자주 보았거든요. 두 분은 매우 유명한 분이잖습니까?"

"그런데 말이오, 쥐제페, 만일 그중 누군가가 바턴 씨의 잔에 뭔가를 넣는다고 한다면, 당신이 볼 수 있지 않을까?"

"그 점에 대해서는 아무것도 드릴 말씀이 없습니다. 제게는 맡겨진 일이 있어서요. 한가운데 있던 그 두 테이블뿐 아니라 넓은 객실도 두 개 맡고 있었으니까요. 게다가 음식도 나르지 않으면 안 되었고요. 바턴 씨의 테이블을 지키고 있었던 것은 아니니까요. 플로어 쇼가 끝나자 모두가 일어서서 춤을 추었으므로, 그동안 저는 가만히 서 있었습니다—그러므로 그때, 아무도 그 테이블에 접근하지 않았던 것만은 확실히 기억하고 있습니다. 단지 모두가 자리에 앉고부터는 곧 저는 바빠졌으니까요."

켐프는 고개를 끄덕였다.

"그런데—." 쥐제페는 말을 계속했다.

"아무도 보지 않게 그런 일을 하기는 매우 어려운 일이 아닌가 생각합니다. 그런 일이 가능하다면 제 생각으로는 바턴 씨밖에 없지 않은가 합니다만. 그렇지만 선생님들은 그렇게 생각하시지 않는 것 같군요, 그렇죠?"

확인하듯 쥐제페는 경감을 바라보았다.

"그게 당신 생각이오?"

"물론 저는 아무것도 모릅니다—단지 그렇지 않을까 하는 기분이 들 뿐이지요. 바로 1년 전에 그 아름다운 부인, 바턴 부인이 스스로 목숨을 끊으셨습니다. 바턴 씨는 그것을 슬퍼한 나머지 자신도 같은 방법으로 죽으려고 한 것은 아닐는지요? 로맨틱하시니까요. 확실히 저희 가게로써는 달갑지 않은 사건입니다—그렇지만, 이제부터 죽으려 하는 사람은 그런 식으로 죽을 생각은 하지 않겠죠."

쥐제페는 두 사람의 얼굴을 진지한 표정으로 번갈아 보았다.

켐프는 고개를 내저었다.

"그 정도로 간단한지 어떤지는 사실 의문이오."

켐프는 말했다. 켐프는 그 뒤 두세 가지 질문을 더 하고 나서 쥐제페를 돌려보냈다.

쥐제페의 등 뒤로 문이 닫히자 레이스가 말했다.

"저 사람 말에도 일리가 있는 것 같은데, 자네는 그런 생각이 안 드나?"

"너무 슬픔에 잠긴 나머지 남편이 아내가 죽은 날에 자살했다—그런 얘기 말입니까? 그렇다고 해도 꼭 그날 죽어야 될 이유는 없죠. 그런데 바로 그날 죽었습니다."

"그날은 만성절이었지." 레이스가 말했다.

"그렇습니다. 그렇지요, 그런 생각이었는지도 모릅니다—그러나 만일 그렇다면 어째서 그 편지를 써놓았을까요? 바턴 씨가 대령님께 상의하고, 편지를 아이리스 말에게도 보인 것은 어째서일까요? 그 점이 어느 누구도 납득할 수 없는 점입니다.”

켐프는 손목시계로 눈을 돌렸다.

“12시 반에는 키더민스터 가(家)에 가야 합니다. 그때까지 그 테이블 옆에 있던 다른 두 테이블의 사람들과 만날 시간은 될 것 같군요—그중 몇 사람과 얘기해 보는 게 어떨는지요, 대령님?”

제3장

모랄레스는 리츠 호텔에 머무르고 있었다. 아침 시간의 모랄레스는 아무리 보아도 기분이 좋다고는 할 수 없는 상태로, 수염을 깎지 않고 눈은 충혈되어 있어서 전날 밤 술을 잔뜩 퍼마신 표시가 역력했다.

모랄레스는 미국인으로, 사투리 섞인 미국식 영어를 구사했다. 그는 기꺼이 맞아 주면서 가능한 한 모든 것을 기억해 보겠다고 말했지만, 전날 밤에 대한 그의 얘기는 아주 애매모호했다.

"크리시와 함께 갔지요─매우 똑똑한 여자더군요 좋은 레스토랑이라고 해서 나는 '당신 말대로라면 분명 멋있는 곳이겠군요.'라고 말해 줬죠 그리고 나서 그곳으로 가자고 했습니다. 확실히 근사하고 멋진 레스토랑이더군요. 그 것은 나도 인정합니다─하지만, 술값 계산은 아주 엉터리였어요. 30달러 정도 계산이 더 나왔더군요. 게다가 밴드도 엉망이었고─흔들 수 없을 정도였으니 까 말입니다."

그날 밤의 모랄레스 자신의 기분이나 추억보다도 홀 안의 한 가운데에 있던 테이블에 대한 기억을 좀 해보라고 하자 모랄레스는 고개를 끄덕였다. 그러나 거기에 대한 그의 이야기는 거의 도움이 되지 못했다.

"거기에 테이블이 있었던 것은 확실하고, 몇 명인가의 사람들이 앉아 있었지요 하지만 그 사람들이 어떻게 하고 있었는지는 기억나지 않습니다. 그 남자가 죽을 때까지 그다지 주의해서 보지 않았거든요 처음엔 그 사람은 술잔을 들고 있지 않았던 것 같습니다만. 아, 그렇지. 부인이 한 명 생각납니다. 까만 머리에, 거기에 잘 어울리는 옷을 입고 있었던 것 같은데요"

"녹색의 벨벳 드레스를 입은 여자였습니까?"

"아뇨. 그런 여자가 아닙니다. 날씬한 여자였어요 몸의 곡선이 드러나 보이는 까만 옷을 입고 있었는데, 몸매가 상당히 좋더군요."

모랄레스의 넋을 잃은 듯한 시선을 사로잡은 것은 루스 레싱이다.

황홀경에 빠진 듯, 모랄레스의 얼굴엔 미소가 돌았다.

"그녀가 춤추는 것을 보고 있었습니다―아, 중요한 것이 있어요. 한두 번 그녀에게 신호를 보내 보았습니다만, 일부러 모르는 체하는 것 같더군요. 보통 영국인들이 하는 식으로 차가운 눈빛으로 나를 볼 뿐이었습니다."

모랄레스에게서는 중요한 얘기는 그 이상 아무것도 들을 수가 없었고, 그도 무대에서 플로어 쇼가 시작될 즈음에는 이미 상당히 취해 있었음을 솔직하게 시인했다.

켐프는 모랄레스와 인사를 나눈 뒤 돌아갈 채비를 했다.

"나는 내일 뉴욕으로 떠날 예정입니다만―." 모랄레스가 말했다.

"혹시, 여기에 좀더 머물러 있어야 되는 건 아닌지요?"

뭔가를 기대하는 것 같은 어조였다.

"말씀은 감사합니다만, 당신에게 증언을 부탁할 필요는 없는 것 같습니다."

"나는 여기가 매우 마음에 듭니다―게다가, 경찰에 협조해야 할 일이라면, 회사에서도 안 된다고는 하지 않을 테니까요. 경찰에서 아무 데도 가면 안 된다고 하면 아무 데도 갈 수 없는 법 아닙니까. 그리고 좀더 잘 생각해 보면 뭔가 기억이 날지도 모르고요."

그러나 켐프에게는 그에게서 뭔가 기대해 볼 만한 단서가 숨겨져 있다는 느낌이 전혀 들지 않았다. 켐프와 레이스가 브룩 가(街)로 차를 몰고 갔을 때, 거기서 그들을 맞아준 것은 성질이 급한 신사인 패트리셔 브라이스우드워스의 부친이었다.

장군인 우드워스 경은 두 사람을 맞이하고 나서, 심한 말들을 거침없이 쏟아 부었다.

"도대체 모두들 무슨 근거로 내 딸아―내 소중한 딸아! 그런 사건과 관계가 있다고 하는 거요? 젊은 처녀가 약혼자와 레스토랑에서 식사했다고 해서 탐정이나 런던경시청 따위에게 조사를 받지 않으면 안 되는 것, 이 영국이란 나라는 도대체 어떻게 되는 거야? 딸애는 그 녀석들을 전혀 알지도 못하는데, 그 뭔가 하는 사람—하버드, 아니, 바턴이라고 했나? 어쨌든 딸애한테 어디를 가든 너무 신경 쓸 필요는 없다고 말해 주면서—룩셈부르크 레스토랑이라면 일단은 괜찮다고 했지. 그런데 그 레스토랑에서 그런 일이 생긴 것은 이것으로 두 번째가 되잖아? 패트를 그런 곳에 데리고 가다니, 제럴드 그놈도 정말 멍청한 녀석이야. 젊은 놈들은 자기가 무슨 일이든 스스로 알아서 다 할 수 있다고 생각하는 게 탈이야. 그러나 어쨌든 나는 딸애를 괴롭히거나 협박하거나, 또는 심문하게 하지는 않을 테니까—변호사가 그렇게 하라고 하지 않는 한 말이오. 나는 링컨 인에 있는 옛 친구 앤더슨에게 전화해서 부탁할 작정이오—."

거기까지 말하고 나서 장군은 갑자기 말을 중단하더니, 가만히 레이스를 바라보며 말했다.

"어딘가에서 한 번 뵌 적이 있는 것 같은데요. 그런데 어디서였더라—."

레이스는 곧 미소를 띠며 말했다.

"배더포아입니다. 1923년이었지요."

"아, 이게 누군가?" 장군은 말했다.

"조니 레이스가 아닌가! 도대체 자네는 이런 광대들 틈에서 뭘 하는 건가?"

레이스는 미소를 지었다.

"따님을 만나야 한다는 얘기가 나왔을 때 마침 저도 그 자리에 함께 있었습니다. 그래서 켐프 경감에게 따님을 런던경시청까지 일부러 오시게 하는 것보다, 경감이 따님을 찾아뵙는 편이 따님이 불쾌하게 생각하지 않고 협조해 주지 않겠느냐고 말했죠. 그래서 저도 같이 오게 된 겁니다."

"아, 이거 참, 정말 여러 가지로 신경을 써줘서 고맙네, 레이스."

"물론, 저희들도 가능한 한 따님의 기분을 상하지 않게 하려고 생각하고 있습니다만." 켐프 경감이 한마디 거들었다.

그때 문이 열리고 패트리셔 브라이스우드워스가 들어와서 젊은이 특유의 아무것에도 구애받지 않는 시원시원함으로 그 자리를 이끌어갔다.

"안녕하세요?" 패트리셔가 말했다.

"런던경시청에서 오셨군요. 물론 어젯밤의 일로 오셨겠죠? 빨리 만나 뵐 수 없을까 하고 목이 빠지도록 기다렸어요. 아버지가 또 심하게 잔소리를 하시지 않았는지 모르겠네요. 자, 아빠—의사 선생님이 혈압이 높으니까 주의하라고 하셨죠? 왜 그렇게 아무 일에나 흥분을 하시는지 저는 이해할 수 없어요. 경감이든 경시청이든 아무래도 상관없으니까, 제 방으로 들어오시게 하고 아빠는 월터즈에게 위스키소다를 갖다 달라고 해주세요."

장군은 자신의 생각을 이것저것 기세 좋게 떠들어대고 싶은 욕구에 사로잡혀 있는 듯했지만, 실제로는 단지 "내 옛 친구, 레이스 대령이다."라고만 말할 뿐이었다. 패트리셔는 레이스에 대해서는 흥미가 없는 듯 켐프 경감 쪽에게만 밝은 미소를 지어 보였다.

매우 침착하고 훌륭한 언변으로 패트리셔는 아버지를 서재로 쫓아 보내고, 두 사람을 자신의 거실로 안내했다.

"아빠는 원래 저런 분이세요." 패트리셔가 말했다.

"또, 소란을 피우셨나 보군요. 하지만, 아빠는 매우 다루기 쉬운 분이세요."

그리고 나서 계속된 대화는 거의 우호적이라고 밖에 할 수 없는 선에서 진행되었는데, 그녀에게서 얻은 수확은 거의 없었다.

"정말로 기분이 묘하더군요. 살인사건이 일어났을 때 제가 그 장소에 공교롭게도 같이 있었다는 것, 아마 두 번 다시 그런 일은 없겠죠—살인 말이에요. 그 사건을 신문에서는 매우 조심스럽고 애매모호하게 다루고 있지만요, 하지만 저는 제리에게 전화로 얘기했답니다. 분명히 살인이었다고요. 그러나 살인이 내 눈앞에서 일어났는데도 그것을 보지 못했다니!"

패트리셔의 목소리에는 정말로 분하다는 듯한 여운이 뚜렷이 나타나 있었다.

경감의 부정적인 예상대로 1주일 전에 약혼한 젊은 두 사람이 서로의 얼굴만을 바라보고 있었으리라는 것은 의심의 여지가 없었다.

열심히 생각해서 패트리셔 브라이스우드워스가 기억해 낸 것은 겨우 두세 사람뿐이었다.

"샌드라 패러데이는 매우 우아했어요. 하긴 그분은 언제나 그렇지만요. 스키아파렐리가 디자인한 옷을 입고 있었고요."

"그 여자를 알고 있습니까?" 레이스가 말했다.

패트리셔는 고개를 흔들었다.

"얼굴만 알고 있을 뿐이에요. 그 남편은 볼 때마다 상당히 따분한 사람일 것 같은 생각이 들어요. 항상 점잔빼는 듯했죠. 정치가라는 사람들이 대개 그렇지만요."

"어쩐자—."

켐프 대령은 그 집을 뒤로 하면서 재미없다는 듯이 말했다.

"톨링턴이라는 사람도 마찬가지일 것 같은데요—하긴 그 사람에게는 주의를 끌 만한 것도 없었을 테니까요."

"그렇겠지." 레이스가 말했다.

"스티븐 패러데이의 맞춤 야회복을 보고 그의 마음이 편안치 않을 이유도 없을 테고."

"뭐 어쨌든—." 경감은 말했다.

"크리스틴 샤논과 부딪쳐 봐야겠습니다. 외부로부터의 단서는 이것으로 전부입니다."

샤논은 켐프가 말한 대로 금발의 미녀였다. 탈색된 머리는 손질되어 가지런히 정돈되어 있었고, 그 우아한 듯한, 그러나 머릿속은 텅 빈 듯한 인상이 백치 같은 얼굴 속에 흐르고 있었다. 샤논은 켐프 경감이 말한 것처럼 멍청한 여자인지도 모른다—그러나 아무런 부담없이 대할 수 있는 여자이며, 또한 어린애와 같은 커다란 푸른 눈에서 엿보이는 것으로 보아 일종의 나사 빠진 듯한 샤논의 바보스러움은 단지 지적인 면에만 한정된 것이지, 세속적인 일이나 금전적인 면에서는 결코 빈틈없는 여자임을 뚜렷이 알 수 있었다.

샤논은 두 남자를 더할 나위 없이 상냥하게 맞아주었고 줄곧 먹을 것만 권했지만, 두 사람이 거절하자 이번엔 담배를 권했다. 샤논의 방은 아담하고 매우 편안해 보였으며 현대식이었다.

"정말이지 가능하다면 꼭 도와드리고 싶습니다. 경감님, 자, 묻고 싶은 것이 있으면 아무거나 물어보세요."

켐프는 우선 중앙 테이블에 앉았던 사람들의 거동이나 태도에 대해서 두세 가지 극히 일반적인 질문부터 시작했다.

크리스틴은 드물게 보이는 민감하고 날카로운 관찰자였다.

"그 파티는 별로 잘 되어가지 못하고 있었지요—누가 보아도 알 수 있었을 거예요. 어떤 파티도 그 이상 딱딱한 분위기일 수 없을 정도로 굳어 있는 느낌이었어요. 저는 그 남자가 너무 불쌍해요—파티를 연 분 말이에요. 그 사람은 뭔가 기분을 돋우려고 열심이었지만 아무리 해도 잘 안 되는 것 같았어요. 뭔가 불안한 고양이처럼 몹시 신경이 곤두서 있는 것 같았죠—그렇지만 무엇을 해봐도 잘 안 되는 모양이더군요. 그분의 오른쪽 옆에 있던 키가 큰 여자는 불똥이라도 삼킨 듯 굳어져 있었고, 왼쪽에 있던 처녀는 내내 안절부절못하고 있었지요. 맞은편의 약간 거무스름하고 핸섬한 남자 옆에 앉지 못했기 때문에 그런 것 같았어요. 그리고 그녀 옆에 앉아 있던 키가 큰 금발의 남자는 뱃속이 안 좋아 보이는 느낌이 들었는데, 뭔가 먹은 것이 목에 걸린 것 같은 얼굴로 음식을 먹고 있었어요. 그 남자 옆의 여자는 나름대로 최선을 다하고 있었어요. 그 금발의 남자에게 꽤 열심이었지만, 그녀는 무언가에 놀란 듯한 얼굴을 하고 있었답니다."

"아, 이거 아주 자세히도 보셨군요, 샤논 양." 레이스 대령이 말했다.

"이유를 말씀드릴게요. 저는 별로 재미가 없었어요. 제 친구라는 그 남자와는 3일이나 같이 계속 돌아다닌 터였기 때문에 싫증이 나기 시작했거든요. 그 사람, 런던 구경을 한다고 해서 여러 곳을 돌아다녔죠. 특히 그 사람 말로 멋있다고 하는 곳들을요—그 사람을 위해서 하는 말은 아니지만, 결코 인색한 남자는 아니었어요. 언제나 샴페인만 마셨거든요. 콤프라도르와 밀레 플로이어스에도 갔고, 마지막이 룩셈부르크 레스토랑이었지요. 그 사람은 만족스럽게 즐기고 있다는 생각이 들더군요. 그 사람 나름대로 흐뭇해하는 것 같았어요. 하지만 그 사람과 대화를 하고 있으면 별로 재미있다는 생각이 들지 않는 거예요. 그가 멕시코에서 장사하던 얘기를 시작했다 하면 아주 길어졌고, 또 거의가 벌써 세 번 이상 들은 얘기거든요—그러고 나서 그 사람이 사귀었다는 여자들 얘기를 대강 했죠. 그것도 그 여자들이 어떻게 자신에게 열중하여 따라다녔는가 하는 것을요. 그런 남자는 어떤 여자라도 곧 싫증을 내게 마련이죠. 그렇기 때문에 저는 단지 먹는 일과 주위 사람들을 둘러보는 일에 정신이 팔렸던 거예요."

"우리에겐 잘된 일이군요, 샤논 양—." 경감이 말했다.

"그 뒤에 이 문제를 해결하는 데 도움이 될 만한 것을 당신이 보셨다면 좋았을 텐데요."

크리스틴은 그 금발을 흔들었다.

"누가 그를 그렇게 했는지 그것은 전혀 모르겠어요—정말로 모르겠습니다. 그는 그냥 샴페인을 마셨을 뿐이었는데, 얼굴색이 흙빛으로 변하더니 갑자기 쿵 하고 쓰러졌으니까요."

"그전에 그가 마지막으로 술잔에 입을 댄 것은 언제였는지, 그것을 기억하고 있습니까?"

크리스틴은 생각했다.

"글쎄요—그래요. 마침 플로어 쇼가 끝난 바로 직후였어요. 방이 밝아지고, 그분이 잔을 들어 올리고, 다른 사람들도 그분을 따라하더군요. 뭐라고 건배하는 것 같았는데."

경감은 고개를 끄덕였다.

"그러고 나서는?"

"그러고 나서 음악이 나오기 시작하고, 모두들 일어서서 춤을 추러 나갔습니다. 의자를 빼고서 웃으면서요. 그때야 비로소 기분이 풀린 것 같았어요. 부자연스런 파티일지라도 샴페인의 위력은 대단한 것이지요."

"한 사람도 빠짐없이 모두 춤추러 나갔습니까?—테이블을 비워 두고?"

"예."

"그러고 나서 아무도 바턴 씨의 잔에 손을 대지 않았나요?"

"예, 아무도." 크리스틴은 즉시 대답했다.

"그것은 틀림없는 사실입니다."

"그리고 아무도—모두가 자리를 비워둔 사이에 아무도 테이블에 접근하지 않았나요?"

"예, 아무도요. 물론 웨이터는 제외하고요."

"웨이터? 웨이터 누굽니까?"

"에이프런을 두른 어떤 신출내기 웨이터였어요. 열여섯 살 정도로 보였는데,

담당 웨이터는 아니었지요. 담당 웨이터는 저도 잘 아는 체구가 작은 사내인 데, 원숭이 같은 얼굴을 하고 있죠—이탈리아 출신이 아닌가 생각됩니다만."

켐프 경감은 고개를 끄덕이면서 그 사람은 바로 쥐제페 발사노를 가리키는 것임을 금방 알 수 있었다.

"그래서, 그 어린 웨이터가 무엇을 했나요? 잔에다 술을 따르던가요?"

크리스틴은 고개를 내저었다.

"아뇨. 테이블 위의 물건에는 아무것도 전혀 손대지 않았어요. 그 웨이터 는 단지 한 여자가 일어설 때 떨어뜨린 야회용 핸드백을 주웠을 뿐입니다."

"누구 핸드백입니까?"

그것을 생각해 내는 데 크리스틴은 약간 시간이 걸렸다. 이윽고 크리스틴이 말했다.

"그래요. 그 처녀의 핸드백이에요—녹색과 금색으로 된 핸드백이었어요. 다 른 두 여자는 검은 핸드백이었고요."

"그 웨이터는 핸드백을 주워서 어떻게 했습니까?"

크리스틴은 의외라는 듯한 표정이었다.

"테이블 위에 올려놓더군요. 그뿐이에요."

"잔에는 전혀 손대지 않았다는 것이 확실한가요?"

"예. 내던지듯 그 핸드백을 테이블 위에 올려놓고서 곧 가버렸습니다. 그런 데, 그보다 나이가 든 웨이터 패거리들이 끊임없이 그에게 어디어디로 가라든 가, 무엇 무엇을 가져오라든가 하면서 몹시 야단치고 있었고, 무엇이든 그의 탓으로 돌려 버리는 듯이 보였어요!"

"그러면, 그 테이블에 접근한 것은 그 웨이터뿐이군요?"

"그렇습니다."

"그렇지만 당신이 알아차리지 못하는 동안 누군가가 테이블 쪽으로 갔는지 도 모르잖습니까?"

그러나 크리스틴은 단호하게 고개를 저었다.

"아뇨. 그런 일은 절대로 있을 수 없어요. 페드로는 전화를 받으러 가서 그 때까지도 돌아오지 않았었거든요. 그래서 저는 아주 따분했기 때문에 주위를 살펴보는 일 이외에는 아무것도 한 일이 없었어요. 저는 사물을 관찰하는 것엔 자신이 있어요. 그리고 제가 앉았던 자리에서는 옆 테이블 밖에는 다른 테이블은 잘 보이지 않았고요."

레이스가 물었다.

"처음에 테이블로 돌아온 것은 누구였나요?"

"녹색 드레스를 입은 처녀와 그 파티를 연 남자분이었어요. 두 사람이 자리에 앉고 나서 흰 피부의 남자와 검은 드레스를 입은 여자가 돌아와 앉더군요. 그 뒤로 새침떼기 여자와 얼굴색이 거무스름하고 핸섬한 남자가 돌아왔죠. 근사했어요, 그 핸섬한 남자의 춤 말이에요. 모두가 자리에 돌아오고 웨이터가 음식을 알코올램프에 데우는 데 정신이 없는 동안, 그 남자분이 몸을 앞으로 굽히고서 무슨 얘긴가를 하더군요. 이윽고 모두가 다시 한 번 잔을 손에 들었습니다. 그러고는 그 사건이 일어났죠."

크리스틴은 잠깐 사이를 두더니, 곧 쾌활한 목소리로 말을 이었다.

"무서운 일이에요. 저는 꼭 뇌졸중인 줄 알았어요. 제 큰 어머님도 뇌졸중으로 쓰러지셨는데요, 아주 똑같은 것 같았어요. 페드로가 돌아온 것은 바로 그때여서, 저는 그에게 말했습니다. '저걸 좀 봐요, 페드로. 저 사람 뇌졸중인가 봐요.'라고요. 그렇지만 페드로는, '취해서 그런 거야. 술에 너무 취해서 쓰러져 버린 거야. 별일 아니야.'라고 말할 뿐이더군요. 실은 만취되어 있는 것은 바로 자기였는데요. 저는 그 사람에게서 눈을 떼지 못했습니다. 룩셈부르크 레스토랑 같은 곳에서 만취되어 쓰러진다고 하면 다른 사람들에게 신임을 잃게 되는 것이잖아요. 그래서 저는 남유럽 사람들이 싫어요. 그 사람들은 술을 너무 많이 마시고, 아주 흐리멍덩해지니까요―여자가 술주정꾼이 되어 버리면, 얼마나 흉할까."

크리스틴은 잠시 생각에 잠겨 있다가, 이윽고 오른쪽 손목에 찬 화려한 팔찌를 흘끗 쳐다보고는 말했다.

"하지만 뭐, 돈을 잘 쓰는 것은 인정하지만요."

혼자 사는 여자의 고충과 과거 회상 등을 얘기하면서, 어느 사이엔가 얘기가 다른 방향으로 흐르자 켐프는 한 번 더 크리스틴이 관찰한 것들을 확인했다.

"이것으로 외부로부터 단서 좀 얻을까 하는 희망은 사라져 버렸군요."

샤논의 방을 나오면서 켐프가 말했다.

"잘됐으면 다시없는 도움이 되었을 텐데요. 그 여자는 목격자로서는 실로 손색없는 인물입니다. 모든 것을 보았고, 또 그것을 정확하게 기억하고 있으니까요. 뭔가 보였다면 그 여자라면 절대로 놓치지 않았겠죠. 그렇다면 결국 표면상으론 아무것도 이상한 일이 일어나지 않았다는 얘긴데요. 정말 믿을 수 없는 일입니다. 완벽한 트릭입니다. 조지 바턴은 샴페인을 마신 뒤 자리에서 일어나 춤을 추러 나갔습니다. 그리고 돌아와서 아무도 손대지 않은 같은 잔에 있던 술을 또 마셨죠. 그러나 이상하게도 거기에는 청산가리가 가득 넣어져 있던 겁니다. 누군가가 잔에다 청산가리를 넣은 것이 분명해요—맞습니까. 하지만 이런 일은 있을 수 없습니다. 그런데 현실로 나타났고."

켐프는 잠시 입을 다물었다.

"그 웨이터, 그 신출내기 웨이터 말입니다. 쥐제페는 그 녀석에 대해 한 마디도 하지 않았습니다. 이것은 조사해 봐야 할 일입니다. 모두가 춤추러 가고 자리를 비웠을 때 테이블에 다가간 것은 그 녀석뿐이었으니까요. 틀림없이 뭔가 있을 겁니다."

레이스는 고개를 저었다.

"만일 그 웨이터가 바턴의 잔에 무엇인가를 넣었다면 그 여자가 보지 못했을 리가 없지. 그 여자는 아주 세세한 것까지 다 보고 기억하는 타고난 관찰자이니까. 머릿속에 생각하는 것이 아무것도 없으니까 눈을 사용하는 거야. 아니, 켐프, 어쩌면 지극히 단순하게 설명될 방법이 있을 것 같네. 우리들로서는 그것이 뭔지 알 수 없지만."

"한 가지 있습니다. 그가 스스로 자신의 잔 속에 뭔가를 넣었다는 겁니다."

"나도 사실은 일이 그렇게 된 것이 아닌가 하는 생각이 들기 시작하네—생각건대, 그것밖에 없지 않은가. 그러나 만일 그렇다고 하면, 켐프, 그는 그것이 청산가리라는 걸 몰랐던 게 아닐까 싶은데."

"다시 말해, 누군가가 그에게 그 청산가리를 주었다는 말입니까? 소화제라든가 고혈압 약이라든가—뭔가 그런 약이라고 하면서요?"

"그런지도 모르지."

"그렇다면 누구일까요? 패러데이 부부가 아닐까요?"

"그건 아닌 것 같네."

"그렇다고 앤터니 브라운도 아닌 것 같고 그렇게 되면 남는 것은 두 사람, 그 귀여운 처제와—."

"헌신적인 비서야."

켐프는 레이스를 조용히 응시했다.

"그렇습니다—그 여자라면 그에게 청산가리를 지니게 할 수가 있습니다. 참, 그런데 저는 이제 슬슬 키더민스터의 저택으로 가야 합니다만. 대령님은 어떻게 하시겠습니까? 말을 만나러 가보시겠습니까?"

"나는 다른 사람을 만나려고 하네—그 친구 사무실로 문상을 가보려고. 경우에 따라서는 그녀를 점심식사에 데리고 나가게 될지도 모르겠네."

"과연, 대령님 생각이 거기까지 미칠 줄이야."

"아직 아무런 생각도 하지 않고 있다네. 여러 가지로 그 친구의 자취를 더듬어 보려고 하는 것뿐이야."

"어쨌든 아이리스 말과는 꼭 만나보셔야만 합니다."

"그럴 예정이야—하지만 먼저, 그 처녀가 집에 없을 때 가고 싶네. 왜 그런지 아는가, 켐프?"

"글쎄요, 어째서입니까?"

"그건 말이야, 거기에는 수다스러운 사람들이 있기 때문이야—작은 새가 떠들어대듯이 말이지. '작은 새가 나에게 가르쳐 주었네.'라고 하는 노랫말이 내 젊은 시절에 유행했었지. 이것은 실로 명언이야, 켐프 내가 말한 작은 새는 여러 가지 얘기를 해주는 법이지. 이쪽에서 입을 다물고 있고 그들에게—지껄이게 놔두면 말이야!"

제4장

　두 사람은 헤어졌다. 레이스는 택시를 타고 시의 중심부에 있는 조지 바턴의 사무실로 갔다. 주임경감인 켐프는 경비를 줄이기 위해 키더민스터 저택바로 옆을 지나는 버스를 탔다.

　현관의 계단을 올라가 벨을 눌렀을 때의 경감의 얼굴은 상당히 험악했다. 켐프는 자신이 어려운 입장에 처해 있음을 잘 알고 있었다. 키더민스터 가문은 정치적으로 상당한 위력을 갖고 있으며, 그 인맥은 전국에 그물처럼 펼쳐져 있었다. 그러나 켐프 주임경감은 영국 사법의 공정성을 전폭적으로 신뢰하고 있었으므로 스티븐이든 알렉산드라 패러데이든, 로즈메리 바턴, 혹은 조지바턴의 죽음에 관계가 조금이라도 있다면 어떠한 '연줄'이나 '배경'에도 불구하고 그의 책임에서 벗어날 수가 없다고 믿었다. 그러나 만일 그들이 억울하다든가, 혹은 유죄라 해도 증거가 없는 경우라면 책임자인 경감으로서 일을 진행시키는 데 세심한 주의를 기울이지 않으면 그 위력에 오히려 혼쭐이 날 수밖에 없다. 그런 상황에서 주임경감이 지금 맡고 있는 일에 대해 그다지 마음이 내켜지 않는 것도 당연했다. 키더민스터 가문의 사람들은 켐프의 표정을 보고 틀림없이 그가 '몹시 성났다'고 생각할 것이다.

　그러나 켐프는 곧 자신의 염려가 너무나도 어린아이 같았음을 알았다. 키더민스터 경은 그런 허술한 태도로 나올 정도로 미숙한 외교관은 아니었던 것이다.

　용건을 말하자, 점잔을 빼고 있던 집사가 켐프 주임경감을 책이 빽빽이 꽂혀 있는 어두컴컴한 방으로 안내했는데, 그곳에는 키더민스터 경과 그 딸과사위가 그를 기다리고 있었다.

　키더민스터 경은 일어나서 켐프와 악수를 나누고는 정중하게 말했다.

"약속시간을 정확히 지키셨군요, 경감님. 일부러 이곳까지 와주셔서 정말로 감사합니다. 본래는 딸과 사위가 런던경시청까지 가야 하는 건데, 이것 참 미안하게 됐군요. 그러나 두 사람 모두 당신의 배려에 감사하고 있습니다."

샌드라가 침착한 목소리고 말했다.

"예, 정말 그래요."

샌드라는 수수한 붉은색의 부드러운 천으로 만든 드레스를 입고서 가늘고 긴 창문으로 비쳐 들어오는 빛을 등으로 받으며 앉아 있었는데, 그 모습은 마치 언젠가 외국 성당에서 본 스테인드글라스의 초상을 연상케 했다. 샌드라의 둥그스름한 얼굴과 약간 벌어진 어깨가 그 연상을 한층 더 강하게 했다. 성(聖)아무개라고 그때 켐프는 배웠지만, 그러나 레이디 알렉산드라 패러데이는 성자가 아니다—성자와는 매우 거리가 먼 존재이다. 그러나 옛날의 성자 중에는 일반적으로 생각하고 있는 친절하고 관대한 기독교도가 아니라, 편협하고 광신적이며 자신은 물론 타인에게도 잔혹한 사람이 있긴 하다.

스티븐 패러데이는 아내 옆에 서 있었는데 완전히 무표정했다. 품행방정하고 예의가 바르며, 사람들의 신임을 얻고 있는 의원의 얼굴이다. 전혀 자연스럽지 못한 모습이었지만, 그 안에는 남자의 본래 모습이 숨어 있음을 경감은 알고 있었다.

키더민스터 경은 교묘한 화술로 이야기를 진행하고 있었다.

"경감님, 솔직히 말해서 이번 사건은 우리 모두에게 상당히 불유쾌하고, 또 우울한 일입니다. 내 딸과 사위가 공공장소에서 변사 사건에 휘말린 것은 이것이 두 번째입니다—같은 레스토랑에서, 그것도 두 명 모두 같은 집의 사람입니다. 언제나 사람들의 주목을 받고 있는 상태에서 이러한 일로 이름이 나는 것은 정말로 유감천만이지요. 물론 이것저것 소문나는 일은 어쩔 수 없겠지만, 어쨌든 나는 물론, 딸이나 사위도 사건이 신속히 해결되어 세상의 관심을 벗어날 수 있도록 최대한의 협조를 할 것입니다."

"감사합니다, 키더민스터 경. 그런 식으로 말씀해 주시니 정말로 감사할 뿐입니다. 이제 저희들도 상당히 일하기가 쉬워질 겁니다."

샌드라 패러데이가 말했다.

"뭐든지 물어보세요, 경감님."

"감사합니다, 레이디 샌드라."

"또 한 가지 말씀드릴 게 있는데, 괜찮겠소?" 키더민스터 경이 말했다.

"당신들에게도 물론 독자적인 정보원이 있겠지만, 내 친구인 경시총감에게서 들은 바로는 그 바턴이라는 남자는 표면적으로는 타살인 듯 보이지만 실은 자살 쪽이 더 설득력이 있어 보인다고 하던데. 너도 자살이라고 생각하지 않았니, 샌드라?"

고딕 조각을 연상시키는 샌드라는 조용히 수긍했다. 그러고는 생각 깊은 어조로 말했다.

"어젯밤엔 틀림없이 그렇게 생각했어요. 1년 전, 유감스럽게도 로즈메리 바턴이 스스로 독약을 먹었을 때에도 저희들은 그 레스토랑의, 그것도 같은 테이블에 앉아 있었죠. 이번 여름에 바턴 씨와는 시골에서 잠시 만났는데 그분은 정말로 어딘가가 이상했어요—마치 넋 나간 사람처럼. 그래서 우리는 틀림없이 그분이 아직도 아내의 죽음에 집착하고 있는 것이라고 생각했지요. 아내를 너무나도 사랑했기 때문에 아내의 자살을 도저히 받아들일 수가 없었던 거라고 생각했어요. 따라서 자살이라는 견해도 일단은 생각할 수 있다고 여겼어요—게다가 저는 누군가가 조지 바턴을 죽이려 했다는 것은 도저히 상상도 할수 없었거든요."

스티븐 패러데이가 곧 뒤를 이어서 말했다.

"저도 그렇게 생각했습니다. 바턴은 좋은 사람이었기 때문에 이 세상에 적은 한 명도 없을 겁니다."

켐프 경감은 자신에게 묻는 듯한 세 얼굴을 바라보고 있었지만, 말을 하기 전에 잠깐 생각했다.

'좀더 진격해 볼까?' 켐프는 마음속으로 중얼거렸다.

"말씀하신 것은 전부 옳습니다, 레이디 알렉산드라. 그러나 아직도 모르고 계신 것이 두세 가지 있습니다."

키더민스터 경이 재빨리 끼어들었다.

"경감에게 지나친 억지 결과를 요구해서는 안 돼. 어떤 쪽으로 생각하는가는 모두 경감의 판단에 달려 있으니까."

"감사합니다, 경. 그러나 상황을 좀더 자세히 설명해야만 할 것 같군요. 결국 이런 것이지요. 조지 바턴은 죽기 전에 두 사람에게, 자신의 아내는 모두가 생각하듯이 자살한 것이 아니라 제3자에 의해 독살되었다고 이야기했습니다. 게다가 바턴은 자신이 그 제3자에 대한 실마리를 갖고 있으며, 어젯밤의 만찬회도 표면적으로는 딸 양의 생일을 축하하는 것이었지만, 실제로는 아내를 죽인 사람을 확인하기 위한 계획의 일부였다는 겁니다."

잠시 동안 침묵이 흘렀다—겉으로는 무표정해도 내면적으로는 상당히 예리한 켐프 경감은 그 침묵 속에 낭패함이 깃들어 있음을 느꼈다. 모두의 얼굴에 그렇게 나타나 있는 것은 아니지만, 그 낭패함이 저 안쪽에 있는 것은 분명했다.

처음으로 분위기를 깨뜨린 사람은 키더민스터 경이었다. 경은 말했다.

"그러나 그—그 사고방식 자체, 즉 바턴에게도 분명하지 않은 점이 있다는 것을 나타내는 건 아니겠소? 결국 그 사람은 아내가 죽은 것에 대해 지나치게 괴로워한 나머지, 약간의 정신착란이 있었을지도 모르지."

"어쩌면 그럴지도 모릅니다, 키더민스터 경. 그러나 적어도 그의 정신상태가 자살로 치닫고 있지 않았다는 것은 분명합니다."

"흐음—저런. 경감의 말뜻을 알겠소."

또다시 침묵이 흘렀다. 이윽고 스티븐 패러데이가 날카로운 어조로 말했다.

"그렇다면 바턴은 어째서 그런 식으로 생각했을까요? 아무리 생각해도 바턴 부인은 자살한 것 같은데?"

켐프 경감은 스티븐에게 부드럽게 말했다.

"바턴 씨는 그렇게 생각하지 않았습니다."

키더민스터가 끼어들었다.

"하지만 경찰에선 그렇게 받아들이지 않았소? 그때는 자살 이외의 설명은 나오지 않은 것 같은데?"

켐프 경감은 조용히 말했다.

"몇 가지 사실이 자살과 부합하고 있었던 겁니다. 그 이외의 이유에는 증거가 없었습니다."

예리한 키더민스터 경이 그 의미를 정확하게 파악하고 있음을 켐프는 알고 있었다.

약간 사무적인 투로 켐프는 말했다.

"괜찮으시다면 몇 가지 더 물어보겠습니다, 레이디 알렉산드라."

"그러세요." 알렉산드라는 켐프 쪽을 쳐다보았다.

"바턴 씨가 죽었을 때, 그것이 자살이 아니라 타살일지도 모른다는 생각은 전혀 하지 않았나요?"

"물론이에요. 자살이라고 믿었어요. 그리고 지금까지도 그렇게 생각하고 있습니다."

켐프는 그 말에는 대답하지 않고 또 물었다.

"요 1년 동안에 익명의 편지를 받으신 적은 없습니까, 레이디 알렉산드라?"

알렉산드라의 표정이 약간 변했지만, 그저 놀랐기 때문인 것 같았다.

"익명의 편지라고요? 전혀 없었어요."

"분명합니까? 그런 편지는 매우 불쾌하기 때문에, 보통 누구나가 다 무시하려고 하지요. 그러나 이 사건에서는 그 사실이 매우 중요할지도 모릅니다. 제가 그 편지를 받지 않으셨냐고 묻는 것도, 그 사실이 매우 중요하기 때문입니다."

"알겠어요. 하지만, 경감님, 제가 말할 수 있는 것은 그런 종류의 편지는 전혀 받은 적이 없다는 것뿐입니다."

"그렇습니까? 그런데 조금 전에 이번 여름에 바턴 씨의 상태가 이상했었다고 말했는데, 어떤 상태였습니까?"

알렉산드라는 잠시 생각했다.

"그래요. 지나치게 신경이 날카롭기도 하고, 침착하지 못하고 안절부절못하기도 했어요. 무슨 이야기에나 정신을 집중시키지 못하더군요."

알렉산드라는 남편을 쳐다보았다.

"당신도 그렇게 느끼지 않았나요, 스티븐?"

"그래, 꽤 정확한 표현인 것 같아. 게다가 그 남자는 몸도 어딘가 불편한 것 같았습니다. 이전보다 많이 야위었더군요."

"당신이나 남편을 대하는 태도에 뭔가 이상한 점은 없었습니까? 가령 이전보다 서먹서먹해졌다든가 하는?"

"아뇨. 오히려 그 반대였어요. 그분은 우리 집 바로 근처에 집까지 사셨더군요. 더구나 우리가 여러 가지를 갖다 드리면 무척 기뻐하셨죠—그 근처를 여기저기 안내하기도 했지요. 물론 저희는 그런 식으로라도 뭔가 도움이 되는 것이 기뻤고요. 그분도 그렇지만 아이리스 말은 매우 사랑스러운 아가씨예요."

"죽은 바턴 부인과는 친했나요, 레디 알렉산드라?"

"아뇨. 그다지 친하지 않았어요. 사실은 스티븐의 친구였지요. 그분이 정치에 관심이 있기 때문에 남편이 도와준 거죠—그 정치를 가르쳐 주는 일을 남편은 무척 좋아했거든요. 그분은 매우 매력적이고 아름다운 사람이었죠."

'그리고 당신은 매우 영리한 여자요.' 켐프는 마음속으로 중얼거렸다.

"부인은 그 두 사람에 대해서 얼마나 알고 있었나요? 꽤 많이 알고 있겠죠?" 켐프는 말을 이었다.

"바턴 씨가 자신의 아내는 자살한 것이 아니라는 생각을 부인에게 털어놓지는 않았습니까?"

"아뇨, 전혀요. 그래서 저는 몹시 놀랐던 거예요."

"말 양은 어떠했습니까? 그녀도 언니의 죽음에 대해서 아무런 말을 하지 않았나요?"

"예."

"조지 바턴이 왜 시골에 집을 샀는지 짐작 가는 일은 없습니까? 부인이나 혹은 남편께서 그에게 권유했다든가?"

"아뇨. 그건 정말로 뜻밖이었습니다."

"당신들에 대한 그의 태도는 언제나 친절했나요?"

"예. 매우 친절하게 대해 주었지요."

"그런데 레디 알렉산드라, 앤터니 브라운 씨에 대해서는 좀 알고 있겠죠?"

"아뇨, 전혀 모릅니다. 몇 번 만났지만, 그것뿐이에요."

"패러데이 씨, 당신은 어떻습니까?"

"브라운에 대해서는 아내보다 더 모릅니다. 적어도 아내는 그와 함께 춤을 추었으니까요. 상당히 호감이 가는 남자인 것 같더군요. 미국인이라고 생각하는데."

"이전의 상태로 볼 때, 그와 바턴 부인이 특별히 친밀한 관계였다고 생각하십니까?"

"그 점에 대해서는 전혀 모르겠습니다, 경감님."

"단지 느낌만이라도 괜찮습니다만, 패러데이 씨?"

스티븐은 얼굴을 찡그렸다.

"친했던 것은 분명합니다—제가 말할 수 있는 것은 그것뿐입니다."

"레이디 알렉산드라, 부인은 어떻습니까?"

"단순한 느낌도 괜찮나요?"

"예, 괜찮습니다."

"그렇다면, 진위(眞僞)는 별도로 하고, 저는 그들이 서로 잘 알고 있으며 매우 가까운 사이라는 느낌을 받았습니다. 단순히 그랬어요. 두 사람이 서로를 바라보는 눈빛에서—확실한 증거는 없습니다만."

"여자 분들은 그러한 일에 관해서는 상당히 정확한 판단을 하더군요."

켐프가 말했다. 그런 말을 하며 켐프는 어딘가 얼빠진 듯한 미소를 지었는데, 만일 레이스 대령이 그곳에 있어 그 표정을 보았다면 상당히 재미있어했을 것이다.

"그러면 레싱 양은 어떻습니까, 레이디 알렉산드라?"

"레싱 양이라면 바턴 씨의 비서였죠. 제가 그 여자를 처음으로 만난 것은 바턴 부인이 죽은 날 밤이었는데, 그 이후는 시골에서 한 번, 그리고 어젯밤입니다."

"또 한 가지 탁 털어놓고 물어보겠습니다. 그녀가 조지 바턴을 사랑하고 있다는 인상을 받진 못했습니까?"

"생각해 본 적도 없어요."

"그렇다면 어젯밤 일로 넘어갑시다."

켐프는 스티븐과 그 부인 모두에게 비극이 일어난 밤의 일련의 경과를 자세히 물었다. 그러나 거기에서는 다소라도 기대할 만한 것은 전혀 없었으며, 들은 것이라고는 이전에 모두 알고 있던 것에 대한 뒷받침일 뿐이었다. 이야기는 모두 중요한 점에서 일치하고 있었다—바턴이 아이리스를 위해 건배하고 싶다는 말을 꺼냈고, 그것을 마신 뒤 곧 춤추러 나갔다. 테이블에는 아무도 없었으며, 조지와 아이리스가 가장 먼저 테이블로 돌아왔는데, 그들 모두 빈자리에 대해서는 아무런 설명도 없었다. 다만, 조지 바턴은 그날 밤 늦게 친구인 레이스 대령이 오기로 되어 있다고 분명하게 말했었다—그러나 그 말이 사실이 아님을 경감은 알고 있다. 샌드라 패러데이의 말에 의하면—그리고 그것은 그녀의 남편도 확인했지만, 플로어 쇼가 끝나고 불빛이 밝아졌을 때 조지는 이상한 태도로 그 빈자리를 응시하고 있었으며, 잠시 동안은 어떤 이야기를 걸어도 건성으로 듣는 것 같았는데—다시 제정신으로 돌아오자 아이리스의 건강을 축하하는 건배를 제의했다고 한다.

지금까지의 정보에 새로이 첨가할 사항으로 켐프가 생각할 수 있는 것은, 샌드라가 페어헤이븐에서 조지와 나눈 대화에 대한 샌드라의 진술—그것과 조지 바턴이 아이리스를 위하여 그 파티에 참가해 주도록 그 부부에게 간곡히 부탁했다는 사실이다.

진짜 이유는 아니라 해도, 납득이 가는 그럴 듯한 구실이라고 경감은 생각했다. 이윽고 켐프는 뭔가 뜻을 알 수 없는 몇 줄의 글을 쓴 노트를 덮고서 일어났다.

"오늘은 정말로 고마웠습니다, 경. 그리고 패러데이 씨와 레이디 알렉산드라께서도 모두 최대한으로 협력해 주셔서."

"내 딸도 법정에 서야 합니까?"

"이번 조사는 완전히 형식적인 것입니다. 우선 검시를 통해 본인의 신원확인과 의학상의 증거를 얻어야 하고, 그런 다음 1주일 뒤에 다시 조사가 행해집니다. 그때까지는—." 경감의 목소리가 약간 변했다.

"저희들도 수사를 거의 매듭지어 가고 있겠죠. 그러기를 바라고 있습니다."

켐프는 스티븐 패러데이에게로 몸을 돌렸다.

"그런데 패러데이 씨, 중요한 일은 아닙니다만, 몇 가지 당신에게 부탁하고 싶은 것이 있습니다. 그러나 부인을 귀찮게 할 정도는 아닙니다. 경시청으로 제게 전화를 걸어 주셔서 당신이 편한 시간에 약속을 정하시지요. 워낙 바쁘신 분이라는 걸 알고 있으니까요."

그러나 켐프의 덤덤하면서도 약간 부드러운 그 말은 세 사람에게는 특별한 의도를 내포하고 있는 듯이 들렸다.

스티븐은 쾌히 협력해 주겠다고, 사무적이면서도 가볍게 승낙했다.

"잘 알았습니다, 경감님." 그리고 나서 스티븐은 손목시계를 흘끔 보면서, "그럼 회의가 있어서 저는 이만." 하고 말했다.

스티븐이 빠른 걸음으로 나가자 경감도 나갔다. 그러자 키더민스터 경은 딸에게 직접적으로, 그러나 분명하게 물었다.

"스티븐이 그 여자와 관계가 있었더냐?"

"아뇨, 없었어요. 만일 그런 일이 있었다면 제가 모를 리가 없잖아요. 게다가, 스티븐은 그럴 사람이 아니에요."

"좋아. 별로 신경 쓰지 않아도 돼. 사건은 결국엔 다 밝혀질 테니까. 그러나 현재 네가 어떤 입장에 처해 있는지는 우리도 분명히 알아둬야 하겠다."

"로즈메리 바턴은 그 앤터니 브라운이라는 사람의 친구였어요. 두 사람은 어디라도 함께 다녔죠."

"그래? 그럼 됐다. 너도 내 말 알겠지?"

키더민스터 경은 천천히 말했다. 그러나 그는 이미 딸을 믿고 있지 않았다. 천천히 방을 나갈 때의 경의 얼굴은 쓸쓸하면서도 몹시 당황해 하는 것 같았다. 그는 2층의 아내 방으로 올라갔다. 아내의 당돌한 태도가 상대방의 적의를 가중시키기 쉽다는 것을 잘 알고 있었고, 또한 이 중대한 국면에 처하여 결국 당국과는 협조적인 관계를 갖는 것이 중요하기 때문에, 아내가 서재에 함께 있지 못하도록 강압적으로 해놓았던 것이다.

"그래서? 어떻게 되었어요?" 레이디 키더민스터가 말했다.

"표면적으로는 매우 좋았어. 켐프는 예의 바른 남자야—태도도 매우 마음에 들었고 모든 일을 빈틈없이 해나갔어. 약간 지나친 느낌이 들 정도이긴 했지만."

"그렇다면 사태는 심각하군요."

"그래, 심각해. 역시 샌드라를 그 녀석과 결혼시키지 말았어야 했어, 비키."

"그래, 내가 뭐라 그랬어요."

"알았어, 알았어……." 키더민스터 경은 아내의 항의를 인정했다.

"그래, 역시 당신이 옳았어—내가 실수한 거야. 하지만 괜찮아. 그 애는 스티븐과 좋을 때까지 같이 있을 거야. 샌드라가 일단 결심하면 아무도 그 결심을 바꿀 수 없으니까. 애당초 그 애가 패러데이와 만난 것이 잘못이야—가문도 혈통도 모르는 남자와. 그런 남자가 운명의 갈림길에 놓였을 때 어떻게 대처하는지를 다른 사람들이 알 리가 없지."

"알았어요. 우리는 살인자를 이 집에 들여놓은 셈이군요."

레이디 키더민스터가 말했다.

"아직은 몰라. 단순히 그렇게 단정 짓고 싶지는 않아. 그러나 경찰은 그렇게 생각하고 있어—그들은 매우 예리해. 스티븐 녀석은 그 바턴이라는 여자와 관계가 있었던 거야—그건 이미 확실해. 스티븐 때문에 그녀가 자살했던가, 혹은 스티븐이 그녀를—어느 쪽이었든 바턴은 그것을 깨닫고 스캔들을 폭로하려고 했어. 아마 스티븐은 그것을 견딜 수가 없었겠지. 그래서—."

"그에게 독약을 먹인 거예요?"

"그래."

레이디 키더민스터는 아연실색했다.

"세상에, 그럴 수가!"

"나도 당신 말대로 아니라면 좋겠어. 그러나 누군가가 그 남자를 독살한 건 틀림없어."

"나는 스티븐이 그런 짓을 하리라고는 꿈에도 생각지 못했어요."

"그는 자신의 출세를 진심으로 원하고 있어—그는 상당한 재능과 정치가의 소질을 갖추고 있지. 그러한 사람이 궁지에 몰렸을 때는 무슨 일을 저지를지 몰라."

그의 아내는 그래도 아직 수긍을 하지 않았다.

"그래도 나는 그 사람이 그런 일을 할 리가 없다고 생각해요. 그런 짓을 할 수 있는 사람은 어떤 무모한 일이라도 모험적으로 해치우는 성격의 소유자여야 해요. 난 두려워요, 윌리엄. 정말로 두려워요."

키더민스터 경은 아내를 물끄러미 바라보았다.

"당신은 혹시 샌드라가, 샌드라가—?"

"그건 생각만 해도 싫어요. 하지만 겁쟁이같이 있을 수 있는 일을 외면해도 소용이 없죠. 그 애는 스티븐에게 빠져 있어요—계속 그랬지요. 게다가 난 샌드라에게 아직도 모르는 점이 있어요. 나는 지금까지 진심으로 그 애를 이해한 적이 한 번도 없어요—그러나 언제나 그 애를 염려했지요. 그 애는 무엇이나 희생했어요. 무엇이나—스티븐을 위해서라면. 아무런 대가도 바라지 않고 만일 그 애가 그런 일을 할 만큼 정신이 이상해져 버렸다면, 그땐 우리가 보호해 주어야 해요."

"보호라고? 무슨 의미지?"

"당신의 손으로 보호해 주는 거예요. 우리는 우리의 소중한 딸을 위해서 뭔가를 해주지 않으면 안 돼요. 다행히도 당신이라면 어떤 방법으로도 해결할 수가 있잖아요."

키더민스터 경은 아내의 얼굴을 물끄러미 바라보았다. 아내의 성격을 잘 알고 있다고 생각했지만, 그럼에도 불구하고 아내의 정신력과 현실적인 용기에 그는 자신도 모르게 오싹해졌다—괴로운 현실을 외면하고 또 다른 일이라도 태연하게 해치우려 하는 사실에—.

"만일 내 딸이 살인자라면, 딸을 그 행위의 결과로부터 구하기 위해 나의 사회적인 지위를 이용해야 한다는 말인가?"

"물론이에요." 레이디 키더민스터가 말했다.

"무슨 소릴 하는 거야, 비키! 당신은 몰라! 그런 일은 절대로 할 수 없어. 그런 일을 한다면 명예는—하루아침에 짓밟혀 버리고 마는 거야."

"당신, 지금 무슨 말도 안 되는 소릴 하는 거예요?"

두 사람은 서로를 뚫어지게 응시했다. 너무나도 생각이 달랐기 때문에 그 어느 쪽도 상대방의 생각을 이해할 수가 없었던 것이다. 아가멤논과 크라이템네스트라도 딸인 이피게니아의 이름을 들먹거리면서 이런 식으로 서로를 쳐다보았을 것이다.

"당신이라면 정치적으로 경찰에게 압력을 가할 수도 있어요. 모든 것을 불문에 붙이고, 자살이라는 판결이 나도록 말이에요. 이전에도 한 일이에요—전혀 개의치 않고"

"그건 정치적인 문제였기 때문이야—국가의 이익에 관계 되는 일. 그런데 이것은 완전히 사적인 일이야. 나는 절대로 그렇게 할 수 없어."

"하겠다는 의지만 있으면 당신은 할 수 있어요."

키더민스터 경은 분노로 얼굴이 새빨개졌다.

"가령 할 수 있다고 해도 나는 하지 않겠어! 그런 짓은 사회적 지위의 악용이야."

"만일 샌드라가 잡혀서 재판에 회부된다면, 가령 죄를 범했다 해도 그 애를 위하여 가장 좋은 변호사를 고용하는 따위의 가능한 일도 안 하시겠다는 거예요?"

"물론 당연히 그런 일은 하지. 하지만 그것과 이것은 별개의 문제야. 당신들 여자들은 공사를 혼동하고 있어."

레이디 키더민스터는 남편의 험악한 말에도 전혀 개의치 않고 잠자코 있었다. 샌드라는 그녀에게 있어서 아이들 중에서 가장 정이 덜 가는 아이였다. 그러나 역시 그녀는 어머니이고, 어머니는 자식을 보호하기 위해서는 어떤 일이라도 해야 하는 것이다—그것이 옳은 방법이든 수치스러운 방법이든 상관없이. 레이디 키더민스터는 샌드라를 위해서라면 모든 수단을 동원시켜서라도 싸울 것이다.

"하지만 분명한 증거가 없는 한, 샌드라가 기소되는 일은 절대로 없을 거야. 게다가 나는 한 사람의 인간으로서 나의 딸이 살인범이라는 것을 인정할 수가 없어. 그러나 비키 당신이 한순간이라도 그런 생각을 했다는 것에는 놀랐어."

레이디 키더민스터는 아무 말도 하지 않았다. 키더민스터 경은 그대로 방을 나갔다. 비키가, 몇십 년 동안이나 부부로서 함께 살아온 그 비키가—이런 터무니없는, 그리고 남편에게 불안을 불러일으킬 정도로 깊은 다른 면을 갖고 있었다는 사실이 아무래도 놀라울 뿐이었다!

제5장

레이스가 들어갔을 때 루스 레싱은 큰 책상 앞에 앉아서 매우 바쁘게 서류를 정리하고 있었다. 검은 코트에 스커트, 흰 블라우스를 입은 루스는 신속하게 일을 해나갔는데, 그 침착성과 능률에 레이스는 완전히 감탄했다. 눈을 내리감은 모습이나 굳게 다문 입가의 슬픈 듯한 선에서도 알 수 있지만, 그 슬픔은 다른 모든 감정과 마찬가지로 훌륭하게 억제되어 있었다.

레이스가 찾아온 이유를 밝히자 루스는 곧 대답했다.

"일부러 와주셨군요. 선생님에 대해서는 잘 알고 있습니다. 바턴 씨는 어젯밤에도 선생님이 오시기를 기다리고 있었어요. 분명히 그렇게 말씀하셨지요."

"파티가 시작되기 전에 그렇게 말하던가요?"

루스는 잠시 생각에 잠겼다.

"아뇨, 틀림없이 우리가 막 테이블에 앉았을 때였을 거예요. 약간 뜻밖이라는 생각이 들었었죠."

루스는 말을 끊고 얼굴을 약간 붉혔다.

"선생님을 초대한 것을 의외라고 생각한 것은 아니에요. 선생님은 오래된 친구이고, 또 1년 전의 파티에도 참석할 예정이셨으니까요. 다만 선생님이 오신다면 어째서 바턴 씨는 남녀의 수가 딱 들어맞도록 여자를 한 명 더 초대하지 않았을까, 그것이 의외였던 거죠. 하지만 물론 선생님이 늦게 오신다든가, 혹은 오시지 않을지도 모른다면—."

루스는 잠시 말을 끊었다.

"그런데 저는 왜 이렇게 바보 같은지. 어째서 이런 아무래도 상관없는 일을 생각하고 있을까요? 오늘 아침은 정말로 이상한 것 같아요."

"아니, 언제나 그랬듯이 일을 하고 있잖아요?"

"당연하죠." 루스는 놀란 것 같았다—약간 충격을 받은 것 같았다.

"이것은 저의 일이고, 또 정리하거나 준비할 것들이 잔뜩 있거든요."

"조지는 당신이 믿음직스럽다고 자주 이야기했다오."

레이스는 부드럽게 말했다.

루스는 외면했다. 그러나 레이스는 루스가 재빨리 침을 삼키고서 눈을 깜박이는 것을 보았다. 그리고 루스가 감정을 전혀 밖으로 표출하지 않는다는 점에서 그녀의 결백을 거의 믿을 수 있을 것 같았다. 그러나 완전히 믿을 수는 없다. 레이스는 지금까지 연기에 능숙한 여자들을 여러 명 보아 왔기 때문이다. 그러한 여자들의 울어서 부은 눈꺼풀이나 눈 밑의 검은 눈동자는 모두 꾸며낸 것이었다.

신중하게 생각하면서 레이스는 마음속으로 중얼거렸다.

'무척이나 냉정한 여자로군.'

루스는 책상 쪽으로 다시 돌아앉으면서 레이스의 마지막 물음에 조용히 대답했다.

"그분과는 오랫동안 함께 일해 왔습니다—내년 4월이면 8년째가 되지요. 저는 그분의 방법을 이해하고 있고, 또한 그분도—저를 신뢰하고 있었다고 생각합니다."

"분명히 그랬을 게요." 레이스는 말을 이었다.

"이제 곧 점심시간이오. 아직 할 얘기도 많으니, 어딘가 조용한 곳에서 식사라도 함께하지 않겠소?"

"감사합니다. 기꺼이 동행하죠."

레이스는 어느 작은 레스토랑으로 들어갔다. 테이블이 적당한 간격으로 배치되어 있어서 조용히 이야기하기에 알맞은 곳이었다.

주문을 받은 웨이터가 돌아가자, 레이스는 테이블을 사이에 두고 루스를 바라보았다.

얼굴이 잘생긴 여자라고 생각했다. 검은 머리카락은 반지르르 윤이 났고, 입매와 턱의 선도 매우 야무졌다.

음식이 나올 때까지 레이스는 두서없이 얘기들을 늘어놓았는데, 루스는 상황에 적합한 맞장구를 침으로써 지성과 분별이 있음을 보여 주었다.

잠시 사이를 둔 뒤, 이윽고 루스가 말했다.

"어젯밤 얘기를 하실 생각이 없으세요? 해보세요. 도저히 믿을 수 없는 일이지만, 저도 그 얘기를 하고 싶거든요. 그런 일을 제 눈으로 직접 보지 않았다면 도무지 믿지 못할 거예요."

"켐프 경감과는 만났다고요?"

"예, 어젯밤에. 머리 회전이 빠르고 경험도 풍부하신 것 같더군요."

루스는 잠시 말을 멈췄다.

"그런데 정말로 살인일까요, 대령님?"

"켐프가 그렇게 말하던가요?"

"저는 아무런 정보도 제공해 주지 못했지만, 그래도 질문을 통해서 무슨 생각을 하고 있는지는 잘 알 수 있었죠."

"자살인지 어떤지에 대한 당신의 생각은 다른 사람과 마찬가지로 매우 도움이 된다고 생각했을 거요, 레싱 양. 당신은 바턴을 잘 알고 있었고, 어제도 거의 그와 함께 있지 않았소? 바턴은 어땠소? 평소와 비슷했소? 그렇지 않으면 뭔가 고민하고 있는 것 같았다든가 동요하고 있었다든가 흥분하고 있었다든가?"

루스는 우물쭈물했다.

"어렵군요. 그분은 동요하거나 괴로워하는 것 같지는 않았어요—하지만 거기에는 이유가 있습니다."

루스는 빅터 드레이크에 관계되는 일들을 설명하고, 그 청년의 경력을 간단히 말해 주었다.

"흐음, 가문의 명예를 더럽힌 녀석이군. 그런데 바턴이 그 남자의 일로 동요하고 있었다는 겁니까?"

루스는 천천히 말했다.

"다 말씀드리죠. 저는 바턴 씨를 잘 알고 있습니다. 그분은 그 일로 몹시 괴로워하셨고 걱정하셨습니다—게다가 드레이크 부인이 어쩔 줄 몰라 하며 훌쩍거리고 있었죠. 그런 일이 일어나면, 언제나 그랬듯이—그분으로서는 깨끗이 해결지어 버리려고 생각했을 거예요. 하지만 저의 생각으로는—."

"어떤 느낌이었소? 당신의 느낌은 틀림없이 적중할 거라 생각하는데."

"그럼 말하겠어요. 저는 그분의 초조함이 평소와 다르다는 느낌을 받았습니다. 적절한 표현인지 어떤지는 모르겠지만. 왜냐하면 형태는 다르지만 그런 일은 그전에도 몇 번인가 있었거든요. 작년에도 빅터 드레이크가 이곳에서 곤란에 빠져 있을 때 그를 남미행 배에 태워 보냈고, 바로 요 얼마 전 6월에도 전보로 돈을 보내 달라고 요청해 왔었지요. 따라서 저는 바턴 씨의 반응을 잘 알고 있었습니다. 이번에 그분이 초조해한 이유는 그 전보가 마침 파티 준비로 몹시 분주해할 때 왔기 때문일 거라는 기분이 들었어요. 이런 바쁜 상황에서 쓸데없는 걱정거리로 마음을 흐트러뜨리는 것이 싫다는 듯이 보였지요."

"이번 그의 파티에 어딘가 이상한 점은 없었소, 레싱 양?"

"아, 생각이 나는군요. 바턴 씨는 정말로 평소 같지 않았어요. 몹시 흥분해 있었죠—마치 어린아이같이."

"그럼, 파티에 뭔가 다른 목적이 있다고 생각하지는 않았나요?"

"결국 1년 전 바턴 부인이 자살했을 때의 파티의 재현이었다는 말이겠죠?"

"그래요."

"솔직히 말해서 뭔가 엉뚱한 일을 생각하고 있다고는 느꼈어요."

"그러나 조지는 아무것도 설명하지 않았는데—어떤 식으로든 당신에게 고백 같은 건 하지 않았나요?"

루스는 고개를 흔들었다.

"그런데 레싱 양, 바턴 부인의 자살에 대해서 조금이라도 의문을 품은 적은 없었소?"

루스는 깜짝 놀라는 모습이었다.

"없어요, 절대로 그런 일은."

"조지 바턴은 아내가 타살되었다고 생각한다고 당신에게 말하지 않았군?"

루스는 레이스를 물끄러미 보았다.

"조지가 그렇게 생각했나요?"

"처음 듣는 얘긴 모양이군요. 그래, 그랬어요, 레싱 양. 조지에게 아내는 자살한 것이 아니라 타살되었다고 쓴 익명의 편지가 와 있었지요."

"그래서 이번 여름에 그분은 그렇게 이상했군요? 그분에게 무슨 일이 있었는지 저는 전혀 짐작하지도 못했어요."

"그 익명의 편지에 대해서 알고 있는 것은 전혀 없소?"

"예, 전혀. 그런 편지가 몇 통이나 왔었나요?"

"그가 보여 준 것만 두 통이었소."

"그런 일이 있었는지는 전혀 몰랐어요!"

루스의 목소리에는 상처 입은 쓰디쓴 괴로움이 어려 있었다.

레이스는 루스를 잠시 바라보고 있다가 이윽고 말했다.

"그렇다면, 레싱 양, 당신은 조지가 자살할 수도 있다고 생각합니까?"

"아뇨, 도저히 상상도 할 수 없어요."

"그러나 조지가 흥분했고, 또 동요하고 있었다고 말하지 않았소?"

"예. 간혹 그런 일이 있을 수는 있겠죠. 그러나 어젯밤 파티에서 그분이 왜 그 정도로 흥분했는지 모르겠어요. 그분에게는 뭔가 특별한 생각이 있었을 거예요—틀림없이 같은 상황을 재현함으로써 새로운 사실을 알아내려고 했을 거예요. 가엾게도 그분은 그 일 때문에 매우 괴로워하고 있었던 모양이에요."

"로즈메리 바턴은 어떻습니까, 레싱 양? 지금까지도 자살이라고 생각하나요?"

루스는 미간을 찌푸렸다.

"그 이상의 일은 생각해 보지 않았으니 그렇게밖에 생각할 수 없었죠."

"독감 뒤의 우울상태?"

"아뇨. 그것보다는, 그 사람은 아무리 봐도 불행했으니까요."

"왜 그렇죠?"

"적어도 저는 그렇게 생각하고 있어요. 바턴 부인 같은 여자는 마음속이 훤히 보여요—자신의 감정을 숨기려 하지도 않았으니까요. 다행히 바턴 씨는 아무것도 눈치채지 못한 것 같아요. 그래요. 바턴 부인은 매우 불행했어요. 게다가 그날 밤은 독감으로 기분이 몹시 우울했을 뿐 아니라 두통도 심했지요."

"두통이 심했다는 건 어떻게 알았소?"

"레이디 알렉산드라에게 그렇게 말하는 것을 들었어요. 탈의실에서 우리가 외투를 벗고 있을 때 바턴 부인이 아스피린이 필요하다고 말하자, 다행히 레이디 알렉산드라가 한 개 갖고 있다가 그것을 바턴 부인에게 드렸거든요."

레이스 대령이 컵을 집어올리던 손을 중간에서 멈췄다.

"그럼, 그녀가 그것을 받았단 말이오?"

"예."

레이스는 한참 있다가 테이블 맞은편 쪽을 바라보았다. 루스는 자신이 말한 내용의 중요성을 전혀 깨닫지 못하고 태연하게 있었다. 그러나 그것은 매우 중요한 사실이었다. 그것은 테이블에 앉은 위치로 볼 때 아무도 모르게 로즈메리의 잔에 뭔가를 넣는다는 것이 거의 불가능했던 샌드라가 로즈메리에게 독을 줄 수 있는 다른 기회가 될 수도 있음을 의미하고 있다. 샌드라는 그 약을 캡슐에 넣어서 로즈메리에게 줄 수도 있었던 것이다. 캡슐은 보통 2~3분 뒤에 용해되지만, 그것은 특수해서 젤라틴이나 다른 특별한 것으로 만들어져 있었는지도 모른다. 혹은 로즈메리가 그 약을 금방 먹지 않고 나중에 먹었다고도 생각할 수 있다.

느닷없이 레이스는 물었다.

"로즈메리가 그 약을 먹는 것을 보았소?"

"예?"

루스의 당혹한 얼굴을 보고 레이스는 루스의 마음이 어딘가 다른 곳에 가 있음을 알았다.

"당신은 로즈메리가 그 캡슐을 먹는 것을 보았냐고요?"

루스는 약간 놀란 것 같았다.

"저는—저, 아뇨. 보지 못했습니다. 그녀는 단지 알렉산드라에게 고맙다고 말했을 뿐이에요."

그렇다면 로즈메리는 그 캡슐을 핸드백 속에 넣어 두었다가 플로어 쇼가 진행되는 동안 두통이 매우 심해지는 바람에 그것을 꺼내어 샴페인 잔에 넣어서 녹여 마셨는지도 모른다.

추측—완전한 추측이다. 그러나 있을 수 있는 일이다.

"그런데 왜 그걸 묻지요?" 루스는 말했다.

루스의 눈이 갑자기 의문으로 가득 찼다. 루스는 머리를 짜내고 있는 것 같았다.

이윽고 루스가 말했다.

"알겠어요. 조지가 그쪽에서 패러데이 부부의 집 근처에 집을 산 이유를. 게다가 편지 이야기를 그분이 저에게 말하지 않았던 이유도. 왜 제게 그것을 보여 주지 않았는지를. 만일 조지가 그 편지의 내용을 믿고 있었다면 당연히 저희들 중 누군가가, 그 테이블 주위에 있었던 다섯 명 중 누군가가 부인을 죽인 것이 됩니다. 그렇다면, 만일 그 사실이 정말이라면 저도 가능성이 있겠군요!"

레이스는 부드럽게 위로하는 듯한 어조로 말했다.

"당신에게 로즈메리 바턴을 죽일 이유라도 있습니까?"

그러나 레이스는 루스가 그 말을 듣지 않고 있다는 것을 처음으로 알았다. 루스는 시선을 아래로 내리깐 채 꼼짝도 하지 않았다.

그러더니 갑자기 한숨을 쉬면서 루스는 눈을 들어 레이스의 얼굴을 똑바로 쳐다보았다.

"별로 얘기하고 싶지는 않지만, 그래도 알고 계시는 편이 낫겠죠. 사실 저는 조지 바턴을 사랑하고 있었습니다. 그분이 로즈메리와 만나기 전부터 저는 그분을 사랑하고 있었죠. 그분은 그 사실을 몰랐겠지만—전혀 눈치채지도 못했지요. 그분은 저에게 호의를 갖고 여러 가지로 친절하게 대해 주었지만, 그것은 특별한 의미의 호의는 절대로 아니었습니다. 하지만 저는, 저라면 그분의 좋은 아내가 될 수 있을 텐데—저라면 그분을 정말로 행복하게 해줄 수 있을 텐데 하고 자주 생각했습니다. 그러나 그분은 로즈메리를 사랑했고, 또 결혼했지만 그다지 행복하지는 않았어요."

레이스는 부드럽게 말했다.

"당신은 로즈메리를 싫어했나요?"

"예, 싫어했어요. 그 사람은 틀림없이 매우 아름답고 매력적이며, 그녀 나름대로 상냥함도 갖고 있었습니다. 그러나 저는 한 번도 친절하게 대해 준 적이 없었습니다! 저는 그 사람을 몹시 싫어했어요. 그러나 그녀가 죽었을 때는 큰 충격을 받아답니다—그럴 수가 있을까 하고. 하지만 마음속으로는 그다지 슬프지는 않았어요. 솔직히 말해서 오히려 기뻤을 정도였으니까요."

루스는 말을 끊었다.

"미안합니다. 다른 이야기를 하는 게 좋겠어요."

레이스는 재빨리 대답했다.

"어제 일을 처리했다던 그 사람에 대해 자세하고 정확하게 말해 주지 않겠소? 아침부터의 일을—특히 조지의 행동이나 말이라면 무엇이라도 얘기해 주시지요."

루스는 곧 말하기 시작했다. 어제 아침의 일을 주의 깊게 하나씩 생각해 냈다—빅터의 집요함에 조지가 불안해하고 있었던 일, 루스가 직접 남미로 전화를 걸었던 일, 빅터의 일을 처리할 준비를 했던 일, 해결되었을 때의 안도감 등. 그러고 나서 루스는 자신이 룩셈부르크 레스토랑에 도착했을 때의 일이나 그 파티의 주인인 조지가 몹시 흥분하여 안정되지 못했던 태도에 대해서도 이야기를 했다. 그러고 나서 루스는 비극의 결정적인 순간으로 이야기를 진행시켰다. 그녀의 이야기는 그때까지 레이스가 들었던 것과 모든 점에서 일치하고 있었다.

미간을 잔뜩 찌푸리다가 루스는 레이스도 당혹해하고 있던 점을 결국 말했다.

"그건 자살은 아니었어요—분명해요. 하지만, 타살이라는 것도 이해되지가 않아요. 결국 어째서 그런 일이 생겼는가 하는 점인데, 우리들 중 누구도 그런 일은 할 수가 없었거든요! 그렇다면 우리가 춤을 추고 있는 동안에 다른 누군가가 조지의 잔에 독을 넣었을까요? 만일 그렇다면 그건 대체 누구일까요! 이 추리에는 다소 무리가 있는 것 같아요."

"목격자에 의하면, 당신들이 춤을 추고 있는 동안 아무도 테이블에 접근하지 않았다더군요."

"그렇다면 점점 더 이상하군요! 청산가리가 저절로 잔 속에 들어갈 리도 없고!"

"짐작 가는 데가 전혀 없습니까? 어젯밤 일을 잘 생각해 보시지요. 적어도 의문을 품을 만한 사람이 없었는지, 아무리 사소한 일이라도 좋으니까."

루스의 표정이 약간 변하면서 갑자기 뭔가를 깨달은 듯한 눈빛이 되었지만 금방 표정을 바꾸면서, "아무도 없어요."라고 대답했다. 그러나 레이스는 그 표정의 변화를 발견했다.

분명히 뭔가가 있다는 것을 레이스는 확신했다. 루스는 자신이 무엇을 보고, 듣고, 혹은 느꼈는지의 사실을 어떤 이유로 인해서 숨기기로 한 것이다.

그러나 레이스는 그 이야기를 강요하지 않기로 했다. 루스 같은 타입의 여자에게는 억지로 알아내려 해도 소용없다는 것을 잘 알고 있었기 때문이다. 만일 루스가 무슨 이유인가로 입을 다물기로 했다면, 그 결심은 절대로 변하지 않을 것이다.

그러나 분명히 뭔가는 있다. 그 사실 하나만으로도 레이스는 기운이 솟았고, 새로운 자신감도 얻게 되었다. 그것은 바로 레이스 앞을 크게 가로막고 있던 흰 벽에 생긴 최초의 균열이었던 것이다.

점심을 마친 뒤 레이스는 루스와 헤어지고 나서 앨버스턴 스퀘어로 차를 달리게 했다.

루스 레싱이 범인일 수 있을까? 그러나 솔직히 말해서 레이스는 루스에 대해서 약간 좋은 이미지를 갖고 있었다.

루스가 사람을 죽일 수 있을까? 대개 인간들은 살인할 가능성이 누구에게나 있다. 그것이 어느 특정한 개인적인 살인이라 해도. 따라서 용의자를 제거해 나가기가 몹시 곤란하기도 하다. 그런데 루스에게는 어딘가 냉혹한 점이 있으며, 게다가 동기도 몇 가지 갖고 있다. 로즈메리를 죽임으로써 루스는 조지 바턴의 부인이 될 절호의 기회를 가질 수 있는 것이다. 돈 있는 남자와 결혼하기 위해서든, 혹은 짝사랑해 온 남자와 결혼하기 위해서든, 어쨌든 우선은 로즈메리를 죽여야 한다.

그러나 부유한 남자와 결혼하기 위해서라는 이유는 아무래도 적합하지 않은 것 같다. 단순히 돈이 있는 남자와 결혼하여 안락한 생활을 보내기 위해서 살인을 저지를 루스 레싱은 아니다. 그렇다면 사랑인가? 그럴 수도 있다. 루스는 평소에는 냉정하고 초연하지만, 어느 특정한 남자를 위해서는 상당한 정열을 불태울 수도 있는 여자이다. 조지를 사랑하고 로즈메리를 미워했다면, 태연하게 로즈메리의 살해를 계획하고 실행했을지도 모른다. 마침 다행히도 그 사건이 자살로 자연스럽게 일반인들에게 받아들여졌다는 사실은 루스의 선천적인 유능함을 증명하는 것이다.

그 뒤에 조지는 익명의 편지를 받고(누구에게서? 왜? 그것이 레이스를 훨씬 더 괴롭히고 있는 귀찮고 심술궂은 문제였다) 점차로 의혹이 짙어져 간다. 조지는 올가미를 씌울 계획을 세운다. 그래서 루스는 부득이 조지도 침묵하게 해버린다.

아니, 그건 말이 되지 않는다. 아무래도 믿기 어렵다. 마치 마법에라도 걸린 듯한 당황한 상태—그러나 루스 레싱은 그런 상태에 빠질 여자가 아니다. 조지보다 머리가 좋으므로, 조지의 올가미를 쉽게 피해 나갈 것이다.

결국 루스로부터도 대단한 진전은 없었던 것 같다.

제6장

루실라 드레이크는 레이스 대령을 기쁘게 맞아들였다.

창문의 발은 모두 내려졌고, 루실라는 몸에 검은 옷을 입고 눈에는 손수건을 댄 채 방으로 들어와 레이스에게 떨리는 손을 내밀면서 말했다.

"저는 다른 사람들과는 도저히 만날 수가 없어요. 정말로 아무도—다만 옛날부터 아는 사람들은 다르지만. 그 다정했던 조지의 오래된 친구라면—그래도 집 안에 남자가 한 명도 없다는 사실은 정말로 두려워요! 그리고 무슨 일을 해야 할지 전혀 갈피를 잡지 못합니다. 저는 불쌍한 외톨이 미망인일 뿐이고, 매우 어리고 의지할 사람 없는 아이리스뿐이에요. 게다가 조지는 언제나마다 않고 모든 배려를 다해 주었지요. 친절하시게도, 레이스 대령님, 정말로 기쁩니다—우리 둘은 어찌해야 할지 전혀 모르겠어요. 물론 레싱 양이 장례식 절차를 비롯한 모든 사무적인 일은 해주겠지만—하지만, 검시는 어떻게 될까요? 아아, 무서운 일이에요. 경찰이, 실제로 이 집 안에 들어오다나—물론 사복을 입고 상당히 신경을 쓰겠지만, 그래도 저는 정말로 놀랐답니다. 이 얼마나 슬픈 일인가요, 레이스 대령님. 이런 일이 있으리라고는 전혀 생각하지 못했어요. 어느 심리학자는 이렇게 말했지요. 모든 것은 암시에 의한 것이라고……. 가여운 조지는 그 무서운 장소, 룩셈부르크 레스토랑에서 전과 같이 파티를 열어 불쌍한 로즈메리가 어떤 상태로 죽어 갔는지를 생각해 내려 했던 겁니다—그리고 그런 생각이 갑자기 마음에 떠올랐겠죠. 바로 제가 말한 대로 개스켈 선생님의 그 훌륭한 강장제를 복용하겠다고 말이죠—그 사람은 이번 여름 내내 무척 우울해 있었거든요. 예, 너무나도 울적한 것 같았어요."

여기까지 말하고 루실라가 잠시 심란해하고 있었으므로, 그 틈에 레이스는 간신히 말을 할 수가 있었다.

레이스 대령은 깊은 애도의 뜻을 표하고 나서, 어떤 일이 있더라도 자신을 의지하라고 드레이크 부인에게 말했다.

그러자 루실라가 또다시 말을 꺼냈다.

"친절에 정말로 감사드립니다. 그런 끔찍한 일이 일어나다니, 정말로 충격적이었어요―오늘까지 여기에 살아 있었는데 내일은 죽다니. 성서에도 그렇게 쓰여 있습니다. 풀의 새싹도 저녁에는 쓰러진다―모두 그런 것은 아니겠지만, 레이스 대령님이라면 제가 말하려는 의도가 뭔지 아실 거예요. 그래도 의지할 수 있는 분이 계신다는 것은 정말로 마음 든든하지요. 물론 레싱 양도 여러 가지로 신경 써주고 있지만 어딘지 모르게 태도가 사무적이고, 또 가끔은 지나치게 행동할 때도 있어요. 제가 생각하기론 조지가 레싱을 지나치게 신뢰했던 것 같아요. 한번은 이런 생각도 해봤지요. 언젠가는 조지가 터무니없이 어리석은 짓을 해선―즉, 그녀와 결혼을 한다든가―뒤늦게야 후회하게 되지는 않을까 하고 일단 결혼하게 되면 그녀는 조지에게 아주 냉정하게 대할 거예요. 저는 무슨 일이 일어날지 다 알고 있었죠. 아이리스는 세상물정을 전혀 몰라요. 그래도 젊은 처녀는 항상 순수하게 지내는 게 더 낫겠죠. 그렇지 않나요, 대령님? 그 나이 또래의 처녀치고 아이리스는 정말로 어리고, 게다가 매우 천진난만하지요―그 아이가 지금 무슨 생각을 하고 있는지는 거의 모른답니다. 로즈메리는 매우 아름답고 쾌활하며 대부분의 시간을 밖에서 보냈지만, 아이리스는 집 주위를 어슬렁거릴 뿐인데, 한창 나이로서는 그다지 바람직하지는 않지요. 사실 기본 교양을 쌓지 않으면 안 되죠―요리라든가 재봉 등을. 그런 것들이 실제로 언제 도움이 될지는 전혀 모르지만. 로즈메리가 죽은 뒤, 제가 여기에 와서 함께 살 수 있게 된 것은 정말로 다행이에요. 로즈메리의 독감은 개스켈 선생님도 매우 희귀한 형태의 독감이라고 말씀하셨지요. 정말로 명석하시고 쾌활한 분이에요.

이번 여름엔 아이리스도 그 선생님께 진찰받게 하고 싶었어요. 그 아이는 혈색도 나쁘고 건강이 좋지 않았으니까요. 하지만, 대령님, 저는 그 원인이 그 집의 위치 때문이라고 생각해요. 그 집은 습기가 차고 음울하며, 밤이 되면 늪지 쪽에서 독기가 감돌죠. 조지는 혼자서 그곳을 보고 오더니, 아무와도 상의

하지 않고 얼른 사 버린 거예요—정말로 엉뚱한 일 아니에요? 조지도 나름대로 이유는 있었겠지만, 그래도 누군가 좀더 나이 많은 사람의 이야기라도 참고했다면 더 나은 곳을 찾을 수 있었을 거예요. 집에 대해서는 전혀 아는 것이 없으니. 그랬더라면 이 루실라도 조지에게 어떠한 시중이라도 기꺼이 해주었을 텐데. 그렇게 생각지 않나요? 지금 제 인생이 이게 뭡니까? 남편은 오래전에 죽었고, 귀여운 아들 빅터는 아르헨티나—아니, 브라질인가? 하여간 멀리 떨어져 있는데, 정말로 정이 많고 잘생긴 아이지요."

레이스 대령은 외국에 아들이 있다는 얘기는 들어서 알고 있다고 말했다.

그러고 나서 레이스는 빅터의 다채로운 활약을 몇 분 동안 더 들어야 했다.

"그 아이는 정말로 활발했지요. 무슨 일에나 망설임 없이 곧장 달려들었어요." 여기에서 한 가지씩 빅터의 여러 가지 활약이 나열되었다.

"언제나 사람이 좋고, 다른 사람에게 악의를 품게 한 적이 없어요. 그러나 그 아이는 항상 운이 없었지요. 기숙사 사감에게 오해를 받고, 더구나 옥스퍼드 대학의 그 사람들 행동은 정말로 그 애의 명예를 짓밟는 것이었어요. 그 사람들은 그림을 좋아하고, 또 재능도 있는 사람이 다른 사람의 필적을 흉내내는 장난을 한다는 것을 도저히 이해하지 못하는 것 같더군요. 절반은 장난으로 한 일이지, 결코 돈 때문에 한 것은 아니었거든요. 곤란한 일이 생겨도 제 귀에는 절대로 들어오지 않도록 하는 그것만 보아도 그 아이가 어머니를 신뢰하고 있다는 증거가 아니겠어요? 단지 이상한 것은, 다른 사람들이 그 아이에게 갖다 주는 일이란 대개 그 아이를 영국 밖으로 데리고 가는 듯한 기분이 들어요. 그 아이는 좋은 일이 있기를 절실히 바랐지요. 영국 은행에 취직이 되기라도 했다면 그 아이도 꽤 안정이 되었겠지요. 런던에서 약간 떨어진 곳에 살면서 작은 자가용이라도 살 수 있었을 거고"

루실라가 빅터의 불행을 모조리 다 이야기한 것은 그로부터 약 30분 뒤였다. 그때야 레이스 대령은 화제를 빅터에게서 하인들에게로 옮길 수가 있었다.

"예, 전부 말씀하신 대로 옛날 같은 하인들은 이제는 없어요. 요즘 사람들에게는 문제가 많답니다! 하지만 다행히도 우리 집 하인들은 운이 좋아서 그런 푸념을 들은 적이 없어요. 파운드 부인은 유감스럽게도 약간 귀가 먹고 때로는 수프에 후추를 너무 조금 넣기는 하지만, 인간성이 매우 좋고 또 하녀들 중에서 가장 믿을 수 있는 사람입니다. 게다가 대단한 절약가이기도 하고요. 그 여자는 조지가 결혼한 이후에 계속 이곳에 있었고, 올해 시골로 이사 가는 것에 대해서도 아무런 불평도 하지 않았지요. 다른 사람들과는 약간 말썽이 있었지만, 하녀 한 명만 그만두고 그걸로 해결되었어요. 하지만 오히려 잘되었죠—그 나간 하녀는 약간 건방지고 말대꾸를 잘해요. 게다가 가장 비싼 와인 잔을 여섯 개나 깨버렸는데, 그것도 어쩌다가 하나씩 깨는 것이 아니에요. 사실 그런 일은 누구에게나 있을 수 있는 일이지만, 그 아이는 한꺼번에 전부 깨 버리는 식이기 때문에 정말로 대책 없었죠. 그렇게 생각지 않으세요?"

"정말로 부주의하군요."

"따라서 저는 그 하녀의 소개장에 그런 일까지도 분명하게 써야 한다고 말했고, 또 그것을 의무라고 생각했지요. 그 사람의 좋은 점뿐만 아니라 나쁜 점도 써야만 하는 것 아니겠어요. 하지만 그 하녀는, 정말로—저, 정말로 건방지더군요. 뭐 이번에 가는 곳에선 사람이 또 살해당하는 집이 아니기를 바란다고? 그런 끔찍하고도 조잡한 표현을 쓰다니, 정말로 어리석을 정도로 잘못 생각한 거죠. 가여운 로즈메리는 스스로 목숨을 끊은 것인데—그 당시 그 애는 검시관도 지적했듯이 자신의 행동을 책임질 수 있는 상황이 아니었어요. 게다가 그 무서운 표현은 갱들이 서로 기관총을 맞대고 싸울 때에나 쓰는 말 아니에요? 영국에는 그런 일이 없어서 감사해요. 따라서 저는 그 하녀의 소개장에는 베티 아치데일은 하녀로서 자신의 일을 충분히 잘 알고 또 드물게 정직하지만, 자주 물건을 깨뜨리고 행동도 그다지 단정한 편은 아닙니다—하고 덧붙여 썼죠. 만일 제가 리스탈보트 부인이었다면 틀림없이 그 말의 의미를 간파하고, 그 아이를 고용하지 않았을 겁니다. 그래요. 요즘 사람들은 대부분 가까이에 있는 사람을 쉽게 선택하기 때문에, 때로는 한 달에 세 번이나 하녀를 갈아 치우기도 한답니다."

드레이크가 잠시 숨을 쉬는 동안, 레이스 대령은 재빨리 앞서 말한 부인이 리처드 리스탈보트 부인인가 물어보았다. 만일 그렇다면 그녀는 인도에 있을 때 자신이 알고 있던 사람이라고 말했다.

"잘은 모르지만 주소는 카도건 스퀘어예요."

"그렇다면 틀림없는 제 친구입니다."

루실라가 말했다.

"세상은 정말로 좁군요. 그전부터 저는 비올라와 폴의 이야기를 매우 로맨틱하게 생각했지요. 비올라는 정말로 사랑스러웠고, 또한 많은 남자들이 그녀에게 사랑을 고백해 왔답니다. 이봐요, 대령님, 제가 지금 누구 얘기를 하고 있는지 아시겠지요? 그런데 인간이란 어째서 이렇게도 지나간 일을 떠올리고 싶어하는지 알 수가 없군요."

레이스 대령은 그다음 이야기를 계속 들려줄 것을 정중하게 부탁했고, 결국 헥터 말의 전 생애를 다 듣게 되었다. 헥터 말이 누이에 의해 키워졌다는 사실과, 그가 약간 이상한 사람이었다는 것, 연약했다는 것, 그리고 마지막으로 레이스 대령이 비올라가 누군지 거의 잊었을 무렵에 헥터가 아름다운 비올라와 결혼했다는 사실 등을.

"비올라는 고아여서 대법원이 후견인으로 되어 있었지요."

레이스는 폴 베넷이 비올라에게 거절당한 아픔을 극복하고 구애자에서 그 가족의 친구로 자신을 변모시킨 사실과, 자신이 이름 지어 준 로즈메리를 상당히 귀여워했다는 사실, 그리고 그의 죽음과 유언의 내용을 들었다.

"뭐니뭐니해도 바로 그 사실이 가장 로맨틱하다고 저는 생각하고 있지요. 정말 굉장한 재산이었어요! 물론 돈이 전부는 아니지만—어쨌든 로즈메리의 끔찍한 죽음에 대해서도 생각해야 했지만, 저는 아이리스의 일도 염려하지 않을 수가 없었답니다!"

루실라는 계속했다.

"책임감 때문에 저는 많은 염려를 했지요. 아이리스가 막대한 재산을 물려받았다는 사실은 누구나가 다 알고 있지요. 그 애가 좋아하지 않는 타입의 청년에게는 절대로 눈길을 주지 않지만, 그래도 저는 안심할 수가 없었어요. 그러나 최근에는 이미 옛날만큼 그녀를 감시할 수 없게 되었답니다. 그녀의 친구에 관해서 저는 거의 아는 바가 없어요. 그래서 '친구를 집으로 한번 초대해라.' 하고 자주 말했지만 실제로 그런 적은 한 번도 없었어요. 조지도 브라운이라는 청년을 매우 걱정했죠. 저는 그를 한 번도 만난 적이 없지만, 브라운과 아이리스는 자주 만나고 있는 것 같았지요. 그러나 조지는 브라운이라는 청년을 싫어했답니다─그건 제 추측이긴 하지만 틀림없어요. 대령님, 남자를 보는 눈은 남자가 더 정확하다고 하잖아요. 옛날 교구위원 중 한 사람이고 매우 쾌활한 퓨지 대령의 경우도 그러했지요. 제 남편은 그를 멀리하고 믿지 않았어요. 저에게도 그렇게 하라고 했답니다. 그런데 어찌된 일인지 어느 일요일인가 퓨지 대령이 헌금함을 돌리다가 갑자기 쓰러져 버리고 말았던 겁니다─마치 술에 잔뜩 취한 듯한 모습이었어요. 그리고 나서─이런 일은 언제나 나중에서야 알게 되는데, 처음부터 알고 있었으면 얼마나 좋을까요─그 사람의 집에서는 매 주마다 브랜디 빈 병이 몇 개씩이나 나오고 있었던 거예요! 매우 신앙심이 깊었고, 무엇보다도 복음에 충실한 사람이었는데 정말로 유감이에요. 그분과 제 남편은 만성절(萬聖節) 때에 의식의 절차 때문에 크게 싸움을 했었어요. 그리고 보니, 바로 어제가 만성절이었군요."

무슨 소리가 나기에 루실라의 머리 너머로 열려 있는 문 쪽을 쳐다보았더니, 아이리스가 서 있었다. 그러나 레이스는 이전에 리틀 프라이어스 저택에서 만난 적이 있는데도 아이리스를 처음 보는 듯한 기분이 들었다. 정적 속에 감도는 이상하기까지 한 긴장감을 레이스는 분명하게 느낄 수 있었다. 아이리스는 커다란 눈으로 레이스를 보았으나, 레이스는 그 이면의 의미를 찾을 수가 없었다.

그러자 루실라 드레이크가 뒤돌아보았다.

"오, 아이리스, 언제 들어왔니? 레이스 대령님을 알고 있지? 매우 친절하신 분이야."

아이리스는 가까이 와서 의례적으로 악수했는데, 그녀가 입고 있는 옷이 검은 탓인지 그전에 만났을 때보다도 더 야위고 안색도 창백한 것 같았다.

"내가 도울 일이 없을까 해서 찾아왔습니다만." 레이스가 말했다.

"감사합니다. 정말로 친절하시군요."

아이리스는 무감각하게 말했다. 아이리스가 상당히 충격을 받은 것은 분명했다. 그리고 그 여파가 아직도 남아 있는 듯했다.

아이리스는 고모 쪽을 쳐다보았는데, 그 시선에는 경계의 빛이 있었다.

"무슨 이야기를 하신 거예요?—지금, 제가 들어왔을 때."

루실라는 약간 당황한 듯이 얼굴을 붉혔다. 아이리스의 추궁하는 듯한 태도를 보고 레이스는 루실라의 입에서 앤터니 브라운 얘기가 나오지 않기를 바라는 그녀의 마음을 느낄 수 있었다. 그러더니 얼마 뒤에 새된 목소리로 말했다.

"저, 그러니까—그렇지. 만성절 얘기를 했다. 어제가 바로 만성절이었잖니. 정말로 이상하게도, 이런 우연의 일치가 실제로 일어날 수 있는가 하는 얘기를 하고 있었지."

"결국 로즈메리 언니가 어제 돌아와서 형부를 데리고 갔다고 생각하세요?"

루실라는 작게 소리를 질렀다.

"아이리스, 그런 끔찍한 일을 생각하다니—정말 어처구니없구나."

"어째서 그렇죠? 파리에서는 옛날에 사람이 죽은 날에 묘에 꽃을 바치러 갔어요."

"그래, 그건 나도 알고 있다. 하지만, 그 사람들은 가톨릭이잖아."

아이리스는 희미하게 쓴 미소를 지었다. 그러더니 단도직입적으로 말했다.

"고모는 틀림없이 앤터니 얘기를 하고 있었어요—앤터니 브라운 이야기를."

"그건, 저—."

루실라의 목소리가 좀더 높아져서 마치 새의 지저귐 같았다.

"솔직히 말해서 이름 정도는 나왔지, 아주 가끔씩. 그러나 우리는 그 사람에 대해서는 전혀 몰라."

그러나 아이리스는 날카롭게 그 말을 가로막았다.

"어째서 그렇게 알려고 하시죠?"

"아니, 얘야, 그런 게 아니란다. 다만 가능하다면 아는 편이 더 낫지 않겠니."

"그런 건 싫어도 저절로 알게 돼요. 저는 그와 결혼할 생각이에요."

"아니, 아이리스!" 그것은 놀라움이라기보다는 비명에 가까운 것이었다.

"그런 경솔한 짓을 해서는 안 된다—내가 말하고 싶은 것은, 지금은 그렇게 경솔한 결정을 내리면 안 된다는 거야."

"이미 결정했어요, 루실라 고모"

"아니, 안 돼. 아직 장례식도 끝나지 않았는데 결혼 이야기를 하다니, 당치도 않아. 게다가 아직 검시재판도 남아 있고, 또 조지도 살아 있었다면 허락하지 않았을 거고, 그 사람은 브라운을 그다지 좋아하지 않았으니까."

"그래요. 형부는 틀림없이 마음에 들어 하지 않겠죠. 앤터니를 싫어했으니까. 하지만 그런 일은 아무래도 상관없어요. 그건 제 인생이지 형부의 인생은 아니니까요. 게다가 형부는 이미 죽었고……."

드레이크는 또 한 번 경악했다.

"아이리스, 도대체 무슨 소릴 하는 거야? 그런 인정머리 없는 표현을 쓰다니."

"용서하세요, 루실라 고모님." 아이리스는 진절머리가 난다는 듯이 말했다.

"그런 식으로 들릴지도 모르지만, 절대로 형부를 모욕할 생각은 아니었어요. 다만 형부는 어딘가에서 편히 잠자고 있고, 이미 더 이상 나나 내 장래 때문에 고민하지는 않을 것이라고 말하고 싶었는데. 나는 이제는 무엇이나 스스로 결정해야만 해요."

"바보 같은 소리 말아라. 이런 때에는 그런 결정을 하는 게 아니야―그것이야말로 어울리지 않는 일이지. 그건 문제 축에도 끼지 못해."

아이리스는 갑자기 짧게 웃었다.

"하지만 사실이에요. 앤터니는 나에게 리틀 프라이어스 저택을 떠나기 전에 결혼해 달라고 했어요. 아무에게도 말하지 않고 런던으로 가서 다음 날 결혼하자고 했죠. 내 생각에도 그대로 하는 것이 좋을 것 같아요."

"꽤 이상한 요구로군." 레이스는 은근하게 말했다.

그러자 아이리스는 덤벼들 듯이 레이스를 쳐다보았다.

"아뇨, 절대로요. 그렇게 하면 상당히 시간이 절약되거든요. 어째서 그분을 믿어서는 안 되나요? 그분은 절더러 자기를 믿으라고 했지만, 전 그렇게 하진 않았어요. 하지만 지금은 그분이 아직도 그렇게 하고 싶다고 한다면 금방이라도 결혼할 생각이에요."

마침내 감정이 폭발한 루실라는 두서없는 말을 계속 떠들어 댔는데, 통통한 두 뺨이 떨리고 눈에서는 눈물이 계속 흘러내렸다.

레이스는 재빨리 사태 수습에 나섰다.

"말 양, 작별하기 전에 잠깐 하고 싶은 얘기가 있소. 아주 사무적인 문제지만."

깜짝 놀란 듯한 표정으로, "예." 하고 중얼거리면서 아이리스는 문 쪽으로 갔다. 레이스는 드레이크 부인에게로 좀더 가까이 가서 말했다.

"드레이크 부인, 염려하실 것 없습니다. 곧 마음을 돌릴 테니까. 그것보다 지금 필요한 얘기를 하기로 하죠."

약간이나마 루실라를 안심시켜 놓고 아이리스의 뒤를 따라가자, 그녀는 현관의 넓은 문을 지나 집 안쪽에 있는 작은 방으로 그를 안내했다. 창 밖으로 쓸쓸한 분위기가 감도는 플라타너스에 몇 개 붙어 있던 잎사귀가 막 떨어지고 있는 것이 보였다.

레이스는 사무적인 어조로 말을 꺼냈다.

"말 양, 이 사건 담당 경감인 켐프는 내 친구인데, 틀림없이 아가씨도 그 사람이 매우 믿음직스러우며 친절한 남자라는 것을 알게 될 거요. 그의 업무는 그다지 유쾌한 것은 아니지만 그래도 최대한의 배려를 하고 있지요. 그것은 분명합니다."

아이리스는 잠시 아무 말도 하지 않고 레이스를 바라보더니, 이윽고 당돌하게 말했다.

"어째서 선생님은 어젯밤에 오시지 않았나요? 형부가 기다리고 있었는데."

레이스는 머리를 흔들었다.

"조지는 내가 가리라고는 생각지 않았다오."

"하지만 그렇게 말했어요."

"그렇게 말했을지는 모르지만, 그건 사실이 아니에요. 조지는 내가 가지 않는다는 것을 분명히 알고 있었으니까."

"그러면, 그 빈자리는……그건 누구 자리였나요?"

"내 자리는 아니지요."

아이리스의 눈이 절반쯤 감기더니 갑자기 얼굴이 창백해졌다. 그러더니 중얼거렸다.

"로즈메리 언니의 자리예요……그랬어요……그건 언니의 자리였어요……."

아이리스가 쓰러질 것 같았으므로, 레이스는 재빨리 다가가서 그녀를 억지로 앉혔다.

"그런 줄도 모르고……." 아이리스는 기어가는 소리로 말했다.

"괜찮아요……하지만 저는 어떻게 해야 좋을지 모르겠어요……어떻게 하면 되죠?"

"내가 혹시라도 도움이 될 수 있을지?"

아이리스는 레이스의 얼굴을 올려다보았다. 음울한 눈빛이었다. 그러고는 말했다.

"생각을 정리해 봐야겠어요. 처음부터 차례대로."

그러더니 양손으로 뭐라도 찾아낼 듯한 몸짓을 했다.

"우선, 형부는 언니가 자살한 것이 아니라고 믿고 있었어요. 자살이 아니라 타살되었다고 형부가 그렇게 생각한 것은 그 편지가 왔기 때문이에요. 대령님, 대체 누가 그 편지를 썼을까요?"

"몰라요. 아무도 모릅니다. 아가씨는 혹시 짐작 가는 사람이 없습니까?"

"전혀 짐작할 수가 없어요. 그러나 어쨌든 형부는 그 편지의 내용을 믿고 있었어요. 그리고 어젯밤 그 파티 준비를 하면서 빈자리를 남겨 두었던 거예요. 만성절에……죽은 사람들을 위한 날이지요. 언니의 영혼이 돌아와서 형부에게 사실을 알려 줄 수 있는 날이에요."

"지나치게 비약해서는 안 돼요."

"하지만, 저는 언니가 있었던 것 같은 기분이 들었어요—그때 바로 옆에 있는 듯한. 저는 동생이에요. 언니는 저에게 무슨 얘긴가를 하려고 한 것이 아닐까 하는 생각이 들어요."

"자, 자, 아이리스, 진정해요."

"계속하게 해주세요. 형부는 언니의 건강을 기원하며 건배했고, 그리고—죽었어요. 틀림없이 언니가 와서 조지를 데려 간 거예요."

"죽은 사람의 영혼은 샴페인 잔에 독약을 넣을 수가 없어요."

그 말에 아이리스는 원래의 자신으로 되돌아온 것 같았다. 전보다 안정된

투로 그녀는 말했다.

"하지만, 도저히 믿을 수가 없어요. 형부는 살해되었습니다—예, 살해된 것이지요. 경찰은 그렇게 생각하고 있고, 저도 그럴 것이라고 생각해요. 따라서 달리 생각할 이유가 없지요. 하지만, 그것으로는 이치가 맞질 않아요."

"맞지 않는다고? 만일 로즈메리가 살해되었다고 생각하고서 조지가 누군가를 의심한다면, 그 사람은—."

아이리스가 끼어들었다.

"예, 하지만, 언니는 살해된 것이 아니에요. 따라서 이치가 맞지 않는 거지요. 형부가 어리석게도 그 편지를 믿은 것은, 첫째는 독감 뒤의 건강상태가 언니의 자살 이유로서 그다지 설득력이 없다는 거예요. 하지만 언니에게는 분명한 동기가 있었다는 것을 보여 드리겠어요."

아이리스는 방에서 나가더니 곧 접은 편지를 들고 왔다. 그러더니 그것을 레이스에게 내밀었다.

"읽어 보세요. 그리고 선생님의 눈으로 직접 확인하세요."

레이스는 약간 구겨진 편지를 펼쳤다.

"사랑하는 레퍼드……."

레이스는 두 번이나 거듭해서 읽은 뒤 편지를 아이리스에게 돌려주었다.

아이리스는 다소 으쓱한 듯이 말했다.

"언니는 불행했어요—실의에 빠져 있었던 겁니다. 틀림없이 살고 싶지 않았을 거예요."

"이 편지의 수신인이 누군지 알고 있소?"

아이리스는 고개를 끄덕였다.

"예, 스티븐 패러데이예요. 앤터니가 아닙니다. 언니는 스티븐을 사랑하고 있었지만 매정하게 거절당한 거예요. 그래서 그를 레스토랑에 데리고 가서, 그가 보는 앞에서 독약을 먹은 거예요. 아마 그렇게라도 해서 그가 후회하기를 바랐겠죠."

레이스는 고개를 끄덕였지만 아무 말도 하지 않았다. 잠시 뒤에 그는 말했다.

"이것을 언제 발견했소?"

"약 반 년쯤 전이에요. 오래된 실내복 주머니 안에 들어 있었어요."

"조지에게는 보여 주지 않았겠죠?"

아이리스는 쌀쌀하게 말했다.

"어떻게 보여 줄 수가 있겠어요? 어떻게? 로즈메리는 제 언니예요. 왜 제가 언니의 일을 형부에게 고자질하겠어요? 형부는 언니가 자신을 사랑하고 있다고 믿고 있었어요. 그런데 제가 왜 이런 편지를 형부에게 보여 주겠어요, 언니가 이미 이 세상에 없는데. 형부는 잘못 알고 있었지만, 저는 그 사실을 말할 수는 없었어요. 제가 알고 싶은 것은, 지금 제가 어떻게 해야 하느냐 하는 거예요. 이 편지를 선생님에게 보여 드린 것은 선생님이 형부의 친구분이시기 때문이에요. 켐프 경감에게도 보여 줘야 하겠죠?"

"그래요. 켐프 경감에게도 보여 줘야 해요. 이건 증거이니까."

"그렇다면—경찰은 이 편지를 법정에서 읽을지도 모르겠군요?"

"그렇지는 않아요. 반드시 그렇지는 않을 게요. 지금 조사의 초점은 조지의 죽음에 관한 것이니까. 분명히 관계가 있는 사항이 아닌 한, 일반에게 공표를 하지는 않을 겁니다. 그 편지는 나에게 맡기세요."

"그러겠어요."

아이리스는 레이스와 함께 현관문 앞까지 걸어왔다. 레이스가 문을 열려는데 아이리스가 급하게 말했다.

"언니는 자살한 것이 분명하죠?"

레이스가 말했다.

"스스로 목숨을 끊을 동기가 있었다는 것은 분명하지만……."

아이리스는 깊은 한숨을 쉬었다. 레이스가 계단을 내려가다가 문득 뒤돌아보니, 아이리스가 그대로 서서 레이스의 뒷모습을 계속 지켜보고 있었다.

제7장

메리 리스탈보트는 깜짝 놀라면서 레이스 대령을 맞아들였다.

"어머, 알라하바드에서 연기처럼 사라져 버리더니, 어째서 또 이런 곳에 나타났어요? 절 만나러 오신 건 아니겠죠? 틀림없을 거예요. 당신이란 사람은 아예 안부 같은 의례적인 말은 할 줄도 모르는 사람이니까. 자, 어서 들어오세요. 빈말은 아니에요."

"당신에겐 빈말을 늘어놓아도 시간낭비라고 말하겠구먼, 메리. 엑스선 같은 당신의 투시력에는 미리부터 항복하고 있었으니까."

"쓸데없는 소리 하지 말고, 용건을 말해 보세요."

레이스는 미소를 지었다.

"나를 안으로 들여 보내 준 하녀가 베티 아치데일이오?" 레이스가 물었다.

"그런 건 묻지 말아요. 참되고 거짓 없는 런던 아이인 그 애가, 알고 보니 사실은 유럽의 스파이였다는 따위의 말은 하지도 마세요. 그런 얘길 한다고 해도 당신은 믿을 수 없으니까."

"아니, 그런 얘기가 아니오."

"더구나 그 아이가 우리나라의 대간첩 요원 중 한 사람이었다는 따위의 말도 하지 마세요. 역시 믿을 수 없으니까."

"염려하지 말아요. 그 아이는 순진한 하녀에 불과하니까."

"그런데 당신은 어째서 그 순진한 아이에게 흥미를 갖고 있는 거죠? 사실 베티가 그 정도로 순진하지는 않지만—깜찍하고 교활한 아이라고 말하는 편이 더 적합할 것 같아요."

"그 아이에게서 뭔가 좀 알아볼 일이 있어서."

"꼭 그래야 한다면 해야죠. 당신의 예감이 맞는다고 해도 나는 놀라지 않아요. 그 아이는 '무슨 재미있는 일이 생길 때 문 옆에 서 있는' 기술이 꽤 능숙해요. 그런데 M은 무슨 일을 하면 되죠?"

"M은 나에게 마실 것을 부드럽게 권하고, 벨을 눌러 베티를 불러서 그것을 갖고 오게 하면 돼요."

"베티가 그것을 갖고 온 뒤에는?"

"그러면 M은 조용히 나가는 거지."

"문 밖에서 엿들어도 돼요?"

"원한다면."

"그럼, 나는 최근 유럽의 위기에 관한 극비 정보를 알고는 몹시 좋아하게 되는 거고요?"

"공교롭게도 이 사건은 정치와는 전혀 관계가 없소."

"이거 실망스러운데요! 좋아요, 해보겠어요."

약간 갈색 머리를 가진 49세의 쾌활한 리스탈보트 부인은 벨을 눌러서 잘생긴 하녀에게 위스키 소다수를 손님께 갖다 드리도록 명령했다.

베티 아치데일이 둥근 쟁반에 마실 것을 갖고 들어왔을 때, 리스탈보트 부인은 자신의 거실로 통하는 문이 있는 방 한쪽에 서 있었다.

"레이스 대령이 너에게 물어볼 것이 있다고 하는구나."

그렇게만 말하고는 밖으로 나갔다.

베티는 낮게 경계의 빛을 띤 당돌한 느낌의 눈으로 키가 크고 머리가 희끗희끗한 군인을 쳐다보았다. 레이스는 잔을 집어 들면서 미소를 지어 보였다.

"어제 신문 읽었소?" 레이스가 물었다.

"예." 베티는 긴장해서 레이스를 쳐다보았다.

"어젯밤, 조지 바턴 씨가 룩셈부르크 레스토랑에서 죽었다는 기사도 읽었소?"

"아, 예."

베티는 소문이 자자한 그 비참한 사건을 즐기듯이 눈을 빛냈다.

"정말 무서운 이야기예요."

"아가씨는 그 집에서 일한 적이 있다던데?"

"예. 하지만 작년 겨울에 바턴 부인이 죽은 뒤 곧 그 집을 나왔어요."

"그 사람 아내도 룩셈부르크 레스토랑에서 죽었지."

베티는 고개를 끄덕였다.

"좀 이상하다고 생각하지 않으세요, 대령님?"

레이스는 그렇게 생각진 않았지만, 그 말이 암시하고 있는 의미를 금방 알아차렸다. 레이스는 엄숙하게 말했다.

"아가씨는 이해가 상당히 빠르군. 여러 가지 일을 종합, 분석하는 능력도 있는 것 같고."

베티는 양손을 깍지 끼고서 조심스러운 태도로 물었다.

"그분도 살해된 건가요? 어느 신문에도 분명하게 나와 있지는 않지만."

"'그분도'라는 것은 어떤 의미요? 바턴 부인은 자살이었다고 검시 배심원들이 판결을 내렸는데."

베티는 옆 눈으로 레이스를 바라보았다. 나이는 들었지만 좋은 남자라고 생각했다. 평소에도 조용한 타입의 남자. 정말 신사다. 이런 신사라면 젊었을 때에는 파운드 금화 한 개 정도는 아낌없이 주었을 텐데. 하지만, 나는 파운드 금화가 어떻게 생겼는지도 모르니까! 대체 이 사람은 무엇을 쫓고 있을까?

베티는 진지하게 말했다.

"예, 그랬죠."

"하지만, 아가씨는 자살이었다고는 생각지 않는 모양인데?"

"예, 분명히 그렇습니다. 저는 자살이 아니라고 생각합니다."

"그것참 재미있군— 매우 흥미 있는 얘기요. 어째서 자살이 아니라고 생각하지?"

베티는 망설이면서 손가락으로 에이프런을 만지작거렸다.

"매우 중요한 이야기 같은데, 말해 주지 않겠소?"

레이스는 그 말을 강조하면서, 매우 무게 있게 말했다. 그럼으로써 상대방이 스스로 생각의 중요성을 깨달아 레이스를 돕고 있다는 기분이 들게끔 하려는 것이었다. 어쨌든 베티는 로즈메리 바턴의 죽음에 대해서 상당히 예리한 눈을 갖고 있었다. 그녀는 결코 속고 있지는 않았던 것이다!

"부인은 타살되었습니다. 그렇죠, 대령님?"

"그럴지도 모른다고 생각한 적이 있소. 그런데 아가씨는 어째서 그런 식으로 생각하는 거지요?"

"그건—." 베티는 또 망설였다.

"제가 어떤 이야기를 들었기 때문이에요."

"무슨 얘기?"

레이스의 어조는 부드러웠지만 동시에 상대방을 재촉하는 듯한 힘이 들어 있었다.

"문이 열려 있었어요. 그러나 결코 일부러 들으려고 한 것은 아니에요. 저는 원래 그런 짓을 싫어하거든요." 베티는 자못 정숙한 듯이 말했다.

"식당에 가려고 거실을 지나갔었어요. 쟁반에 은식기를 얹어 나르고 있었지요. 그런데 두 사람이 큰소리로 이야기하고 있더군요. 부인아—바턴 부인이 무슨 말인가를 하고 있었어요. 앤터니 브라운이 당신의 본명이 아니지 않느냐고 말하는 것 같았습니다. 그러자 브라운 씨가 굉장히 심하게 화를 내더군요. 제정신이 아닌 것 같았어요. 평소에 그 남자는 너무너무 이야기를 재미있게 했거든요. 심지어는 이런 말까지 했어요. 얼굴을 마구 잘라 놓겠다든가—아아! 그리고 나서 만일 자기 말대로 하지 않으면 없애 버리겠다고 했어요. 그 끔찍스런 말투라니! 그 뒤는 아이리스 양이 계단을 내려왔기 때문에 듣지 못했습니다. 저는 그때는 그렇게 대단한 일이라고는 생각지 않았는데, 부인이 그 파티에서 자살한 이후에 그 장소에 그분도 함께 있었다는 말을 듣고는—뭐랄까, 등골이 오싹해졌어요—정말이에요."

"그런데 왜 아가씨는 그 말을 아무에게도 하지 않았소?"

베티는 머리를 흔들었다.

"경찰에 휘말리는 것이 싫었어요—어차피 저는 아무것도 모르겠는데요, 뭐. 게다가 제가 만일 무슨 얘기라도 하면 저까지 죽일 테니까요."

"그렇게 된 거구먼."

레이스는 잠시 동안 침묵을 지키고 있다가, 이윽고 갑자기 부드러운 목소리로 말했다.

"그래서 아가씨가 조지 바턴에게 발신인 이름이 없는 편지를 쓴 거로구먼?"

베티는 뚫어지게 레이스를 응시했다. 죄의식에 사로잡혀 있는 모습은 전혀 아니다. 단지 정말로 놀란 듯한 모습뿐이었다.

"제가요? 바턴 씨에게요? 천만에요."

"자, 무서워하지 말고 얘기해 봐요. 그건 참으로 좋은 생각이었어. 자신의 정체를 밝히지 않고 조지에게 경고할 수가 있었으니까. 역시 아가씨는 머리가 참 좋아."

"하지만, 정말로 전 그런 일을 하지 않았습니다, 대령님. 그런 일은 전혀 생각지도 못했어요. 바턴 씨에게, 당신의 아내는 타살되었다는 편지를 어떻게 쓸 수가 있겠어요? 정말로 저는 생각지도 못했다고요!"

베티가 너무나 완강하게 부정하므로 레이스의 확신도 흔들렸다. 모든 일이 이치에 딱 들어맞아 가고 있었는데―이 처녀가 편지를 썼다면 모든 일이 무리 없이 설명된다. 그러나 베티는 거듭거듭 부정했다. 거세거나 불안해 보이지도 않고 매우 침착한 모습으로, 더구나 억지로 주장하는 것도 아니었다. 레이스는 자신도 모르게 베티를 믿게 되었다.

레이스는 화제를 바꾸었다.

"아까 한 얘기를 경찰이 아닌 다른 사람에게 한 적은 없소?"

"아뇨. 아무에게도 말하지 않았어요. 솔직히 말해서 대령님, 저는 무서웠어요. 입을 다물고 있는 편이 좋을 거라고 생각했죠. 잊으려고도 했어요. 그러나 딱 한 번 얘기한 적이 있긴 해요―드레이크 부인에게 좀 뵙자고 해서 말이죠. 그 부인은 언제나 말이 많고 수다스러웠으며, 잠시라도 가만히 있는 적이 없었어요. 게다가 저를 버스도 다니지 않는 두메산골로 데리고 가서는, 그곳에 저를 묶어 두기라도 하고 싶었던 모양이에요. 또 제 추천장에다 제가 뭐든지 잘 깨뜨린다는 등의 나쁜 이야기도 썼어요. 그래서 저도 잔뜩 야유를 퍼부었는데, 뭐라고 했냐 하면 이번에는 사람이 죽지 않는 곳을 찾아가겠다고 했죠. 사실 말하고 나서 약간 무섭기는 했지만, 그래도 그녀는 그 정도에는 개의치 않더군요. 어쩌면 그때 다 이야기했더라면 더 좋았을지도 모르죠. 하지만 도저히 얘기할 수가 없었어요. 더구나 그 얘기는 전부 장난이었을 가능성도 있으니까요. 게다가 브라운 씨는 매우 좋은 사람이고, 또 농담을 좋아하는 사람이라고 생각해서 저는 말을 하지 않았어요. 대령님, 제가 잘못한 건가요?"

레이스는 괜찮다고 말했다.

"바턴 부인은 브라운이라는 이름이 그의 본명이 아니라고 했다는데, 그러면 진짜 이름은 뭐라고 했소?"

"저, 나중에 그분이 '잊었어. 토니라는 이름은—.' 하고 말했는데, 뭐였더라? 토니 뭐라던……요리사가 만든 체리 잼이 생각나는 이름이었는데."

"토니 체리튼? 체러블?"

베티는 머리를 흔들었다.

"좀더 이상한 이름이었어요. M으로 시작되는데, 외국 이름 같았어요."

"좋아요. 나중에 떠오르겠지. 생각나면 알려줘요. 이 명함에 주소가 쓰여 있으니까. 만일 이름이 생각나면 그 주소로 연락하면 돼요."

레이스는 명함과 지폐 한 장을 베티에게 건네주었다.

"알겠습니다, 대령님. 정말 고맙습니다."

베티는 계단을 뛰어 내려오면서 역시 신사라고 생각했다. 1파운드짜리 지폐. 10실링이 아니다. 파운드 금화가 지금도 있다면 얼마나 좋을까…….

메리 리스탈보트가 방으로 되돌아왔다.

"잘됐어요?"

"대충. 하지만 아직 한 가지 해결해야 할 문제가 있어요. 당신의 그 번뜩이는 재치로 도와주지 않겠소? 체리 잼을 연상시키는 이름을 생각해 봐요."

"뭐예요, 이런 엉뚱한 문제를 내다니."

"생각해 봐요, 메리. 나는 가정적인 남자가 아니잖소. 잼을 만드는 일에 생각을 집중시켜 봐요. 특히 체리 잼을."

"체리 잼은 사람들이 잘 만들지 않아요."

"어째서?"

"십중팔구 너무 달거든요—요리용 모렐로 체리를 사용하면 또 모를까?"

"그래, 됐어요. 실례하오, 메리. 매우 고맙소. 그런데 벨을 눌러서 아까 그처녀에게 나를 현관 입구까지 배웅하게 해줄 수 없을까?"

서둘러 방에서 나가는 레이스의 등에다가 리스탈보트 부인이 소리를 질렀다.

"이 은혜도 모르는 망나니 같으니라고! 대체 이 무슨 소란인지 나에게도 좀 가르쳐 줘요"

레이스는 대답했다.

"어쩌면, 얘기하러 다시 올지도 모르겠소"

"정말, 당신이란 사람은 어쩔 수가 없군요"

리스탈보트 부인은 입속에서 그렇게 중얼거렸다.

계단 아래에서는 베티가 레이스의 모자와 지팡이를 들고 기다리고 있었다.

레이스는 베티에게 인사를 하고 나가다가, 갑자기 현관의 계단에 멈춰 섰다.

"그건 그렇고, 그 이름이 모렐리 아니었소?"

베티의 얼굴이 갑자기 밝아졌다.

"그래요, 대령님. 그랬어요. 토니 모렐리. 그분이 바턴 부인에게 잊으라고 한 바로 그 이름이에요. 그분은 구치소에 있었던 적이 있다고 했어요"

계단을 내려가면서 레이스는 미소를 지었다.

가장 가까운 공중전화 부스에서 그는 켐프에게 전화를 걸었다. 전화기 속에서 켐프가 말했다.

"곧 전보를 치겠습니다. 즉시 회답을 드리지요 …… 대령님이 말씀하신 대로였습니다. 큰 도움이 되었습니다"

"틀림없이 앞뒤가 딱 들어맞고 있어"

제8장

켐프 경감은 기분이 별로 좋지 않았다.

방금 30분 동안 그는 겁에 질린 16세의 소년과 이야기를 나누었는데, 그 아이는 백부인 찰스의 지위를 이용하여 룩셈부르크 레스토랑의 웨이터가 되려고 하는 소년이었다. 그러나 지금의 그는 정식 웨이터와 구별이 가도록 허리에 에이프런을 두르고서 뛰어다니고 있는 여섯 명의 잔심부름꾼 중 한 명으로, 그 일이라는 것이 어떠한 꾸짖음에도 꾹 참고서 생쥐처럼 뛰어다녀야 하며, 롤빵과 버터를 손님 앞에 내놓고서 끊임없이 프랑스어나 이탈리아어, 때로는 영어로 시달림을 받는 것이었다. 찰스는 그 큰 덩치에 어울리게 자기 핏줄이라 해서 특별히 편애하는 일은 전혀 없었으며, 오히려 다른 사람들보다 조카를 더 자주 야단치고 꾸짖었다. 그래도 피에르는 언젠가는 자신도 멋진 레스토랑의 웨이터장이 될 것이라고 생각하고 있었다.

지금 피에르는 경찰 심문을 받고 나서, 자신이 살인범 혐의를 받고 있는 것은 아닌가 하고 염려하고 있었다.

그러나 켐프는 그 소년을 다 조사한 뒤, 피에르의 이야기가 그 이상도 이하도 아닌 사실 그대로임을 쓰디쓰게 확신하고 있었다―결국 부인의 핸드백을 마루에서 주워 올려 그 부인의 접시 옆에 놓은 것뿐이었던 것이다.

"저는 로버트 씨에게 소스를 갖다 달라고 부탁을 받았기에 굉장히 서둘렀습니다. 그런데 젊은 부인이 춤추기 위해 일어설 때 테이블에서 핸드백이 떨어졌기에 주워서 테이블 위에 얹어 놓았지요. 그리고 로버트 씨가 절 재촉하듯 빨리 소스를 갖다 달라고 손을 흔들기에 급히 그쪽으로 달려갔습니다. 그것뿐이었습니다, 경감님."

틀림없이 그것뿐이었다. 켐프는 화를 내면서 피에르를 돌려보냈지만, 한마디 안 할 수가 없었다.

"그런 일을 함으로써 두 번 다시 나를 번거롭게 하지 말거라."

그런데 젊은 여자가, 그나 혹은 가능하다면 룩셈부르크 레스토랑 사건을 담당하고 있는 관계자를 만나고 싶어한다는 전화가 폴록 경사에게서 걸려 왔으므로 켐프는 다시 원래의 냉정함을 되찾았다.

"누구라고요?"

"클로이 웨스트 양이라고 합니다."

"들여보내." 켐프는 단념한 듯이 말했다.

"10분 정도면 충분하겠지. 패러데이 씨는 그 뒤에 만나면 돼. 약간 기다려도 할 수 없어."

클로이 웨스트 양이 방으로 들어오는 순간, 켐프는 어디에선가 그녀를 본 듯한 느낌이 들었다. 그러나 켐프는 곧 그런 인상을 지워 버렸다. 아니, 이 여자와는 한 번도 만난 적이 없다. 그건 분명하다. 그래도 왠지 처음 만나는 여자가 아닌 것 같은 막연한 느낌이 그에게서 떠나질 않았다.

웨스트 양은 약 25세 전후로, 키가 크고 머리는 갈색에 상당한 미인이었다. 매운 조심스러운 어조로, 그러나 애써 명랑하게 보이려고 하는 듯했다.

"웨스트 양, 무슨 용건이십니까?" 켐프는 성급히 물었다.

"신문에서 룩셈부르크 레스토랑 사건을 읽었습니다—남자분이 그곳에서 죽었다는 내용을."

"조지 바턴 사건 말입니까? 그런데 그를 알고 있나요?"

"예. 하지만, 알고 있다고까지 말할 수는 없습니다. 실제로는 모르는 셈이죠."

켐프는 여자를 주의 깊게 살피면서 처음에 가졌던 선입감을 버렸다.

클로이 웨스트는 상당히 세련되고 정숙한 여자 같았다. 켐프는 밝은 목소리로 말했다.

"우선 정확한 이름과 주소를 알려 주시겠습니까?"

"클로이 엘리자베스 웨스트입니다. 주소는 메이다 베일의 메리베일 코트 15번지이고, 직업은 배우입니다."

켐프는 옆 눈으로 여자를 살펴보면서, 틀림없이 그렇다고 생각했다. 어느 극단 여배우일까? 외모와는 달리 성실해 보였다.

"계속하십시오, 웨스트 양."

"바턴 씨가 죽은 것을 신문에서 읽었고—경찰이 조사하고 있다기에 사실을 알리러 와야 한다고 생각했습니다. 친구에게 말해 보니 그녀도 동감이었어요. 그것이 이 사건과 정말로 관계가 있는지 어떤지는 모르겠지만. 그러나—."

웨스트 양은 말을 끊었다.

"그건 우리가 판단합니다." 켐프는 부드럽게 말했다.

"이야기해 보시지요."

"저는 지금은 무대에 서지 않습니다." 웨스트 양이 말했다.

켐프 경감은 "배역을 기다리고 있군요."라고 말했다.

"하지만 저의 이름은 여기저기 명단에 기록되어 있고, 제 사진도 '스포트라이트'지에 나와 있으니까—틀림없이 바턴 씨는 그것을 보셨을 거라고 생각합니다. 그분이 저에게 연락해서 어떤 일을 해달라고 부탁하더군요."

"그렇다면?"

"룩셈부르크 레스토랑에서 디너파티를 열기로 했는데, 손님 역할을 맡아 달라고 말입니다. 저에게 사진을 보여 주면서 그 사진과 똑같이 화장을 해달라고 하더군요. 제 얼굴이 완전히 살아 있는 사진이라고 말하면서요."

켐프의 머릿속에서 섬광이 번쩍했다. 로즈메리의 사진을 켐프는 앨버스턴 스퀘어 저택의 조지 방에서 보았었다. 이 여자를 보고 켐프가 떠올린 영상은 바로 그것이었다. 그녀는 로즈메리 바턴과 매우 닮았다—꼭 흡사한 건 아니지만, 대체적인 인상이나 얼굴 생김새는 매우 비슷했다.

"그분은 그날 제가 입을 드레스까지 준비해 놓으셨더군요—여기 갖고 왔습니다. 회색이 약간 섞인 초록색 실크입니다. 머리모양도 그 사진과 똑같이 하라고 했고(그것은 컬러 사진이었지요), 나중에는 좀더 비슷하도록 화장까지 강조하시더군요. 그러고 나서 룩셈부르크 레스토랑에 첫 번째 플로어 쇼가 열리는 동안 바턴 씨의 테이블에 빈자리가 하나 있으니까, 거기에 앉으라고 했죠. 그분은 저를 직접 그곳으로 데리고 가서 그 테이블의 위치까지 알려 주었어요."

"그런데 왜 당신은 그 약속을 지키지 않았나요, 웨스트 양?"

"그건 그날 밤 8시 무렵에, 어떤 사람으로부터—바턴 씨 같기도 했는데, 파티가 연기되었다는 전화가 걸려 왔기 때문이죠. 언제 할 것인가는 내일 다시 연락하겠다고 하더군요. 그런데 다음 날 아침 신문에 그분의 사건이 나와 있는 거였습니다."

"그래서 일부러 여기까지 와 주셨군요." 켐프는 부드럽게 말했다.

"매우 감사합니다, 웨스트 양. 덕분에 한 가지 의문이 풀렸습니다—빈 자리의 의문이. 그런데 지금 당신은 '어떤 사람에게서'라고 말했고, 또 '바턴 씨 같기도 하다'고 했는데, 무슨 뜻입니까?"

"저는 처음에는 바턴 씨가 전화했다고 생각했는데, 다른 사람의 목소리처럼 들렸기 때문이에요."

"남자 목소리였나요?"

"예, 그런 것 같아요—적어도 약간 쉰 듯한, 마치 감기에 걸려 있는 듯한 목소리였어요."

"그 남자는 그 말만 했습니까?"

"예, 그것이 전부예요."

켐프는 몇 가지를 더 물어보았지만, 그 이상의 성과는 없었다.

클로이 웨스트가 돌아간 뒤 켐프는 경사에게 말했다.

"저 여자가 조지 바턴이 꾸민 그 유명한 계획의 핵심이었어. 플로어 쇼가 끝났을 때 바턴이 아무도 없는 빈 의자를 물끄러미 바라보면서 몹시 허탈한 듯한 표정을 짓고 있었다고 모든 사람들이 말했는데, 그 이유는 이것으로 밝혀진 거야. 그가 계획한 모든 일이 실패한 셈이지."

"그 여자에게 파티를 연기한다고 말한 사람이 바턴은 아닌 것 같은데요."

"그래. 더구나 그것이 남자의 목소리였는지 어떤지도 의문스러워. 쉰 듯한 목소리는 전화로는 가장 속이기 쉬운 방법이니까. 자, 어쨌든 수확은 있었어. 패러데이 씨가 와 있으면 들여보내게."

제9장

겉으로는 냉정하고 동요하지 않는 것처럼 보였지만, 런던경시청에 나타났을 때의 스티븐 패러데이는 내심으론 움츠리고 있었다. 참기 힘들 정도로 무거운 압박이 그의 가슴을 짓누르고 있는 것 같았다. 오늘 아침은 모든 일이 잘되고 있다고 생각했었는데……왜 켐프 경감은 이렇게 의미심장하게 나를 여기로 부른 걸까? 켐프는 뭘 알고, 아니면 뭘 의심하고 있는 것일까? 그렇지 않으면 단지 막연히 이상하게 여기고 있는 것뿐일까? 마음을 진정시키고 뭘 묻더라도 부정해야 한다.

샌드라가 곁에 없다는 것 때문에 스티븐은 묘하게 포로가 되어 버린 듯한 쓸쓸한 기분에 사로잡혔다. 어떤 위험도 두 사람이 함께 맞서면 두려움이 절반으로 줄어드는 듯했다. 두 사람이 함께 있으면 능력도, 용기도, 힘도 솟아난다. 혼자서는 스티븐은 아무것도 할 수 없는 정도가 아니라, 그 이상이었다. 샌드라도 똑같은 마음일까? 그녀는 지금 키더민스터 저택에 죽은 듯이 조용하고 의연히 앉아서 마음속으로는 심한 불안을 느끼고 있는 것일까?

켐프 경감은 스티븐을 매우 친절하게, 그러나 진지한 표정으로 맞아들였다. 제복을 입은 한 남자가 연필과 메모용지를 준비하고 테이블에 앉아 있었다. 스티븐에게 자리를 권하고 켐프는 아주 딱딱하게 굳어진 태도로 말을 시작했다.

"패러데이 씨, 지금부터 당신의 진술을 듣고 싶습니다. 말씀하시는 것은 모두 기록해서 당신이 돌아가시기 전에 확인한 뒤 서명을 받겠습니다. 그리고 덧붙이겠는데, 만일 원하신다면 묵비권을 행사하실 수도 있고, 변호사를 세울 수도 있습니다."

스티븐은 한순간 움찔했지만 그것을 밖으로 나타내지는 않았다. 스티븐은 억지로 냉정하게 미소를 지었다.

"어쩐지 으스스한 기분이 드는군요, 경감님!"

"모든 것을 확실하게 해두고 싶어서입니다, 패러데이 씨."

"제 진술이 저에게 불리하게 작용할 수도 있다는 겁니까?"

"우리들은 불리라는 말은 사용하지 않습니다. 당신의 말이 증거로 제시될 수도 있다는 것뿐이지요."

스티븐은 조용히 말했다.

"알았습니다. 그러나 경감님, 도저히 이해할 수 없는데, 더 듣고 싶으신 게 있으신가요? 제가 할 말은 오늘 아침 모두 다 말씀드렸는데⋯⋯."

"그건 비공식적인 이야기였고―근본적인 문제로 들어가기 전의 준비로 도움이 되었습니다. 그리고 패러데이 씨, 여기서 말씀하시는 편이 당신에게도 좋지 않을까 하는 부분도 있어서요. 사건에 직접 관련이 없는 것은 우리도 되도록 신중히 처리하려고 합니다. 법에 저촉되지 않는 한 말입니다. 제가 말하는 뜻을 아실 겁니다."

"잘 알겠습니다."

"이런 겁니다. 당신은 사망한 로즈메리 바턴 부인과 상당히 친밀한 사이였죠―."

스티븐이 끼어들어 말했다.

"누가 그렇게 말합디까?"

켐프는 몸을 앞으로 구부리며 책상에서 타이프로 친 서류를 꺼냈다.

"이건 바턴 부인의 소지품에서 발견된 편지의 사본입니다. 진짜는 여기에 철해 놓았는데 그건 아이리스 말 양이 우리에게 넘겨 준 것이고, 그녀는 그것이 언니의 필체라고 확인했습니다."

스티븐은 그 편지를 읽었다.

"사랑하는 레퍼드―."

얼핏 스티븐에게 고통스러움이 밀려왔다. 로즈메리의 목소리가⋯⋯말하고 있고―애원하고 있다⋯⋯과거는 결코 사라지지 않는 것일까?―매장되지도 않는 것일까?

스티븐은 마음을 진정시키며 켐프를 보았다.

"이 편지를 쓴 사람이 바턴 부인이라는 건 맞을지도 모르겠군요—그러나 이것이 제 앞으로 쓴 편지라는 걸 나타내는 증거는 아무것도 없습니다."

"얼스 코트의 말란드 맨션 21호실의 집세를 지불한 것도 부정하시겠습니까?"

이 사람들은 알고 있었다. 훨씬 전부터 알고 있었던 것일까?

스티븐은 어깨를 움츠렸다.

"모두 잘 아시는 것 같군요. 그러나 제 개인적인 일까지 공공연하게 파헤쳐야 되는 까닭이 뭡니까?"

"공공연하게 파헤치지는 않습니다. 그것이 조지 바턴이 죽은 사건과 관계가 있다고 확실해지지 않는 한 말입니다."

"그렇습니까? 즉, 경감님은 제가 처음엔 바턴 부인에게 접근하고, 그다음엔 그를 살해했다고 말하고 싶으신 거로군요."

"패러데이 씨, 저도 솔직히 말씀드리겠습니다. 당신과 바턴 부인은 상당히 친한 사이였습니다—그 뒤 당신의 희망대로 두 사람은 헤어졌죠. 바턴 부인의 의사가 아니라 말입니다. 바턴 부인은 이 편지에 썼듯이 조금 고민했지요. 그런데 때에 맞게 부인은 죽어 버렸습니다……."

"그녀는 자살했습니다. 아마 그 책임의 일부는 제게도 있을 겁니다만. 제가 제 자신을 비난할 수 있을지 모르지만, 그러나 그것은 법률적인 문제가 아니라 도덕적인 문제입니다."

"자살이었을지도 모르지만—그렇지 않을지도 모릅니다. 조지 바턴은 그렇지 않다고 생각하고 있었지요. 그는 진상을 조사하기 시작했는데—그만 죽은 겁니다. 꽤 암시적이 아닙니까?"

"전 도무지 이해할 수 없군요. 왜 제가—특히 문제가 됩니까?"

"바턴 부인의 죽임이 당신에게 대단히 유리할 때에 일어났다는 것은 당신도 인정합니까? 스캔들은, 패러데이 씨, 당신의 정치생명에 매우 불리할 테니까요."

"스캔들 같은 건 일어나지 않았을 겁니다. 바턴 부인도 사리는 분별할 줄 알았으니까."

"그러면 어떻습니까, 부인도 그 사실을 아십니까, 패러데이 씨?"

"그야 모르지요."

"확실합니까?"

"예, 확실합니다. 아내는 저와 바턴 부인 사이가 친구 이상이었으리라고는 전혀 생각지도 못합니다. 이대로 모르게 하고 싶습니다."

"부인은 질투가 심하십니까, 패러데이 씨?"

"아닙니다. 제가 아는 한 질투하는 기색조차 한 번도 본적이 없습니다. 분별력이 너무 지나친 건가요?"

그것에 대해선 경감은 아무 말도 하지 않았다. 대신에 그는 말했다.

"과거 1년 동안 청산가리를 갖고 있었던 적은 없습니까?"

"없습니다."

"시골집에도 청산가리가 없습니까?"

"정원사에게라면 어쩌면……하지만 그런 건 전혀 모릅니다."

"당신이 약국에서, 혹은 사진용으로 사둔 적은 없습니까?"

"사진에 필요한지 어떤지조차 모르고 있었으며, 다시 말하지만 청산가리를 산 적도 없습니다."

켐프는 한 가지 질문을 더 한 뒤 스티븐을 돌려보냈다.

생각을 더듬으면서 켐프는 부하에게 말했다.

"바턴 부인과의 일을 부인이 아느냐고 물었을 때 그는 곧 부정했지. 왜 그랬을까?"

"아마 부인의 귀에 들어가면 귀찮다고 생각해서 그러는 게 아닐까요, 경감님?"

"그럴지도 모르지. 하지만 만일 그의 아내가 전혀 모른다고 하더라도 나중에 떠들썩하게 소문이 날 가능성이 있으니, 로즈메리 바턴의 입을 다물게 해야겠다는 또 다른 동기가 생기게 된다고 생각할 수도 있어. 그도 그 정도를 읽을 수 있는 머리는 갖고 있다고 생각하네. 혐의에서 무사히 벗어나려고 생각했다면—부인도 어렴풋이 그것을 알고 있겠지만 그래도 굳이 그 사실을 무시했다는 쪽으로 밀고 나가는 편이 최선책이겠지."

"거기까지 생각하지는 않았으리라 생각합니다, 경감님."

켐프는 고개를 저었다. 스티븐 패러데이는 바보가 아니다. 명석하고 빈틈없는 머리를 갖고 있다. 그런 그가 열심히 샌드라는 아무것도 모른다는 사실을 경감에게 강조하려고 했다.

"글쎄—." 켐프가 말했다.

"레이스 대령은 자기가 찾아낸 정보에 만족한 것 같은데, 만일 그 정보가 옳다면 패러데이는 결백하자—그 부부 모두 말이야. 그렇다면 나도 기쁘지. 그 남자는 마음에 들어. 게다가 나는 그 남자가 살인범이라고는 생각할 수가 없거든."

거실 문을 열면서 스티븐은 말했다.

"샌드라?"

샌드라가 어둠 속에서 갑자기 남편의 어깨에 손을 올렸다.

"스티븐."

"왜 이렇게 어두운 곳에 있어?"

"빛이 싫어서요. 어떻게 되었어요?"

스티븐은 말했다.

"경찰도 알고 있어."

"로즈메리와의 일을?"

"응."

"그래서 경찰에선 어떻게 생각하고 있어요?"

"내게 살해 동기가 있다는 것은 물론 그들도 알고 있어……샌드라, 알아? 당신을 이런 일에 끌어들이다니. 모두 나 때문이야. 로즈메리가 죽은 뒤 떨어져 있었다면—모습을 감추고—당신을 자유롭게 해주고—그렇게 했다면 당신만은 이런 사건에 휩쓸리지 않았을 텐데……."

"이제는 소용없어요. 그런 말 하지 마세요……내게서 떠나다니! 싫어요, 절대로 떠나지 마세요."

샌드라는 남편에게 안겼다—눈물이 끊임없이 뺨을 타고 흘러내렸다. 스티븐은 아내가 떨고 있음을 분명하게 느낄 수 있었다.

"당신은 내 생명이에요, 스티븐. 당신은 나의 모든 것이에요. 절대로 가지
마세요……."

"그렇게 생각하고 있었어, 샌드라? 몰랐는데……."

"알아주길 바라진 않았어요. 그렇지만 지금은……."

"그래, 지금은―우리는 함께야, 샌드라……. 우리 두 사람이 함께 맞서야
돼……. 뭐든지 두 사람이 말이야!"

어둠 속에서 두 사람이 꼭 껴안고 있는 동안 힘이 솟아났다.

샌드라가 마음을 결정한 듯 말했다.

"이런 일로 우리의 일생을 망치지는 말아요! 절대로, 절대로요!"

제10장

앤터니 브라운은 작은 몸집의 보이가 내민 명함을 쳐다보았다.

그가 눈썹을 찡그리며 어깨를 움츠렸다. 앤터니는 보이에게 말했다.

"좋아, 모시고 오게."

레이스 대령이 들어왔을 때 앤터니는 비스듬히 들어오는 햇빛을 받으면서 창가에 서 있었다.

앤터니는 깊은 주름살, 거무스름하게 그은 얼굴과 붉은빛을 띤 검은 머리카락을 가진 키가 큰 군인 같은 인상의 남자를 쳐다보았다—이 남자는 전에 만난 적이 있지만, 요 몇 년 동안은 만나지 못했다. 그렇지만 잘 알고 있는 남자였다.

레이스는 거무스름하고 반듯한 얼굴과 단정하게 깎은 머리를 보았다. 기분이 좋은 듯하면서도 약간 울적한 듯한 목소리가 들려왔다.

"레이스 대령이십니까? 조지 바턴의 친구셨지요? 그 마지막 날 밤, 그는 당신에 대해 말을 했답니다. 담배 피우시겠습니까?"

"고맙소. 그러면—."

앤터니는 성냥을 내밀며 말했다.

"그날 밤, 결국 나타나지 않았던 의외의 손님은 당신이었습니다—당신에겐 다행이었죠."

"그건 틀리오. 그 자리는 나를 위한 자리는 아니었소."

"정말입니까? 그렇지만 바턴은—."

레이스는 가로막으며 말했다.

"조지 바턴이 그렇게 말했을지도 모르지. 그러나 그의 계획은 전혀 다른 것이었소. 그 의자에는, 브라운 씨, 불이 어두워졌을 때에 클로이 웨스트라는 여배우가 맡기로 되어 있었던 겁니다."

앤터니는 눈을 크게 떴다.

"클로이 웨스트? 전혀 들어본 적이 없는데요. 어떤 사람입니까?"

"그다지 유명하지는 않은 배우요. 외모는 로즈메리 바턴과 아주 닮은—"

앤터니는 휘파람을 불었다.

"이제 조금이나마 이해가 될 것 같군요."

"그 여자로 하여금 머리모양도 똑같이 하도록 로즈메리의 사진을 주고서, 로즈메리가 죽은 날 밤에 입고 있었던 드레스까지도 건네주었다고 하는군요."

"그것이 조지의 계획이었습니까? 불이 켜지는 순간—이게 어찌된 일이지! 숨이 멈춰질 듯한 공포! 로즈메리가 살아 다시 돌아오다니. 로즈메리의 죽음과 직접 관계가 있는 사람이 갑자기 소리를 지르겠지. '그래—그래—내가 한 거야.'"

앤터니는 거기서 말을 끊었다가 다시 이었다.

"시시하군. 아무리 불쌍하고 바보 같은 조지가 꾸민 일이라고 해도—."

"말하는 뜻을 도저히 모르겠소만."

앤터니는 빙긋이 웃었다.

"그렇게 시치미 떼지 마십시오—만만치 않은 범죄자는 히스테릭한 여학생 같은 흉내는 내지 않으니까요. 만일 누군가가 끔찍스럽게도 로즈메리 바턴을 독살하고 조지 바턴에게도 같은 치사량의 청산가리를 넣으려 했다면, 그놈은 철저하고 냉정한 정신의 소유자일 겁니다. 그런 남자, 또는 여자에게 올가미를 씌우려 생각했다면 로즈메리처럼 분장한 여배우 정도로는 부족하지요."

"기억하고 있을지 모르겠지만, 맥베스도 꽤 대범한 범죄자였소. 그 맥베스도 연회석에서 반코의 유령을 봤을 때에는 자제심을 잃어버렸지."

"예, 그렇지만 맥베스가 본 것은 진짜 유령이었습니다. 배우가 반코의 옷을 입는 것과는 다르지요! 전 진짜 유령이란 이 세상과는 다른 일종의 독특한 분위기를 가져오지 않을까 하는 느낌이 든답니다. 실제로 전 유령을 믿는다고도 할 수 있습니다. 요 6개월 동안 그것을 믿었죠—특히 어떤 유령을 말입니다."

"흠—아니, 누구의 유령을 말입니까?"

"로즈메리 바턴입니다. 웃으실지 모르지만, 웃음거리가 돼도 괜찮습니다. 본 적은 없지만—뭔가 그런 기분이 드는 겁니다. 어떤 이유인지는 모르지만 불쌍하게도 로즈메리는 조용히 잠들 수 없었던 모양입니다."

"난 그 이유를 알 수 있을 것 같소만."

"살해당했기 때문이라는 겁니까?"

"바꾸어 말하면 제거되었단 말이지요. 그렇지 않소, 토니 모렐리 씨?"

대답은 없었다. 앤터니는 의자에 앉고 나서 피우고 있던 담배를 난로에 던져 넣고는 다시 한 개비를 꺼냈다.

이윽고 앤터니가 말했다.

"어떻게 아셨습니까?"

"토니 모렐리가 본인임을 인정하시는 게요?"

"그런 걸 부정해서 시간을 낭비하고 싶진 않습니다. 당신은 이미 미국에 전보를 쳐서 정보를 모두 입수하셨을 테니까."

"그러면 당신은 로즈메리 바턴이 당신의 정체를 알아차렸을 때에 잠자코 있지 않으면 없애 버리겠다고 그녀를 협박한 것도 인정하시오?"

"협박을 해서 입을 다물게 하기 위해 생각나는 말은 전부 했지요."

토니는 유쾌한 듯 말했다.

레이스 대령은 왠지 묘한 감정에 사로잡혔다. 이야기가 자기의 생각대로 진행되지 않는 것이었다. 레이스는 눈앞의 의자에 편안하게 앉아 있는 남자를 뚫어지게 바라보았다—이상하게도 친근감이 솟아오른다.

"내가 아는 것을 간추려서 얘기해 볼까요, 모렐리 씨?"

"흥미롭군요."

"당신은 미국에서 에릭슨 비행기 공장의 태업을 주도해서 유죄판결을 받고 실형을 언도받았소. 형기를 마치고 출감한 뒤 당국은 당신의 소식을 놓쳐 버렸습니다. 그다음에 당신이 나타난 곳은 런던인데, 클래리지 호텔에 머물면서 앤터니 브라운으로 이름을 바꾸었소. 그리고 당신은 교묘하게 듀스베리 경에게 접근해서는 그를 통해 몇몇 유명한 병기제조업자들과도 만났소. 당신은 듀스베리 경의 집에 묵으면서, 그의 손님이라는 입장 덕분에 당신 혼자선 도저히 볼 수 없었던 것들을 볼 수 있었던 게요. 이상한 일은, 모렐리 씨, 설명할 수 없는 사건이 차례차례 일어나기도 하고, 또 대규모적인 사건이 생길 뻔하다가 간신히 무마되는 그런 일이 당신이 여기저기 공장이나 작업장을 방문한 뒤에 곧바로 뒤따라 일어났다는 겁니다."

"우연의 일치란—." 앤터니는 말했다.

"정말 이상한 일이지요."

"그리고 또 얼마 지나 다시 런던에 나타나서는 아이리스 말과 친해졌지만, 그녀의 집에는 어떠한 구실을 붙여서라도 가지 않았고, 또 당신들 두 사람이 친하다는 것을 가족에게는 들키지 않게 했소. 마지막으로 당신은 은밀히 자신과 결혼하자고 그녀를 설득하기까지 했소."

"그런 것을 모두 조사하셨다니 놀랍습니다. 무기에 대한 일은 그렇다 해도, 로즈메리를 협박한 일이나 아이리스에게 실없는 말을 속삭였던 것까지 알아내시다니! 그런 것까지가 정보부의 영역은 아닐 텐데요?"

레이스는 날카로운 눈으로 상대를 쳐다보았다.

"얘기하고 싶은 게 더 많지 않소, 모렐리 씨?"

"전혀 없습니다. 당신이 말씀하신 게 모두 옳다고 해서 그것이 어떻다는 겁니까? 형무소에도 들어갔었습니다. 재미있는 친구도 몇몇 만들었죠. 매우 매력적인 여자를 사랑하게 되어서 지금은 당연히 그녀와 결혼하고 싶어서 안절부절못하고 있고."

"그녀의 가족이 당신의 정체를 밝혀내기 전에 결혼식을 끝내 버리고 싶어서 초조한 거겠지. 아이리스 말은 대단히 많은 재산이 있으니까 말이오."

앤터니는 긍정하는 듯 고개를 끄덕였다.

"알고 있습니다. 돈이 있으면 아무래도 가족이 시끄럽게 참견을 해댈 테니까. 게다가 아이리스는, 아시겠지만, 제 어두운 과거에 대해 아무것도 모르고 있습니다. 솔직히 말해서 이대로 모르게 하고 싶습니다."

"미안하게도 모두 알게 될 게요."

"오, 저런!"

"어쩌면 당신은 아직 모르고—."

앤터니는 웃으면서 말을 가로막았다.

"아니, 저도 상식 정도는 있습니다. 로즈메리 바턴이 내 과거를 알아 버렸다. 그래서 그녀를 살해한다. 조지 바턴이 점점 나를 의심하기 시작한다. 그래서 나는 그도 살해한다! 그리고 이번엔 아이리스의 재산을 노린다. 모든 것이 납득이 가고 앞뒤가 잘 맞는다. 그렇지만 증거는 하나도 없는 겁니다."

레이스는 잠시 주의 깊게 앤터니를 보고 있었다. 이윽고 레이스는 일어섰다.

"내가 얘기한 게 모두 사실이구먼. 그리고 그것은 모두 틀린 것이고"

앤터니는 빈틈없는 눈초리로 레이스를 쳐다보았다.

"뭐가 틀리다는 겁니까?"

"당신에 대해서요." 레이스는 방 안을 천천히 서성거렸다.

"분명히 앞뒤가 잘 맞았소, 당신을 만나기 전에는―그러나 이렇게 당신을 보고 있으니 아무래도 잘못된 것 같소. 당신은 악한은 아닌 듯하고 그건 곧 우리들과 똑같은 사람이라는 의미요, 어떻소?"

앤터니는 가만히 레이스를 보고 있었는데, 그 얼굴에 조금씩 웃음이 번져 갔다. 앤터니는 침착하게 중얼거렸다.

"'육군대령 부인과 주디 오그래디는 한 껍질 벗기면 똑같은 자매였다'는 식이군요. 아니, 아주 재미있습니다. 끼리끼리는 금방 구별할 수 있으니까요. 제가 되도록 당신과 마주치지 않으려고 한 것도 그래서입니다. 정체가 드러나게 되지 않을까 생각한 거지요. 그때만 해도 절대로 누구든 알아서는 안 되는 상태였으니까요―어제까지는 말입니다. 지금은 고맙게도 풍선은 이미 터져 버렸습니다. 나로서는 각국에서 태업을 벌이려는 국제적인 일당을 일망타진하려고 한 겁니다. 이 일을 완수하는 데 3년 걸렸습니다. 어떤 모임에 자주 드나들기도 하고 노동자 속에 들어가 선동하기도 해서 그런 분야에서의 제 평판은 예상했던 대로 올라갔습니다. 그리고 드디어 어떤 중요한 임무를 맡게 되어, 그 결과 실제로 형을 받고서 제 위치는 확고부동한 것이 되었습니다. 진짜로 보이려면 일을 진지하게 해야만 하니까요.

제가 출감하자 모든 일이 제대로 흘러가기 시작했습니다. 저는 서서히 그 중심으로 다가갔지요―중앙 유럽을 기점으로 거미줄처럼 펼쳐져 있는 대규모의 국제적 조직 말입니다. 그 단체의 스파이로서 전 런던에 건너가 클래리지 호텔에 묵었습니다. 듀스베리 경과 친해지도록 지령을 받았으니까요—그것이 제 역할이었죠. 사교계의 익살꾼 런던의 매력적인 젊은 남자 역할 덕분에 전 로즈메리 바턴과 사귀게 되었습니다. 그런데 갑자기 제가 미국에서 토니 모렐리라는 이름으로 형무소에 들어갔던 사실을 로즈메리가 알게 되었죠. 그녀의 안전을 생각하니 저는 걱정이 되었습니다. 저와 함께 일하는 일당은 로즈메리가 저에 대해 알고 있다고 눈치챘다면 조금의 망설임도 없이 그녀를 살해할 놈들이기 때문이지요. 저는 어떻게 해서든 그녀를 위협해서 그 사실을 발설하지 않도록 해보았습니다만 별로 기대하진 않았죠. 로즈메리는 본래 분별이 없었으니까요. 그렇게 되자 제일 좋은 방법은 제가 사라지는 것이라고 생각했습니다. 바로 그때 전 계단을 내려오는 아이리스를 봤습니다. 이 일이 끝나면 돌아와서 그녀와 결혼하겠다고 마음속으로 맹세했답니다.

제 일이 끝나고서 전 다시 한 번 이쪽으로 와서 아이리스와 연락하게 되었는데, 그녀의 집이나 가족에게는 접근하지 않기로 했습니다. 그건 그녀의 가족이 여러 가지로 저에 대해 듣고 싶어할 거라고 짐작했고, 저도 나중에 조금은 용서를 빌 필요가 있었기 때문이죠. 그렇지만 전 점점 그녀의 일이 걱정되었습니다. 야윈 얼굴에다 커다란 걱정에 싸여 있는 것 같아서 말이죠—게다가 조지 바턴의 행동도 매우 이상했고 말이죠. 그래서 전 그녀에게 집을 나와 저와 결혼하자고 설득했습니다. 그녀는 거절하더군요. 아마 그녀의 판단이 옳겠죠. 그 뒤에 그 파티에 별 뜻 없이 참석했습니다. 당신이 그 파티에 올 거라고 조지가 말한 것은 식사를 시작하려고 모두가 자리에 앉았을 때였습니다. 전 당황해서, 약속이 있어서 어쩌면 일찍 일어나야 될지도 모른다고 말해 두었습니다. 사실 미국에서 알던 남자를 보기도 했거든요. 몽키 콜맨이라는 자인데—상대방은 절 기억하지 못했습니다. 그러나 가장 중요한 이유는 당신과 만나는 것만은 아무래도 피하고 싶었죠. 제 일이 아직 끝나지 않았으니까요.

그다음에 일어난 일은 당신도 아시다시피—조지가 죽은 겁니다. 전 조지가 죽은 일에나 로즈메리가 죽은 일에는 전혀 관계가 없습니다. 누가 두 사람을 살해했는지도 모릅니다."

"짐작도 가지 않나요?"

"종업원들이나 테이블에 있었던 다섯 명 중 한 사람인 것은 확실합니다. 종업원들은 아니라고 생각합니다. 저는 아니고, 아이리스도 아닙니다. 샌드라 패러데이나 스티븐 패러데이, 혹은 그 두 사람 모두일지도 모른다고 생각할 수는 있지요. 그렇지만 제일 의심이 가는 사람은, 제 생각으론 루스 레싱입니다."

"그 생각을 뒷받침할 만한 근거가 있소?"

"없습니다. 그저 그 여자가 가장 의심이 갈 뿐입니다. 그렇지만 그녀가 어떤 식으로 살해했는지는 도저히 짐작이 가지 않습니다. 이 두 개의 사건에서 모두 그녀의 자리는 샴페인 잔을 만지기가 실질적으로 불가능한 위치였습니다. 게다가 어젯밤 일어난 일을 생각하면 할수록 조지가 독을 마신다는 것 자체가 도저히 있을 수 없는 일처럼 생각되는 겁니다. 그렇지만 실제로 그는 살해되었습니다." 앤터니는 말을 끊었다.

"그리고 또 하나 걱정이 되는 일이 있습니다—조지를 범인 찾기에 끌어들인 그 익명의 편지 말인데, 누가 썼는지 아십니까?"

레이스 대령은 고개를 저었다.

"아니오, 찾았다고 생각했었는데—그러나 틀렸더군요."

"걱정이 되는 것은요, 그 편지는 누군지는 모르지만 로즈메리가 살해되었다는 것을 알고 있는 사람이 한 짓이라는 겁니다. 정신을 차리지 않으면 이번엔 그 사람이 살해될 겁니다!"

제11장

앤터니는 전화로 루실라 드레이크가 옛 친구와 차를 마시러 5시에 외출한다는 정보를 알아냈다. 만일의 경우(지갑을 두고 나와서 되돌아간다거나 여기저기 우산을 뒤지다가 찾아 가지고 나오기까지의 시간, 현관에서의 대화 등)를 대비해 시간의 여유를 두고 앤터니는 정확히 5시 25분에 엘버스턴 스퀘어 저택에 도착하도록 시간을 맞추었다. 앤터니가 만나고 싶은 사람은 아이리스였지 그녀의 고모는 아니다. 게다가 일단 루실라의 눈에 띄기만 하면 사랑하는 사람과 방해를 받지 않고 이야기를 나누기는 불가능한 입장이었기 때문이다.

하녀(이 아가씨는 베티 아치데일처럼 건방진 점은 없었다)가 앤터니에게 아이리스가 지금 막 돌아와서 서재에 있다고 알려 주었다.

"아, 됐어요. 내가 찾아가죠."

앤터니는 미소를 지으며 말하고서 하녀 옆을 지나 서재의 문을 향해갔다.

앤터니가 들어가자 아이리스는 깜짝 놀란 듯 재빨리 뒤돌아보았다.

"아, 당신이었군요?"

앤터니는 얼른 아이리스 옆으로 갔다.

"무슨 일이오?"

"아무것도 아니에요." 아이리스는 잠시 말을 끊었다가 곧 계속했다.

"그냥 차에 치일 뻔했어요. 제가 부주의한 거죠. 골똘히 생각에 잠겨 있다가 제대로 살펴보지도 않고 멍청히 도로를 건너려고 했으니. 그런데 차가 굉장한 속도로 모퉁이를 돌아 달려오는 바람에 하마터면 치일 뻔했던 거예요."

앤터니는 부드럽게 아이리스를 흔들었다.

"그러면 안 돼, 아이리스. 난 당신이 걱정이야—당신이 차바퀴 밑에서 기적적으로 살아났다는 것보다도 내가 마음에 걸리는 건, 당신을 길 한복판으로 멍청히 걷게 한 그 원인이오. 도대체 무슨 일이지? 무슨 특별한 이유라도 있었소?"

아이리스는 고개를 끄덕였다. 슬픈 듯 앤터니를 올려다보는 아이리스의 커다란 눈에 불안의 그림자가 드리워져 있었다. 아이리스의 말을 듣지 않더라도 앤터니는 그 의미를 알고 있었다.

나지막한 목소리로 아이리스가 빠르게 말했다.

"전 무서워요."

앤터니는 곧 천성적인 온화함으로 상냥하게 미소를 지었다. 앤터니는 넓은 소파에 아이리스와 나란히 앉았다.

"자, 얘기해 봐요."

"얘기할 기분이 아니에요, 앤터니."

"탐정소설에서 제1장부터 주인공을 속이는 것 말고는 대단한 이유도 없으면서도 말하지 못할 게 있다고 하며 얘기를 질질 끌고 가는 여주인공도 있지. 그런 흉내는 사절이오."

아이리스는 아주 약하게 웃었다.

"전 얘기하고 싶어요, 앤터니. 그렇지만 당신이 어떻게 생각할지 몰라서— 믿어 줄지 어떨자—."

앤터니는 한 손을 들어 손가락을 꼽으면서 말했다.

"첫째, 사생아가 생겼다. 둘째, 애인이 협박한다. 셋째—."

아이리스는 벌컥 화를 내며 말을 중단시켰다.

"그런 일들이 아니에요."

"그러면 안심이군." 앤터니는 말했다.

"자, 얘기해 봐요, 귀여운 바보 아가씨."

아이리스의 얼굴이 또 어두워졌다.

"웃을 일이 아니에요. 어젯밤—어젯밤 일이에요."

"뭐?" 앤터니의 목소리가 엄숙해졌다.

아이리스는 말했다.

"오늘 아침 검시재판에는 나갔었죠? 거기서 들었으리라 생각하는데—."

아이리스는 말을 잠시 끊었다.

"중요한 말은 없었는데." 앤터니는 말했다.

"경찰의가 청산가리의 특성에 대한 전문적인 의견을 덧붙였고, 조지의 사인이 청산가리 중독이라고 했지. 그러고 나서 경찰 측의 증거가 제출되었는데, 켐프 경감이 아니라 멋진 콧수염을 기른, 룩셈부르크 레스토랑에 맨 처음 도착해 아주 멋지게 수사를 했던 그 경감이 왔지. 시체 확인을 한 사람은 조지 바로 밑의 사무원이었고 그 뒤에 예의가 바른 침착한 검시관이 심문을 1주일 뒤에 재개하자고 요청하고 끝이었잖소"

"그 경감님이 테이블 밑에서 청산가리 흔적이 있는 작은 종이를 찾았다고 말했죠?"

앤터니는 흥미진진한 표정이었다.

"음, 아마 조지의 잔에 독을 넣은 놈이 그것을 쌌던 종이를 테이블 밑에 버린 걸 거요. 제일 간단한 방법이지. 남자였든 여자였든 그대로 갖고 있으면 위험할 테니까."

앤터니는 갑자기 아이리스가 심하게 몸서리를 치는 것을 알고 깜짝 놀랐다.

"아니, 틀려요, 앤터니, 그렇지 않아요."

"뭐라고? 당신 뭔가 알고 있소?"

"그 종이를 테이블 밑에 떨어뜨린 건 저였어요."

깜짝 놀라는 듯한 표정으로 앤터니는 아이리스를 보았다.

"들어봐요, 앤터니. 당신, 조지가 어떤 상태로 샴페인을 마시고 그렇게 되었는지 기억하세요?"

앤터니는 고개를 끄덕였다.

"무서웠어요―나쁜 꿈을 꾸는 듯했어요. 모두 잘되고 있다고 생각했는데……. 플로어 쇼가 끝나고 불이 밝아질 때, 전 정말 깜짝 놀랐어요. 로즈메리가 살해된 것도 대략 그 시간이었거든요. 그래서 왠지 모르게 또다시 똑같은 일이 일어나지 않을까 하는 느낌이 들었답니다. 언니가 죽어서 테이블 옆에 있는 것 같은……."

"아이리스……."

"예, 알아요. 단지 신경이 날카로워졌을 뿐이에요. 그렇지만 우리들은 모두 모여 있었고, 무서운 일은 일어나지 않았죠. 그래서 이제 모두 끝났구나 하는 느낌이 들었어요—어떻게 설명하면 좋을까, 다시 처음부터 시작되는 거구나 하고 생각했었죠. 그 뒤에 저는 형부와 춤을 추게 되었고, 그러고서 비로소 정말로 즐거워졌답니다. 그런 뒤에 테이블로 돌아왔어요. 그다음에 형부가 갑자기 로즈메리 이야기를 꺼내면서 그녀의 추억에 모두 건배하자고 하더니, 그대로 죽어 버렸어요. 또 악몽이 돌아온 거예요.

전 맥이 빠질 것 같았어요. 부들부들 떨면서 멍하게 서 있었지요. 당신이 조지의 모습을 보러 제 쪽으로 왔기 때문에 전 조금 뒤로 떨어졌죠. 웨이터가 몇 사람 다가오고 누군가가 의사를 부르러 갔죠. 그 사이에 죽 저는 얼어붙은 것처럼 서 있었어요. 갑자기 전 가슴이 미어지며 눈물이 나더군요. 그래서 얼른 핸드백을 열고 손수건을 꺼냈어요. 안도 잘 보지 않고 손으로 더듬어 손수건을 꺼내는데 그 사이에 뭔가 들어 있는 거였어요—희고 자그마한 접은 종이였는데, 약국에서 가루약을 쌀 때 쓰는 것과 똑같았어요. 그렇지만 제가 집을 나올 때에는 그런 건 핸드백 속에는 들어 있지 않았어요. 지금까지 한 번도 그런 걸 넣은 적이 없었거든요. 텅 빈 핸드백에 제가 필요한 것을 넣었으니까요—콤팩트와 립스틱, 손수건과 케이스에 든 야회용 빗, 1실링짜리 은화 한 개에 6펜스짜리 은화 두 개. 누군가가 제 핸드백에 그 종이를 넣은 거예요—틀림없어요. 그때 전 로즈메리 언니가 죽었을 때 경찰이 언니의 가방에서 그런 종이를 발견하고, 그 안에 청산가리가 들어 있었던 것이 생각났어요.

전 오싹했답니다, 앤터니. 견딜 수 없을 정도로 무서워졌어요. 손가락에 힘이 빠지고 그 종이가 테이블 밑으로 떨어졌어요. 전 떨어뜨린 채 그냥 두었어요. 그리고 그 일에 대해선 한마디도 하지 않았죠. 너무 무서워서—누군가가 제가 조지를 살해한 것처럼 보이려고 한 거예요. 그렇지만 전 아니에요."

앤터니의 휘파람이 길게 꼬리를 늘였다.

"그런데 아이리스가 그걸 버리는 걸 아무도 보지 못했나?"

아이리스는 조금 망설였다.

"잘 모르겠어요." 천천히 아이리스는 말했다.

"루스는 눈치챈 것 같지만……그렇지만 루스도 정신이 나간 듯한 얼굴이었으니까 정말 눈치챘는지 어떤지는 모르겠어요. 그냥 멍하니 저를 보고 있었을 뿐인지도 모르고……."

앤터니는 다시 한 번 휘파람을 불었다.

"이거 좀 복잡해졌군."

아이리스는 말했다.

"점점 더 나빠지는 것 같아요. 언제 경찰에서 알게 될지 걱정이 되어 견딜 수 없어요."

"그렇지만 당신의 지문이 찍혀 있지 않을까? 경찰이 제일 먼저 하는 일은 지문을 조사하는 것이라고 생각하는데."

"손수건에 낀 채 잡았으니까 괜찮았을 거예요."

앤터니는 끄덕였다.

"그래? 그 점은 운이 좋았던 셈이군."

"그렇지만 어떻게 제 핸드백에 넣을 수 있었을까요? 그날 밤엔 핸드백을 계속 가지고 있었는데."

"그건 당신이 생각한 만큼 어렵지는 않았을 거요. 플로어 쇼가 끝나고 춤추러 나갔을 때에는 테이블에 놓여 있었잖소. 그때에 누군가 만졌을지도 모르지. 아니면, 다른 곳에서 넣었는지도 모르고. 여자들이 탈의실에서 어떤 식으로 행동하는지 잠시 해보겠소? 아무래도 그런 건 짐작할 수 없으니까. 한곳에 모여서 수다를 떠나? 아니면, 여기저기 거울을 들여다보고 있나?"

아이리스는 생각해 보았다.

"모두 같은 테이블에 있었어요―폭이 넓은 커다란 거울이 달린 테이블이지요. 그리고 모두 핸드백을 놓고 자기 얼굴을 거울에 비춰 보죠. 아시겠어요?"

"사실은 잘 모르겠지만, 어쨌든 계속해 봐요."

"루스는 코에 콤팩트를 두드리고 있었고, 샌드라는 머리를 빗으면서 머리핀을 꽂고 있었어요. 전 여우털 외투를 벗어 그것을 담당 아가씨에게 주고서 손이 더럽기에―진흙이 묻어서요. 세면대로 갔어요."

"핸드백은 테이블에 둔 채로?"

"예. 그리고 손을 씻었죠. 루스는 그때도 화장을 하고 있었던 것 같아요. 샌드라는 코트를 맡기러 갔다가 또 거울로 돌아왔어요. 그리고 루스가 손을 씻으러 왔고 전 테이블로 돌아와 머리를 조금 다듬었어요."

"그렇게 되면 둘 다 당신이 눈치채지 못하는 동안에 당신의 핸드백에 뭔가를 넣을 수 있었겠군."

"그래요. 그렇지만 그때는 종이가 제 핸드백 속에 없었을 거예요. 그러니까 형부의 샴페인에 독을 넣은 뒤 제 핸드백에 넣은 거죠. 게다가 루스나 샌드라가 그런 짓을 했다고는 도저히 생각할 수 없어요."

"당신은 너무 사람을 믿는 것 같아. 샌드라는 중세 때 반항자들을 화형 시키던 고트 족 타입이야—루스는 그 누구보다도 훌륭하고 뛰어나게 독살자가 될 수 있는 여자고."

"가령 루스라고 한다면 왜 제가 종이를 떨어뜨리는 것을 봤다고 말하지 않았을까요?"

"이건 명백해. 가령 루스가 당신 핸드백에 청산가리를 넣었다고 하면 당신이 도저히 발뺌할 수 없도록 모든 손을 썼을 거야. 그러니까 루스라고는 생각하기 어렵지. 웨이터가 범인이라면 가능할 텐데. 웨이터, 웨이터! 본 적이 없는 웨이터나, 바뀐 웨이터, 또 유독 그날 밤에 고용된 웨이터가 있으면—그렇지만 그 자리에 있었던 웨이터는 쥐제페와 피에르이고 그들은 전혀 의심의 여지가 없는데—."

아이리스는 한숨을 쉬었다.

"그렇지만 말을 하고 나니 한결 낫군요. 이제 아무에게도 얘기하지 않는 게 좋겠죠? 아는 사람은 당신과 저뿐이에요."

앤터니는 조금 망설이는 듯한 표정으로 아이리스를 보았다.

"아이리스, 별로 좋지 않은 방법 같아. 지금 나와 함께 택시를 타고 켐프 경감에게 가는 거야. 둘만의 비밀로 할 수는 없어."

"그건 안 돼요, 앤터니. 경찰은 제가 형부를 살해했다고 생각할 거예요."

"당신이 그렇게 틀어박혀 앉아 있으면서 아무것도 말하지 않은 걸 나중에 알게 된다면 경찰은 틀림없이 당신이 범인이라고 생각할 거야. 그때에 이러저러한 이유를 늘어놓아 봐야 별로 설득력이 없어. 지금 이쪽에서 말하러 가면 믿어 줄 가능성도 있지만."

"그렇지만, 앤터니."

"괜찮아, 아이리스. 당신은 지금 아주 좋지 않은 입장이야. 그렇지만 다른 것은 어찌 됐든 사실은 확실히 해야 해. 당신의 안전만을 생각해서는 안 돼. 이건 진실과 정의에 관한 문제야."

"아, 앤터니! 과연 그들이 제 말을 믿을까요?"

"조금 냉정히 생각을 해봐요. 어쨌든 함께 켐프 경감에게 갑시다, 자!"

아이리스는 우물쭈물 앤터니와 함께 현관으로 나왔다. 아이리스의 코트가 의자에 던져져 있었으므로, 앤터니는 그것을 들어 아이리스에게 입히기 위해 내밀었다.

아이리스의 눈에는 반항과 공포의 빛이 역력했지만 앤터니는 부드러운 얼굴을 보이려고는 하지 않았다. 앤터니가 말했다.

"스퀘어 앞에서 택시를 잡읍시다."

두 사람이 현관문 쪽으로 걸어가자 아래쪽에서 벨소리가 울렸다.

아이리스가 말했다.

"잊고 있었어요. 루스예요. 일이 끝나면 여기로 와서 장례식 준비를 의논하기로 했었어요. 장례식은 모레예요. 루실라 고모님이 계시지 않을 때가 의논하기 편할 것 같아서요. 고모님이 계시면 뭐든지 복잡해지거든요."

앤터니는 계단을 뛰어 올라온 하녀보다 먼저 문 앞에 가서 문을 열었다.

"괜찮아요, 에반스."

아이리스가 말하자 하녀는 또 아래층으로 내려갔다.

루스는 피곤한 듯한 얼굴이었고, 머리카락도 흐트러져 있었다. 커다란 서류 케이스를 들고 있었다.

"늦어서 미안해요. 오늘따라 지하철이 그렇게 복잡할 수가 없어요. 게다가 버스도 세 대나 기다렸고, 택시도 전혀 잡을 수가 없어서."

핑계를 대다니! 보통 때의 유능한 루스 같지 않다고 앤터니는 생각했다. 조지의 죽음이, 비인간적이라고 해도 좋을 정도였던 그녀의 능률성을 없애는 데에도 성공한 것일까?

아이리스가 말했다.

"함께 가지 못하겠어요, 앤터니. 루스와 의논을 해야 하니까요."

앤터니는 단호하게 말했다.

"이쪽이 더 중요한 일이라고 생각해. 미안합니다, 레싱 양, 아이리스와 함께 —설명 드릴 수는 없지만 정말로 중요한 일이 있어서요."

루스는 곧 말했다.

"괜찮아요, 브라운 씨. 드레이크 부인이 돌아오시면 그분과 의논하면 되니까 요." 그녀는 조금 미소를 띠었다.

"저는 그분을 잘 아니까 별 문제 없을 거예요."

"당신이라면 누구보다도 잘하실 겁니다, 레싱 양."

앤터니는 감탄스러운 듯한 어조로 말했다.

"문제없어요, 아이리스. 특별히 이렇게 했으면 좋겠다고 생각하는 게 있으면 말해 주세요."

"별로 없어요. 의논을 둘이 하자고 한 이유는 루실라 고모님은 어떤 것이든 2분마다 생각이 바뀌시기 때문에 그랬던 거죠. 당신이 좀 힘들 것 같네요. 그 렇지 않아도 바쁘실 텐데. 정말 저는 어떤 장례식이라도 괜찮아요. 루실라 고 모님은 장례식을 좋아하는 것 같지만, 전 정말 싫어요. 장례식은 해야겠지만, 큰 소란은 싫어요. 죽은 사람에겐 아무 관계도 없어요. 죽은 사람은 그런 것과 는 아주 먼 곳에 떨어져 있으니까요. 죽은 사람은 돌아오지 않아요."

루스는 아무 대답도 하지 않았다. 아이리스는 묘하게 도전적인 집요함으로 반복해서 말했다.

"죽은 사람은 돌아오지 않아요!"

"자, 갑시다!"

앤터니는 아이리스를 데리고 열어놓은 문으로 나왔다.

택시가 스퀘어를 따라 천천히 다가왔다. 앤터니는 소리를 질러 택시를 세우 고 아이리스를 태웠다.

"저, 아이리스"

운전사에게 런던경시청으로 가자고 말한 뒤 앤터니는 말했다.

"아까, 당신은 죽은 사람은 죽은 사람이라고 계속 강조했는데, 그때 거실에 누군가가 있는 듯한 느낌이 들었어. 그 사람에게 그 얘기를 하려고 계속 반복하는 것 같았는데, 누구요? 조지, 아니면 로즈메리?"

"아무도 없었어요, 아무도! 전 단지 장례식이 싫은 거예요."

앤터니는 한숨을 쉬었다.

"내가—." 앤터니가 말했다.

"영매라도 된 건가?"

제12장

세 남자가 작고 둥근 대리석 테이블에 둘러앉아 있었다.

레이스 대령과 주임경감인 켐프는 탄닌이 듬뿍 든 진한 홍차를 마시고 있었고, 앤터니는 멋진 잔에 담긴 영국식의 맛있는 커피를 마시고 있었다. 앤터니가 좋아하는 타입의 커피는 아니었지만, 두 남자의 대화에 자신도 동등한 입장으로 앉아 있었으므로 그것으로 만족하고 마셨다. 켐프 경감은 여기저기 앤터니의 몸수색을 한 뒤 이상이 없음을 확인하고 동석하도록 허락했다.

"내 생각으로는—."

경감은 홍차에 설탕을 넣어 조심스럽게 저으면서 말했다.

"이 사건은 도저히 재판도 할 수 없을 것 같군요. 증거가 없어서요."

"그렇게 생각하나?" 레이스가 물었다.

켐프는 고개를 저으며 맛있는 듯 홍차를 한 모금 마셨다.

"단 한 가지 희망은 그 다섯 사람 중 누가 청산가리를 샀느냐, 혹은 사용했느냐 하는 증거를 잡는 겁니다. 그런데 뭘 뽑더라도 꽝뿐이니! 이 사건도 누가 했는지는 알겠지만 증명할 방법이 없는 케이스 중 하나가 될 것 같군요."

"그러면 누가 범인인지 알고 계신가요?"

앤터니가 흥미진진한 듯 켐프를 보았다.

"내 생각엔 상당히 확신이 섭니다. 레이디 알렉산드라 패러데이입니다."

"거기에 내기를 거는 셈이군." 레이스가 말했다.

"이유는?"

"말씀드리겠습니다. 그 여자는 정신병자처럼 질투심이 매우 많기 때문입니다. 게다가 전제적이고요. 역사에 나오는 여왕 같습니다—엘리노아였던가요? 아름다운 로자몬드의 침실에 들어가 단검과 독배, 어느 쪽으로 죽고 싶냐고 위협했다는 그 여왕 말입니다."

"이 사건은—." 앤터니가 말했다.

"그녀가 로즈메리에게 선택의 여지도 주지 않은 셈이군요."

켐프 경감은 말을 이었다.

"누군가가 바턴 씨에게 알려 줍니다. 그는 의심을 품게 되지요—난 바턴 씨의 의심이 어떤 특정한 사람에게 상당히 한정되어 있었다고 생각합니다. 패러데이 부부를 감시하고 싶다고 생각하지 않았다면 일부러 그런 먼 시골까지 가서 집까지 살 필요가 없지 않았을까요? 그리고 그걸 패러데이 부인에게 노골적으로 나타냈던 겁니다—파티에 대해 장황하게 말하기도 하고, 그 파티에 나오도록 끈질기게 두 사람에게 권했죠. 그 여자는 사태를 관망하면서 가만히 기다리는 타입은 아닙니다. 조금 전에도 말했듯이 전제적인 여자입니다. 그녀는 바턴 씨의 목숨을 끊었습니다! 성격을 토대로 한 이론에 불과하다고 말씀하실지도 모릅니다. 그러나 바턴 씨가 샴페인을 마시기 직전에 그의 잔에 무엇인가를 넣을 기회가 있었던 사람이라고 하면 단 한 사람, 그의 오른쪽에 있던 패러데이 부인밖에 없습니다."

"그러나 그녀가 넣는 것을 본 사람은 없습니다." 앤터니가 말했다.

"맞습니다. 보았을 수도 있었지만—아무도 보지 못했다. 글쎄요, 그녀가 매우 솜씨가 좋았다고 할까요?"

"노련한 마술사입니까?"

레이스가 헛기침을 했다. 레이스는 파이프를 꺼내어 담배를 피우기 시작했다.

"대수롭진 않지만 한 가지 묻고 싶네. 가령 레디 알렉산드라가 전제적이고 질투심이 강하고 남편을 끔찍이도 사랑한다고 하세. 그래서 망설임도 없이 사람을 살해했다고 치세. 그렇지만 자네는 그 여자가 결정적인 증거물을 젊은 여자의 핸드백에 몰래 넣는 여자라고 생각하는가? 아무 죄도 없는 여자에게, 자신에게 아무런 해도 입히지 않은 여자에게? 그게 키더민스터 가(家)의 전통인가?"

켐프 경감은 의자에 침착하게 앉아 있지 못하고 엉덩이를 들썩거리면서 가만히 홍차 잔을 들여다보았다.

"여자는 항상 페어플레이를 하지는 않는단 말입니다." 켐프는 말했다.

"답이 되었습니까?"

"페어플레이를 하는 여자도 많을 걸세." 미소를 지으면서 레이스는 말했다. "그러나 당신의 흥미 없는 그 표정은 상당히 재미있구먼."

켐프는 어떻게든 궁지에서 벗어나려고 상대를 바꾸어 앤터니를 부드럽게, 마치 보호자 같은 얼굴로 쳐다보았다.

"그런데 브라운 씨─괜찮다면 이 이름으로 부르겠습니다. 난 당신이 오늘 아이리스 양을 데리고 와서 그 말을 해준 데 대해 매우 고맙게 생각하고 있습니다."

"곧장 데리고 올 필요가 있었죠." 앤터니는 말했다.

"우물쭈물하다 보면 나중엔 데리고 오지 못할지도 모르니까요."

"물론 그 처녀로서는 오고 싶지 않았을 겁니다." 레이스 대령이 말했다.

"불쌍할 정도로 무서워하더군요." 앤터니가 말했다.

"그게 당연하겠지만─."

"당연하죠."

경감은 말하고 또 한 모금 홍차를 마셨다. 앤터니는 조심조심 커피를 마시고 있었다.

"그러나 이젠 아이리스 양도 안심했을 겁니다─웃으면서 돌아갔잖습니까?" 켐프 경감은 말했다.

"장례식이 끝나면 잠시 시골에라도 내려가 있는 게 좋을 겁니다." 앤터니가 말했다.

"루실라 고모라는 사람은 말을 꺼냈다 하면 끝이 없다니까, 단 24시간만이라도 해방되면 분명히 좋은 효과가 있을 겁니다."

"루실라 드레이크의 말도 그런대로 도움이 될 겁니다." 레이스가 말했다.

"그건 당신에게 맡기겠습니다." 켐프가 말했다.

"내가 그 부인의 진술을 들었을 때 속기로 기록할 만한 건 아니라고 생각했는데, 정말 다행이군요. 만일 속기를 하게 했다면 불쌍한 속기사는 지금쯤 경련이 나서 병원에 입원했을 겁니다."

"아마 당신 말씀이 맞을 겁니다, 경감님!" 앤터니가 말했다.

"이 사건은 재판까지 갈 수가 없습니다—매우 불만스러운 결말이지만요. 게다가 우리들이 아직 모르는 점이 또 하나 있습니다. 누가 조지 바턴에게 부인이 살해되었다는 편지를 썼을까요? 우리는 그 사람이 누군지 짐작도 하지 못합니다."

"당신은 아직도 그 사람을 의심하고 있소, 브라운 씨?" 레이스가 물었다.

"루스 레싱? 예, 저는 끝까지 그녀가 의심스럽습니다. 그 여자가 조지를 좋아했다는 건 그녀도 인정했습니다. 로즈메리는 그 여자에겐 아주 불쾌하기 짝이 없는 사람이었죠. 그런데 갑자기 로즈메리를 살해할 다시 또 없는 기회가 생겼고, 또한 만일 로즈메리가 없다면 당장이라도 조지와 결혼할 수 있으리라고 확신했다면 어떻겠습니까?"

"그럴듯하군요." 레이스는 말했다.

"루스 레싱은 냉정해서 실행할 능력이 있는 여자요. 살인을 계획해서 재빨리 실행에 옮길 수 있다는 건 나도 인정하오. 게다가 아마 그 여자에겐 동정심, 그건 본질적으로 상상력에서 나오는데 그것이 결여된 것 같더구먼. 분명첫 번째 살인은 당신이 말한 대로일지 몰라요. 그러나 두 번째 살인은 아무래도 그 여자가 한 짓이라고는 생각할 수 없단 말이오. 좋아하게 되어 결혼까지 하고 싶은 남자에게 독을 넣다니, 상상도 할 수 없지! 그 밖에 또 하나 그 여자를 제외할 이유가 있지요. 아이리스가 테이블 밑에다 청산가리를 쌌던 종이를 버리는 것을 보고서도 왜 아무 말도 하지 않았겠소?"

"아마 보지 못했을 겁니다."

앤터니는 그다지 자신이 없는 듯한 어조로 말했다.

"난 틀림없이 봤을 거라고 생각하는데." 레이스가 말했다.

"그 여자에게 이것저것 물어볼 때 뭔지 감추는 듯한 인상을 받았단 말이오. 게다가 아이리스 말은 루스 레싱이 봤을 거라고 생각하고 있다지 않소?"

"자, 대령님—." 켐프가 말했다.

"이번엔 당신이 주목하신 인물을 말씀해 주시겠습니까? 짐작이 가는 사람이 있을 텐데요."

레이스는 끄덕였다.

"자, 말씀해 주십시오. 공평히 하셔야죠. 우리 두 사람 얘기는 이미 들으셨고—그래서 여쭙는 겁니다."

레이스의 눈이 뭔가를 생각하는 듯 켐프의 얼굴에서 앤터니로 옮겨가더니 거기서 멈추었다. 앤터니가 눈썹을 찡그렸다.

"설마 제가 이 사건의 진범이라고 아직도 생각하고 계시진 않겠죠?"

레이스는 천천히 고개를 저었다.

"당신이 조지 바턴을 살해해야 할 이유가 있다고는 생각지 않소. 조지를, 그리고 로즈메리 바턴을 살해한 사람이 누군지 그건 짐작이 가는데—."

"누굽니까?"

레이스는 뭔가 골똘히 생각하면서 말했다.

"우리 세 사람 다 여자를 용의자로 주목했다는 건 참 묘하군. 내가 의심하는 사람도 역시 여자요."

레이스는 잠시 말을 멈추었다가 조용하게 말했다.

"난 범인이 아이리스 말일 거라고 생각하오만."

이 말이 나오자 앤터니가 의자를 뒤로 젖혔다. 잠시 동안 앤터니의 얼굴이 시뻘게지고—이윽고 앤터니는 겨우 자제심을 회복했다. 입을 열었을 때의 앤터니의 목소리는 조금 떨리고 있었지만, 그래도 보통 때와 다름없이 소탈하고 장난기 같은 투가 담겨 있었다.

"그럴 가능성도 논의해 볼 필요는 있습니다." 앤터니는 말했다.

"하지만 왜 아이리스 말인가요? 그리고 가령 그렇다고 한다면 어째서 그녀는 일부러 테이블 밑에 청산가리를 쌌던 종이를 버린 것을 제게 밝혔을까요?"

"아마 그때 루스 레싱이 본 걸 알아차렸기 때문일 게요."

앤터니는 고개를 갸웃거리며 레이스가 한 말을 생각했다. 이윽고 앤터니는 고개를 끄덕였다.

"알았습니다." 그는 말했다.

"계속해 보시지요. 우선, 왜 그녀에게 의심을 갖게 되셨습니까?"

"동기였소." 레이스는 말했다.

"로즈메리에겐 굉장한 재산이 상속되었지만 아이리스는 마치 따돌림 당한 듯했단 말입니다. 아마 그녀는 몇 년 동안 늘 불공평하다는 생각에 휩싸여 있었을 게요. 그녀는 만일 로즈메리가 아기가 없는 채 죽는다면 재산이 그대로 자기 것이 된다는 걸 알고 있었겠죠. 그래서 로즈메리가 독감에 걸린 걸 기회로 잡은 겁니다. 몸은 허약해지고 기분도 울적하고, 건강까지 안 좋으니 자살이 아무 의심할 여지없이 정당화된 상태가 되었으니까요."

"일리가 있습니다. 젊은 여자를 악한으로 만들기에는 충분할 정도로."

앤터니가 말했다.

"악한이 아니지요." 레이스는 말했다.

"그녀를 의심하는 데는 또 하나의 이유가 있소—당신은 억지라고 생각할지 모르지만, 빅터 드레이크지요."

"빅터 드레이크?" 앤터니의 눈이 휘둥그레졌다.

"나쁜 피가 흐르고 있는 겁니다. 루실라 드레이크의 말을 들어서 그런 건 아니오. 말 가(家)에 대해선 모두 알고 있죠. 빅터 드레이크는—약한 사람이기는커녕 근본부터 썩은 인간입니다. 그 남자의 어머니는 지적이라고는 도저히 말할 수 없고, 또 한 가지 일에 몰두할 수도 없소. 헥터 말은 약하고 칠칠치 못한 주정뱅이였답니다. 로즈메리는 감정이 언제나 불안정했죠. 그 집안의 핏속에는 허약함, 도덕심 결여, 정신 불안정이 흐르고 있는 겁니다. 그런 소질이 나타나기 쉽다는 거지요."

앤터니는 담배에 불을 붙였다. 그 손이 떨리고 있었다.

"약하고 건강치 못한 줄기라도 튼튼한 꽃이 필 수 있다고는 생각지 않으십니까?"

"물론 가능하지요. 그러나 난 아이리스 말이 정말 단단한 꽃인지 아닌지는 도무지 확신할 수 없단 말이오."

"그러면 제 말도 아무런 소용이 없겠군요." 앤터니는 천천히 말했다.

"제가 아이리스를 좋아하기 때문에 말이죠. 조지가 아이리스에게 그 편지를 보였다—그래서 아이리스는 두려워서 조지를 죽였다. 그런 겁니까?"

"그렇소. 그녀는 틀림없이 공포에 휩싸였을 테니까."

"그러면 아이리스는 어떻게 조지의 샴페인 잔에 약을 넣었을까요?"

"솔직히 그건 나도 모르겠소."

"당신도 모르시는 게 있다니 상당히 기쁘군요."

앤터니는 의자를 뒤로 젖혔다가 다시 본래로 돌아왔다. 앤터니의 눈이 노여움으로 이글거렸다.

"그런 말을 제게 하시다니 대단하십니다."

레이스는 부드럽게 대답했다.

"알고 있소. 그러나 그건 말해 둬야겠다고 생각했지."

켐프는 흥미진진하게 두 사람을 번갈아 보았지만 뭐라고 말하려고는 하지 않았다. 무의식적으로 단지 홍차를 젓고 있을 뿐이었다.

"알았습니다." 앤터니는 몸을 꼿꼿이 세우고 앉았다.

"이제 사태는 변했습니다. 이렇게 마주 앉아 메슥거리는 커피를 마시면서 탁상공론을 해봐야 소용없겠군요. 이 사건은 어떻게 해서든 해결해야 합니다. 어떤 난관이라도 모두 뚫고서 사실을 규명해야 합니다. 이건 제 임무 같습니다―어떻게든 해보이겠습니다. 아직 우리가 모르고 있는 사실을 하나하나 헤쳐 가겠습니다―그러면 모두 확실해질 테니까요. 다시 한 번 문제점을 들어보지요. 로즈메리가 살해되었다는 걸 아는 사람은 누구겠습니까? 조지에게 그걸 써서 보낸 사람은 누구겠습니까? 그에게 알린 건 또 무엇 때문이겠습니까?

이번엔 살인사건에 대해 생각해 보시지요. 최초의 사건은 나중으로 미루어 두고 말이죠. 너무나 오래된 얘기고, 또 우리는 실제 무슨 일이 벌어졌는지 모르니까요. 그러나 두 번째는 제 앞에서 일어난 겁니다. 전 그 사건이 일어나는 걸 보고 있었습니다. 그러니까 어떻게 일어났는지 알고 있습니다. 조지의 잔에 청산가리를 넣을 절호의 기회라고 하면 플로어 쇼가 한창일 때입니다―그러나 그때 넣었다고는 할 수 없습니다. 왜냐하면 쇼가 끝나고 바로 조지가 샴페인을 마셨으니까요. 조지가 마시는 걸 제 눈으로 봤습니다. 조지가 마신 뒤에 잔에 무엇인가를 넣은 사람은 없었습니다. 아무도 그의 잔에 손대지 않았죠. 그런데 그다음에 조지가 마실 때에는 청산가리가 들어 있었던 겁니다. 그가 독을 직접 탈 리는 없고―그러나 그는 독살되었단 말입니다! 조지의 잔에는 청산가리가 들어 있었죠. 그렇지만 분명히 어느 누구도 청산가리를 조지의 잔에 넣을 수는 없었습니다. 맞죠?"

"분명히 그렇소." 켐프 경감이 동의했다.

"그렇습니다." 앤터니는 계속해서 말했다.

"자, 드디어 지금부터 마술 트릭 장면이 벌어집니다. 혹은 영혼의 등장이라고 할까요? 여기서 제 심령론을 죽 설명해 보겠습니다. 우리가 춤을 추고 있는 사이에 로즈메리의 유령이 떠돌면서 조지의 잔에 다가가 청산가리를 그 안에 넣는 겁니다―유령이라면 자기 몸의 성분으로도 청산가리를 만들 수 있을 겁니다. 조지가 돌아와서 로즈메리를 기리며 건배하고, 그러고는―!"

다른 두 사람은 이상한 듯한 표정으로 앤터니를 뚫어지게 바라보았다. 앤터니는 양손으로 머리를 감싸고 있었다. 몸을 떨며, 옆에서 보기에도 어려운 문제로 괴로워하고 있다는 것을 알 수 있었다. 이윽고 앤터니가 말했다.

"그래……맞아, 그 핸드백……그 웨이터……."

"웨이터라고? 켐프는 재빨리 말했다.

앤터니는 고개를 저었다.

"아닙니다, 아니에요. 당신이 생각하시는 그런 걸 말하는 게 아닙니다. 저도 한 번은 우리들이 찾는 사람이, 원래 웨이터가 아닌 그날만 있었던 웨이터, 예를 들면 그 전날 막 고용된 웨이터라고 생각했었죠. 그런데 실제 나타난 사람은 계속 그 전부터 일하던 웨이터였습니다―게다가 유서가 깊은 웨이터의 전통을 따르는, 아직 어린 보조 웨이터, 천진난만한 웨이터―혐의 대상도 안 되는 아이였단 말입니다. 그 애가 혐의 대상도 안 된다고 생각하는 것은 우리 모두 똑같습니다만―그러나 그 애는 자기 역할을 잘 해냈습니다. 아, 설마! 그렇습니다. 그 애가 주연을 한 겁니다."

앤터니는 두 사람을 가만히 쳐다보았다.

"모르시겠습니까? 어떤 웨이터가 샴페인에 독을 넣을 수 있었지만, 우리가 알고 있는 그 웨이터는 아닙니다. 아무도 조지의 잔에 손을 대지 않았는데 조지는 독살되었습니다. 한쪽은 보통 웨이터, 다른 한쪽은 바로 그 웨이터입니다. 조지의 잔! 조지! 둘은 다른 것이었습니다. 그리고 돈―막대한, 굉장한 돈! 누가 알 수 있겠습니까? 아마 사랑하는 사람조차도 그걸 눈치채지 못했을 겁니다. 아! 그렇게 정신이상자를 보듯 저를 보지는 마십시오. 자, 지금부터 설명하겠습니다."

의자를 뒤로 밀고 기세 좋게 일어서서 앤터니는 쳄프의 팔을 잡았다.

"저와 함께 가시지요."

쳄프는 아직 반 정도 남아 있는 홍차에 미련이 남는 듯 쳐다보았다.

"돈을 내야죠." 투덜거리듯 쳄프가 말했다.

"좋습니다, 좋아요. 바로 돌아올 테니까. 자, 밖으로 나가지 않으면 설명할 수 없습니다. 자, 레이스 대령님도."

테이블을 옆으로 밀면서 앤터니는 두 사람을 입구 쪽으로 데리고 갔다.

"저기에 전화 부스가 있지요?"

"그렇소."

앤터니는 주머니를 뒤졌다.

"아니, 2펜스 동전이 없군! 생각해 보니 다른 방법으로 하는 게 좋겠군요. 돌아가시지요."

세 사람은 자리로 돌아왔다. 제일 앞에 쳄프, 그 뒤에 앤터니가 레이스의 팔을 잡고 들어갔다. 쳄프는 떨떠름한 얼굴로 의자에 앉고서 자기 파이프를 잡았다. 쳄프는 살짝 파이프에 바람을 불어 넣고서는 조끼 주머니에서 머리핀을 꺼내 소제하기 시작했다.

레이스는 당황한 듯한 얼굴로 앤터니를 흥미 깊게 바라보고 있었다. 그리고 레이스는 의자 등받이에 기대어 잔을 들어 남은 액체를 마셔 버렸다.

"빌어먹을!" 레이스는 거칠게 말을 했다.

"설탕이 들어 있었잖아!"

레이스가 고개를 들자 앤터니의 얼굴에 천천히 웃음이 번지고 있었다.

"아니?" 쳄프도 자기 잔을 한 모금 마신 뒤 말했다.

"뭐야, 이건?"

"커피입니다." 앤터니가 말했다.

"당신도 신경을 쓰지 않았을 겁니다. 제가 그랬으니까요."

제13장

앤터니는 두 사람의 눈에 즉시 납득하는 빛이 떠오르는 것을 재미있는 듯 바라보고 있었다.

그렇지만 그 만족도 잠시 동안일 뿐이었다. 쾅 하고 한 대 맞은 듯 다른 생각이 떠올랐기 때문이다.

앤터니는 큰 소리를 질렀다.

"아―그 차!"

앤터니는 벌떡 일어났다.

"아차! 이런 바보 같은! 차에 치일 뻔했다고 아이리스가 말했는데, 그걸 제대로 신경 쓰지 않고……. 갑시다, 빨리!"

켐프가 말했다.

"경시청을 나올 때 그녀는 곧바로 집에 돌아간다고 했소?"

"그렇습니다. 왜 내가 함께 돌아가지 않았을까?"

"집에 누가 있소?" 레이스가 물었다.

"루스 레싱이 있습니다. 드레이크 부인을 기다리면서요. 어쩌면 아직 두 사람이 장례식에 대해 의논하고 있을지도 모릅니다."

"드레이크 부인이라? 그러면 다른 일도 여러 가지로 이야기하고 있겠군."

레이스가 말했다. 그러고는 갑자기 말을 내뱉었다.

"아이리스 말에겐 다른 친척이 있소?"

"제가 아는 한 없습니다."

"당신의 생각, 당신의 추측을 계속해 나가면 어떻게 되는데요? 나도 대충 짐작은 가오만. 그러나―그것이 물리적으로 가능할까?"

"가능할 겁니다. 생각해 보십시오. 얼마나 많은 일이 어떤 한 사람의 말만으로 당연한 것처럼 받아들여지고 있었는지?"

켐프가 지불을 하고 있었다. 세 사람이 몹시 서둘러서 밖으로 뛰어나갔을 때 켐프가 말했다.

"위험하다고 생각합니까, 아이리스 양이?"

"예, 그렇습니다."

앤터니는 나지막하게, '천벌을 받을!' 하는 말을 내뱉으면서 택시를 잡았다. 세 사람은 차에 올라타서 되도록이면 빨리 엘버스턴 스퀘어로 가달라고 운전사에게 말했다.

켐프가 천천히 말했다.

"난 아직 어설프게 밖에 모르겠는데―어쨌든 이것으로 패러데이는 제외된 건가?"

"그렇습니다."

"그건 다행이군요. 그러나 범인이 다음 행동으로 나올까요? 이렇게 빨리?"

"빠를수록 좋으니까." 레이스가 말했다.

"우리들의 생각이 올바른 궤도로 들어서기 전이어야 할 테니까. 세 번째 행운―바로 그런 생각일 거네."

그리고 레이스는 덧붙였다.

"아이리스 말은 드레이크 부인이 있는데서 나에게 이렇게 말했어요. 앤터니, 당신이 요구하기만 하면 언제든지 당신과 결혼할 생각이라고."

세 사람의 말이 중간 중간 끊어지고, 또 갑자기 오그라드는 소리가 나는 것은 택시 운전사가 그들의 지시를 충실히 따라서 맹렬한 기세로 코너를 돌아 무시무시한 속도로 차들 사이를 뚫고 나가고 있기 때문이었다.

엘버스턴 스퀘어의 모퉁이를 돌아서 운전사는 기막히게 브레이크를 걸어 집 앞에 멈추었다.

앨버스턴 스퀘어는 보기 드물 만큼 조용한 모습을 보이고 있다.

앤터니는 간신히 평소의 냉정한 태도를 회복하고서 중얼거렸다.

"마치 영화 같군. 왠지 모르게 우리를 바보로 만들 일이 있을 듯한 기분이 드는데요."

앤터니는 레이스가 택시 요금을 지불하는 동안 이미 계단의 제일 꼭대기에 서서 벨을 누르고 있었고, 켐프가 뒤를 따라 계단을 올라가고 있었다.

하녀가 문을 열었다.

앤터니는 험상궂은 목소리로 말했다.

"아이리스 양은 돌아왔소?"

에반스는 다소 놀란 듯했다.

"아, 예. 30분쯤 전에 돌아오셨어요."

앤터니는 안심한 듯 한숨을 쉬었다. 집 안은 쥐죽은 듯 조용했고 여느 때와 마찬가지였으므로 앤터니는 자기가 멜로드라마처럼 당황한 모습을 보인 것이 쑥스러워졌다.

"아이리스 양은 어디 있소?"

"아마 드레이크 부인과 함께 응접실에 계신 것 같아요."

앤터니는 고개를 끄덕이고는 느린 걸음으로 계단을 올라갔고, 레이스와 켐프가 바로 뒤를 따라갔다.

갓을 씌운 전등불 밑으로 차분한 분위기를 자아내는 응접실에서는 루실라 드레이크가 책상의 서류꽂이 속을, 마치 목표물이 있음을 확신하는 테리어 종 개처럼 투덜투덜거리면서 무엇인가를 찾고 있었다.

"아니, 도대체 마샴 부인의 편지를 어디에 두었지? 음—."

"아이리스는 어디 있습니까?" 앤터니가 갑자기 물었다.

루실라가 뒤돌아보며 앤터니를 뚫어지게 바라보았다.

"아이리스? 그 애는—아, 기다려 봐요." 루실라는 일어섰다.

"누구신지?"

레이스가 앤터니 뒤에서 나타나자 루실라의 얼굴에서 의아스러운 빛이 사라졌다. 세 번째로 방에 들어온 켐프 경감을 그녀는 아직 눈치채지 못했다.

"아니, 레이스 대령님! 마침 잘 오셨어요. 그런데 조금만 더 일찍 오셨으면 좋았을 텐데—장례식 준비에 대해 꼭 의논드리고 싶은 게 있었거든요. 대령님의 의견이 정말 중요해요. 게다가 전 정말 당황해서, 레싱 양에게도 말했지만, 이번엔 아무 생각도 할 수 없네요. 그건 그렇고, 레싱 양도 이번만큼은 절 위해 주고 있어요. 제 어깨의 짐을 덜어 주기 위해 자신이 할 수 있는 일은 뭐든지 하겠다고 하는군요—다만 그녀도 분명히 그렇게 생각하겠지만 조지가 무슨 찬송가를 가장 좋아했는지를 잘 알고 있는 사람은 당연히 저일 거예요. 뭐 꼭 알고 있다고 할 수는 없지만—조지는 그럴 정도로 열심히 교회에 나가지는 않았으니까요. 그렇지만 목사의 아내로서—미망인이긴 하지만, 어떤 게 알맞은지는 잘 알고 있답니다—."

레이스는 루실라가 숨을 돌릴 새도 없이 질문을 했다.

"아이리스 양은 어디 있습니까?"

"아이리스요? 조금 전에 돌아왔어요. 머리가 아프다고 하며 곧바로 자기 방으로 올라가겠다고 했어요. 요즘 젊은 아가씨들은 너무들 기운이 없는 것 같죠? 시금치를 충분히 먹지 않아서 그런가—게다가 그 애는 장례식 얘기를 하는 걸 싫어했어요. 그렇지만 결국은 누군가가 해야만 하는데. 그리고 역시 할 수 있는 만큼은 했다는 생각을 가져야 해요. 그래야만 죽은 사람에게도 경의를 나타냈다고 볼 수 있으니까요. 아무래도 전 영구차가 경건하고 가장 좋은 것 같아요. 검고 긴 꼬리가 달린 말이 끄는 마차로는 싣고 갈 수 없잖아요. 그렇지만 저는 이렇게 말했죠. 그것이라면 더 바랄 것이 없겠다고요. 그러자 루스와—전 그 여자를 루스라고 부르죠, 레싱 양이 아니라. 제가 그걸 솜씨 좋게 찾아냈지요. 그리고 그녀는 그다음은 모두 우리에게 맡겼답니다."

켐프가 물었다.

"레싱 양은 돌아갔습니까?"

"예, 모두 결정되었기 때문에 레싱 양은 10분쯤 전에 돌아갔어요. 신문에 실을 광고 문안을 갖고 말이에요. 광고는 이렇게 낼 작정이에요. 사정에 의해 조화(弔花)는 사절, 장례식에 참석하실 분은 웨스트베리 목사—."

끝없이 이어지는 말을 무시하고서 앤터니는 살짝 빠져나갔다. 루실라가 갑자기 그때까지의 화제를 중지하고 이렇게 말했을 때에 앤터니는 이미 방에 없었다.

"함께 오신 저 젊은이는 도대체 누굽니까? 처음엔 저는 선생님이 그분을 데리고 오신 줄 몰랐답니다. 또 지긋지긋한 신문기자 중 한 사람이 아닐까 생각했죠. 정말 그 사람들은 아주 골치 아프니까요."

앤터니는 가벼운 발걸음으로 계단을 올라갔다. 등 뒤에서 발소리가 들리기에 앤터니가 뒤돌아보니 켐프 경감이 빙긋 웃고 있는 것이었다.

"당신도 탈출했나요? 아, 불쌍한 레이스 대령님!"

중얼거리듯 켐프는 말했다.

"그는 정말 멋있는 분입니다. 나는 아무래도 그런 사람은 상대하지 못하거든요"

앤터니가 아래로 내려오는 가벼운 발소리를 들은 것은 두 사람이 2층에서 바로 3층으로 올라가려 하던 때였다. 앤터니는 바로 옆의 욕실 안으로 켐프를 끌어당겼다.

발소리는 다시 아래로 내려갔다.

앤터니는 뛰어나가 계단을 올라갔다. 아이리스의 방이 저쪽 구석이라는 것을 앤터니는 알고 있었다. 앤터니는 서둘러 문을 노크했다.

"아이리스"

대답이 없었다—앤터니는 다시 한 번 노크하면서 불렀다. 그리고 나서 손잡이를 돌렸지만 잠겨 있었다.

심상치 않은 낌새를 느끼고 앤터니는 계속 문을 두드렸다.

"아이리스, 아이리스!"

곧 앤터니는 두드리는 걸 멈추고 시선을 아래로 떨어뜨렸다. 앤터니가 서 있는 곳은 외풍을 막기 위해 문 바깥에 딱 맞게 만들어 놓은 고풍스런 울 카펫의 위였다. 문에 아주 꽉 달라붙어 있었다. 앤터니는 그것을 힘껏 걷어찼다. 문 밑의 틈은 상당히 넓다. 아마 더러워진 널빤지 대신에 깐 카펫이 문까지 맞닿아 있어서 문 아래쪽을 잘라냈을 거라고 앤터니는 생각했다.

허리를 구부려 열쇠구멍으로 들여다보았지만 아무것도 보이지 않았다. 갑자기 앤터니는 고개를 들어 코를 킁킁거리며 냄새를 맡았다. 그리고 앤터니는 바닥에 엎드려서 문아래 틈 사이에 코를 가까이 갖다댔다.

벌떡 일어나며 앤터니는 외쳤다.

"켐프 경감님!"

주임경감의 모습은 보이지 않았다. 앤터니는 다시 한 번 큰 소리로 소리쳤다.

계단을 뛰어 올라온 사람은 레이스 대령이었다. 앤터니는 레이스에게 한마디도 말할 틈을 주지 않고 말했다.

"가스—가스가 새어나옵니다! 문을 부수는 수밖에 도리가 없습니다."

레이스는 상당히 힘이 셀 듯한 체격을 갖고 있었다. 레이스와 앤터니는 장애물을 깨끗이 부수었다. 부지직 문이 부서지는 소리와 함께 자물쇠가 떨어져 나갔다.

두 사람은 한순간 뒤로 쓰러질 뻔했지만 곧 레이스가 말했다.

"아이리스는 난로 옆에 있소. 내가 안으로 들어가 창문을 부수지. 당신은 아이리스를 데리고 나가시오."

아이리스 말은 가스난로 옆에 누워 있었다—입과 코는 벌린 채 가스 분출구를 향해 있었다.

잠시 뒤, 숨이 막힌 듯이 푸푸 소리를 내며 앤터니와 레이스는 의식불명인 아이리스를 아래층 창문에서 바람이 들어오는 계단참에 눕혔다.

레이스가 말했다.

"내가 간호하겠소. 당신은 어서 의사를 불러 주시오."

앤터니는 계단을 내려갔다. 레이스는 그의 등 뒤로 소리쳤다.

"걱정하지 않아도 되겠소. 그녀는 무사해. 천만다행으로 우리가 때맞추어 왔어."

객실에서 앤터니는 다이얼을 돌리고서, 루실라 드레이크의 절규하는 듯한 소리를 괴롭게 들으면서 전화기를 들고 말을 했다. 겨우 전화를 끝내고 앤터니는 돌아서서 안심한 듯 한숨을 쉬면서 말했다.

"의사를 불렀습니다. 마침 이 스퀘어 맞은편에 살고 있더군요. 곧 올 겁니다."

"—그렇지만 내게도 말해 줘요. 도대체 무슨 일인지! 아이리스의 상태가 나쁜가요?"

루실라는 당장에라도 울음을 터뜨릴 듯한 목소리로 말했다.

앤터니가 말했다.

"아이리스는 자기 방에 있었습니다. 문은 잠겨 있었는데, 아이리스가 가스난로 옆에 쓰러져 있었고 가스는 마개가 전부 열려 있었습니다."

"아이리스가?" 드레이크 부인은 날카로운 비명을 질렀다.

"아이리스가 자살하려 한 건가? 믿을 수 없어요. 도저히 믿지 못하겠어요."

앤터니 특유의 미소가 또 희미하게 얼굴에 퍼져 갔다.

"믿지 않아도 좋습니다." 앤터니는 말했다.

"그런 건 아니니까요."

제14장

"자 부탁해요, 토니. 처음부터 모두 말해 주세요."

아이리스는 소파에 누워 있었다. 리틀 프라이어스 저택 창 밖에는 자랑스러운 듯 내리쬐는 11월의 따사로운 햇살이 눈부시게 비추어 멋진 광경이 펼쳐져 있었다.

앤터니는 그제야 창문턱에 앉아 있는 레이스 대령을 쳐다보고 흰 이를 드러내며 매력적으로 웃을 수 있었다.

"아이리스! 내 진심을 말하자면, 사실 난 이 순간을 계속 기다리고 있었소. 내가 얼마나 현명했는지를 누군가에게 빨리 말해 주지 않으면 더 이상 참을 수 없어서 폭발해 버릴 테니까. 이 연극에서는 겸손 같은 건 전혀 필요치 않아. 뻔뻔스러운 자화자찬이겠지만, 때로는 당신이, '앤터니, 정말 머리가 좋군요.'라든가, '토니, 정말 멋져요.'라는 말을 할 수 있도록 적당히 시간을 주지. 에헴! 그럼 이야기를 시작해 볼까.

이 사건은 아주 단순한 거요. 즉, 원인과 결과가 확실하게 나타난 사건이라는 거지. 로즈메리의 죽음은 처음엔 자살로 보였지만 사실 자살이 아니었소. 조지는 의심을 품고 여러 가지 조사를 시작해서 결국 거의 진상을 규명할 단계까지 가 있었을 거요. 그런데 범인의 가면을 벗기기도 전에 이번엔 그가 살해되어 버렸다. 사건의 진행은 이런 식으로 말하면 어렵지 않게 이해할 수 있을 거요.

그러나 곧 우리는 몇 개의 명확한 모순점에 봉착하게 되었소. 즉, A) 조지가 독을 넣었다는 건 있을 수 없다. B) 조지는 그러나 독살되었다. 또 A) 아무도 조지의 잔을 만지지 않았다. B) 그런데 조지의 잔을 누군가가 만졌다.

그런데 이때 난 어떤 매우 중요한 사실을 빠뜨렸던 것이오—소유격은 여러 가지 형태로 사용된다는 사실을 말이오. 조지의 귀는 의논의 여지없이 조지의 귀요. 왜냐하면 그건 그의 머리에 붙어 있고, 또 마술을 부리지 않는 한 사라질 수 없으니까. 그런데 조지의 손목시계, 그건 단순히 조지가 차고 있던 시계라는 의미밖에 없소—그러면 그건 그의 시계일까, 혹은 누군가에게서 빌려온 건가 하는 의문도 나오지. 조지의 잔, 또는 조지의 찻잔이라고 하면 내가 가리키는 것이 사실 매우 애매모호하다는 것을 알 수 있을 거요. 내가 의미하는 건 단순히 조지가 방금까지 마시던 잔이라는 것뿐이지—똑같은 다른 몇 개의 잔과 구별할 수 있는 점은 아무것도 없다는 거요.

이것을 증명하기 위해 나는 어떤 실험을 해보았소. 레이스 대령님은 홍차에 설탕을 넣지 않고 마시고, 켐프 경감은 설탕을 넣은 홍차, 난 커피를 마시고 있었지. 언뜻 보니 그 세 가지 액체의 색깔은 거의 똑같았소. 우리 세 사람은 대리석을 깐 둥글고 작은 테이블에 앉아 있었고, 주위에도 똑같은 테이블이 몇 개가 놓여 있었소. 난 갑자기 명안이 떠올랐다는 걸 구실로 두 사람을 자리에서 데리고 나가서 현관까지 가자고 했는데, 그때 가는 길에 의자를 밀어 넣으며 켐프의 파이프를 그의 잔 옆에서 내 잔 옆으로 켐프 경감이 눈치채지 않도록 잘 옮겨 놓았소. 밖에 나갔다가 곧 변명을 하고서 본래의 자리로 돌아왔는데, 난 일부러 켐프 경감을 조금 앞에 가게 했지. 그는 테이블로 다가가 자리를 잡을 때 자기 파이프가 놓인 잔 앞에 앉더구먼. 레이스 대령님도 전과 똑같이 켐프의 오른쪽에 앉았고, 왼쪽에는 내가 앉았자—그런데 무슨 일이 벌어졌겠소? 새로운 A와 B의 모순이지! 우선 A, 원래 켐프 경감의 잔에는 설탕이 든 홍차가 들어 있었소. 그런데 B, 켐프의 잔에는 커피가 들어 있었던 거요. 모순된 이 두 가지 사항이 모두 진실이라는 건 있을 수 없소—그러나 둘 다 틀림없이 옳다는 것이오. 여기서 판단을 그르치게 한 건 '켐프 경감의 잔'이라는 말이오. 자리를 떠났을 때 켐프 경감의 잔과 돌아왔을 때의 켐프 경감의 잔은 똑같지 않았소.

그리고 이 일이 그날 밤 룩셈부르크 레스토랑에서 일어난 일인 거요, 아이리스 플로어 쇼가 끝나고 모두가 춤추러 나갔을 때 당신은 핸드백을 떨어뜨렸소. 웨이터가 그걸 주었자—그 웨이터는 그 테이블을 담당해서 당신이 어느 자리에 앉는지를 잘 알고 있는 웨이터가 아니라, 그저 여기저기 불려 다니며 허둥지둥 소스를 손에 들고 돌아다니는 어린 웨이터였는데, 그 아이가 당신의 핸드백을 주워서 접시 옆에 둔 거요—당신이 앉아 있던 자리 바로 왼쪽의 접시 옆에 말이오. 당신과 조지는 제일 먼저 돌아와서 당신은 아무 생각 없이 그냥 핸드백이 있는 자리에 앉은 거지—바로 켐프 경감이 파이프를 보고 자리에 앉은 것처럼. 조지는 당신의 오른쪽, 그곳이 자기 자리라고 생각하고 앉았소. 그리고 로즈메리의 추억을 위해 건배하면서 조지는 자기 잔을 마셨다고 생각했지만 실제로는 바로 당신의 잔이었던 거요—그 잔이라면 이상한 술수 따위는 필요 없이 아주 쉽게 독이 넣어져 있다는 것을 설명할 수 있지. 즉 플로어 쇼가 끝나고 술을 마시지 않은 단 한 사람은 필연적으로 그 건강을 위해 건배된 그 사람이니까.

그런데 거기서 다시 한 번 처음부터 살펴보면 사건의 최초 계획이 빗나가 버린 거요! 애당초 노린 희생자는 당신이었소, 조지가 아니라! 그렇게 되면 마치 조지는 이용된 것처럼 보이지. 만일 이 사건이 생각대로 진척되었다면 세상에서는 그걸 어떤 식으로 생각할까? 또 그 1년 전의 파티와 똑같다—또 자살이다! 사람들은 분명 이렇게 말할 거요. 저긴 자살자가 잘 나오는 집안이라고! 당신의 핸드백에서 청산가리를 쌌던 종이가 발견되겠지. 그럼 모든 게 더욱 명백해지는 거고. 그 아가씨도 가엾게 언니가 죽었기 때문에, 언제나 시름에 잠겨 그것만 생각했었어. 불쌍하군! 그렇지만 부자에겐 정신병이 있는 사람이 종종 있다던데!"

아이리스가 앤터니의 말을 중단시켰다. 그러고는 절규하듯 말했다.

"그렇지만 도대체 누가, 왜 절 죽이고 싶어했다고 생각하세요? 왜? 무엇 때문에?"

"그것은 모두 그 어마어마한 돈 때문이오. 돈, 돈, 돈! 로즈메리의 돈은 그녀가 죽은 뒤 당신의 것이 되었소. 자, 그런데 만일 당신이 죽는다고 생각해 봐요—결혼하지 않은 채 말이오. 그 돈은 어떻게 될까? 대답은 당신의 가까운 친척에게 간다는 거요—당신의 고모, 루실라 드레이크의 것이 되지. 그러나 루실라 드레이크를 제1급 살인자라고는 도저히 생각할 수 없소. 그러면 그 밖에 누가 이익을 얻을까? 실제로 있지. 바로 빅터 드레이크요. 루실라에게 돈이 들어온다는 건 빅터에게 들어오는 것과 똑같아요. 빅터는 분명히 알고 있었을 거요. 놈은 언제나 어머니에게 반항하며 일을 벌이고 다녔소. 더구나 빅터라면 제1급 살인자라고 생각해도 이상하지 않아요. 이 사건은 애당초부터 죽 빅터의 이름이 나오고 빅터의 말이 오르내렸지. 놈은 언제나 주위를 따라다녔소. 그림자 같은, 실체가 없고 불길한 인간이었어."

"그렇지만 빅터는 아르헨티나에 있어요. 남미에 간 지 벌써 1년이나 지났어요, 앤터니."

"그럴까? 자, 여기서 드디어 모든 이야기의 토대로 전개되어 온 요점을 밝히지. '여자와 남자의 만남!'이오. 빅터가 루스 레싱을 만났을 때에 이 이상한 이야기는 시작되는 거요. 빅터는 루스의 마음을 사로잡았지. 루스는 분명 진심으로 그 녀석에게 반했으리라 생각해. 그렇게 차분하고 분별력도 있고 법도 결코 침해할 수 없는 여자가 오히려 종종 밑둥부터 썩은 그런 남자에게 푹 빠지는 거요.

조금 생각해 보면 당신도 곧 빅터가 남미에 있다는 증거는 모두 루스에게 들은 거라는 걸 알 거요. 한번 듣기만 하고 그걸 확인하진 않았을 테니까. 그건 별로 중요한 문제가 아니었으니 말이오. 루스는 로즈메리가 죽기 전에 빅터가 산 크리스토발 호로 출발하는 걸 전송했다고 말했지. 조지가 죽은 날에 부에노스아이레스에 전화를 걸자고 말을 꺼낸 것도 루스요—나중에 루스는 교환수 여자가 자기가 전화하지 않은 것을 진술해서는 안 되므로 해고시켰지.

물론 그건 간단히 확인할 수 있었소. 빅터 드레이크는 1년 전 로즈메리가 죽은 다음 날 영국을 떠나 배로 리오에 갔소. 그리고 부에노스아이레스의 오길비는 조지가 죽은 날에 빅터 드레이크의 일로 루스와 전화 통화한 사실이 없었소. 빅터 드레이크는 그보다 몇 주일 전에 뉴욕을 향해 부에노스아이레스를 떠났다. 어느 정해 놓은 날에 그의 이름으로 전보를 치도록 조치하는 정도는 그에게 있어서 아무것도 아닐 테고—돈을 요구하는 그 전보 하나면 그가 몇천 마일이나 떨어진 곳에 있다는 걸 사람들이 확실히 믿을 거라고 생각했지. 그런데 그는 실제로는—."

"어떻게 된 거예요, 앤터니?"

"실제로는—."

앤터니는 흥분으로 두근거리며 이야기를 절정으로 올려놓았다.

"그놈은 룩셈부르크 레스토랑에서 우리들 바로 옆 테이블에 그 바보 같지도 않은 금발과 앉아 있었던 거요."

"그렇지만 그 무서운 얼굴의 남자는 아니잖아요?"

"노랗고 주름살투성이 얼굴에, 눈이 충혈되게 변장하기는 매우 간단한 일이고, 또 그 정도만 하면 사람이 아주 달라 보이지. 실제로 그 파티 멤버 속에서 빅터 드레이크와 만난 사람은 나뿐인데(루스 레싱은 제외하고), 내가 아는 그는 그런 이름을 사용하지 않았소. 게다가 난 그 녀석과는 등을 맞대고 앉아 있었지. 하지만 난 칵테일 라운지에 들어갈 때 내가 구치소에서 만난 사람이 아닐까 하고 갸우뚱했었소—몽키 콜맨이라는 친구로 말이오. 그러나 난 지금은 아주 점잖게 생활하고 있으니까 날 알아보진 못할 거라고 생각하고서 그다지 신경 쓰지 않았지. 더구나 몽키 콜맨이 이 사건에 관계가 있다고는 전혀 생각하지 않았고 그러니 빅터 드레이크와 그놈이 동일인물이라고는 더더욱 생각하지 않은 거요."

"그러고는 그가 어떻게 했는지 전 통 모르겠는데요."

레이스 대령이 뒤를 이었다.

"세상에서 가장 간단한 방법입니다. 플로어 쇼가 절정에 이를 때 그는 우리들 테이블 옆을 지나 전화를 걸러 갔지요. 드레이크는 배우를 한 적도 있는데, 그보다 더 중요한 일을 한 적도 있어요—웨이터죠. 화장을 해서 페드로 모랄레스 역을 연기할 정도는 배우로서는 식은 죽 먹기랍니다. 그런데 웨이터 같은 발걸음으로 테이블 주위를 재주껏 돌아다니거나 샴페인을 잔에 따르려면 실제로 웨이터를 한 적이 있는 사람이 아니면 할 수가 없지요. 솜씨 없게 따르거나 어물어물 움직거리면 모두의 주의를 끌 테지만, 틀림없는 웨이터의 경력이 있는 그에겐 누구 하나 주의를 기울이거나 쳐다보지도 않았지요. 모두 플로어 쇼에 열중해서 그런 레스토랑의 비품의 일부인—웨이터에겐 눈도 돌리지 않았던 거요."

아이리스는 당황한 어조로 말했다.

"그러면 루스는?"

앤터니가 대답했다.

"물론 당신의 핸드백에 청산가리 종이를 넣은 건 바로 루스요—아마 그날 밤 일찍 탈의실에서 넣었을 거요. 같은 방법을 그 여자는 1년 전에도 사용했 자—로즈메리에게도 말이오."

"전부터 이상하다고 생각하긴 했어요." 아이리스가 말했다.

"조지가 루스에게 그 편지에 대해 말하지 않았다니! 조지는 뭐든지 다 그 사람에게 의논했는데."

앤터니는 가볍게 웃음소리를 냈다.

"조지는 당연히 말했지—제일 먼저! 조지가 그렇게 할 거라는 걸 루스는 알 고 있었소. 왜냐하면 그 여자가 편지를 썼으니까. 그 뒤에 그 여자는 조지를 위해 그 '계획'을 모두 세워 주었소—조지를 부추긴 거요. 그렇게 하고 무대장 차를 손에 넣었소. 두 번째 자살용으로 잘 정돈된 무대. 가령 조지가 당신이 로즈메리를 살해한 뒤 그걸 후회하고 두려움에 싸여서 자살했다 생각하더라도 —글쎄, 루스에게 있어선 큰 차이가 없었을 거요."

"난 루스를 좋아했는데—정말 좋아했어요. 조지와 결혼하게 하고 싶었어요."

"만일 빅터 드레이크와 만나지 않았다면 분명 조지의 좋은 아내가 됐을 거 요." 앤터니가 말했다.

"교훈! 여자 살인자도 예전엔 모두 좋은 여자였다!"

아이리스는 몸을 떨었다.

"그게 다 돈 때문이라니!"

"순진한 당신은 이해하지 못하겠지만, 돈이 있기 때문에 이런 일도 벌어지 는 거요. 빅터는 틀림없이 돈 때문이오. 루스는 일부는 돈, 일부는 빅터, 그리 고 일부는 내 상상이지만 로즈메리를 증오했기 때문일 테고 당신을 차로 치 려고 할 때까지 그 여자는 상당히 오랫동안 고민했을 테고, 루실라를 응접실 에 남겨두고서 현관문을 소리 내어 닫고 당신의 방으로 뛰어 올라갔을 때까지 는 더욱더 긴 여정이었을 거요. 그 여자, 어떤 모습이었소? 흥분해 있었나?"

아이리스는 잠시 생각에 잠겼다.

"그렇지 않았어요. 문을 노크하고 방에 들어와, '준비는 끝났어요. 어째 기분이 좋지 않아요?'라고 하더군요. 전 그냥 '조금 피곤할 뿐이에요.' 하고 대답했죠. 그러고 나서 루스는 고무로 덮어놓은 커다란 회중전등을 손에 들고서 멋진 전등이라고 말했는데 그다음엔 아무것도 생각나지 않아요."

"그럴 거요." 앤터니가 말했다.

"그 여자가 당신의 목덜미를 그 멋진 회중전등으로 내리쳤을 테니까. 그렇게 강하지는 않은 정도로. 그러고 나서 그 여자는 당신을 가스난로 옆에다 눕히고 창문을 꽉 닫고서 가스 마개를 열어놓은 뒤, 밖으로 나와 문을 걸고 문밑으로 열쇠를 집어넣고서 외풍이 들어가지 않도록 울 카펫으로 문의 틈을 막았지. 그러고는 살짝 계단을 내려간 거요. 켐프와 난 때마침 화장실에 숨어 들어가 그 소리를 들었지. 서둘러 난 당신에게 달려갔고, 켐프는 그 여자가 차를 어디에 세워 둔지도 모르는 채 루스 레싱을 뒤쫓아 갔다—나는 애초부터 루스가 버스와 지하철로 왔다는 것을 왠지 모르게 우리의 인상에 남게 하려는 게 아무래도 그 여자답지 않고 어쩐지 수상하다고 생각하고 있었소."

아이리스는 또 몸서리를 쳤다.

"무서워요—그렇게까지 해서 날 죽이려고 했다니! 그때에 그 사람은 저도 미워하고 있었을까요?"

"아니, 그렇지는 않을 거요. 다만 루스 레싱이 매우 유능한 여자라는 거지. 그녀는 이미 두 살인사건의 공범이고, 또 별 이익이 없는 일을 위해 자기 목을 걸지는 않아요. 루실라 드레이크는 당신이 나와 당장이라도 결혼할 예정이라는 걸 분명히 줄줄 말했을 테니, 그렇게 되면 우물쭈물할 틈이 없는 거지. 일단 결혼해 버리면 당신의 가까운 친척은 루실라가 아니라 내가 되니까."

"루실라도 가엾게—정말 불쌍해요."

"우리 모두 같은 마음일 거요. 정말 악의가 없고 상냥한 사람이니까."

"그는 정말 체포되었나요?"

앤터니가 레이스를 쳐다보자 레이스는 끄덕이며 말했다.

"오늘 아침, 뉴욕에서—."

"그는 루스와 결혼할 생각이었을까요—정말로?"

"그건 루스 생각이지. 그 여자가 그러자고 했을 거요."

"앤터니—전, 제 재산이 별로 좋아질 것 같지 않아요."

"괜찮아—그것으로 멋진 일을 합시다, 당신이 그렇게 하겠다면. 먹고, 아내에게 적당히 편안한 생활을 해줄 정도는 내 돈으로도 충분하니까. 당신의 소원이라면 모두 써도 좋아—고아들을 위해 고아원을 지어 기부해도 좋고, 또는 노인들이 무료로 담배를 얼마든지 피울 수 있도록, 아니면—영국 안에서 더 좋은 커피를 만들자는 운동을 하면 어떨까?"

"조금은 제 몫으로 해두겠어요." 아이리스는 말했다.

"언제든지 그렇게 하고 싶지 않을 때에는 당당히 당신과 헤어질 수 있도록."

"아이리스, 그런 마음으로 결혼생활을 시작하려는 건 아니겠지? 그건 그렇고, 당신은 아직 한 번도, '토니, 정말 멋져요.'라든가, '앤터니, 당신은 정말 머리가 좋군요.'라고 하지 않았소."

레이스 대령이 웃으면서 일어났다.

"패러데이 집에 차라도 마시러 가야겠는데." 레이스는 핑계를 대듯 말했다. 눈에는 장난꾸러기 같은 빛을 띠면서 레이스는 앤터니에게 말했다.

"당신도 가지 않겠소?"

앤터니가 고개를 젓자 레이스는 방에서 나가다가 문 앞에서 멈춰 서서 뒤돌아보며 말했다.

"멋진 쇼였어."

"그건—." 앤터니는 레이스의 등 뒤로 문이 닫힐 때 말했다.

"정말로 듣기 힘든 영국식 칭찬이군요."

아이리스가 조용한 목소리로 물었다.

"저분은 제가 범인이라고 생각한 것 같은데요."

"그걸 마음에 두지 말아요." 앤터니는 말했다.

"그는 비밀문서를 훔치거나 육군소령에게 극비 정보를 알아내는 미인 스파이를 보아 왔거든. 그게 그의 성격을 꼬이게 하고 왜곡된 판단을 하게 한 거지. 그는 사건의 범인은 늘 미인이어야만 된다고 생각하고 있어!"

"당신은 왜 제가 범인이 아니라고 생각했나요, 앤터니?"

"좋아하니까 그렇게 생각했지."

앤터니는 단호하게 말했다. 그때 앤터니의 표정이 바뀌며 진지한 얼굴이 되었다. 앤터니는 아이리스 옆에 있는 작은 꽃병으로 손을 뻗었다. 그 안에는 연보라색 꽃이 한 송이 피어 있는 녹색의 작은 가지가 하나 꽂혀 있었다.

"이런 계절에 꽃이 피다니, 어떻게 된 거지?"

"간혹 있어요—이 작은 가지에요. 가을이라도 날씨가 좋으면—."

앤터니는 그 가지를 꽃병에서 꺼내어 잠시 뺨에 대었다. 눈을 살짝 감자 윤이 나고 숱이 많은 밤색 머리카락과 웃고 있는 푸른 눈동자, 붉고 정열적인 입술이……

앤터니는 조용히 누군가에게 이야기하는 듯 말했다.

"그녀는 이제 여기에 없소."

"누구요?"

"누군지 알고 있으면서……로즈메리요. 그녀는 아이리스, 당신이 위험하다는 걸 알고 있었어."

앤터니는 향기를 내고 있는 녹색의 작은 가지에 입을 맞추고 창 밖으로 살짝 던졌다.

"안녕, 로즈메리! 고맙소!"

아이리스가 조용히 말했다.

"그건 추억을 위해……" 그리고 나지막하게 계속했다.

"사랑하는 언니! 부디 잊지 말기를……"

<끝>

■ 작품 해설 ■

여기 소개하는 《잊을 수 없는 죽음(Remembered Death, 1945)》은 애거서 크리스티(Agatha Christie, 영국, 1890~1976)의 45번째 추리소설이며, 36번째 장편이다.

이 작품에는 크리스티 여사가 창조한 명탐정들인 에르큘 포와로, 제인 마플, 배틀 총경, 파커 파인, 할리 퀸, 토마—터펜스 부부가 등장하지 않는다. 그녀의 66권의 장편 중에서 위의 명탐정이 등장하지 않는 작품은 14편밖에 되지 않는다. 그것을 발행연도별로 소개하면 다음과 같다.

《갈색 옷을 입은 사나이(The Man in the Brown Suit, 1924)》, 《헤이즐무어 살인사건(Murder at the Hazelmoor, 1931)》, 《부머랭 살인사건(The Boomerang Clue, 1934)》, 《위치우드 살인사건(Murder is Easy, 1939)》, 《그리고 아무도 없었다(And Then There Were None, Ten Little Indians, 1939)》, 《마지막으로 죽음이 온다(Death Comes as the End, 1945)》, 《잊을 수 없는 죽음(Remembered Death)》, 《비뚤어진 집(Crooked House, 1949)》, 《바그다드의 비밀(They Came to Baghdad, 1951)》, 《죽음을 향한 발자국(So Many Steps to Death, 1954)》, 《누명(Ordeal by Innocence, 1958)》, 《창백한 말(The Pale Horse, 1961)》, 《끝없는 밤(Endless Night, 1967)》, 《프랑크푸르트행 승객(Passenger to Frankfurt, 1970)》.

이 작품에서 크리스티 여사는 '의식의 흐름' 기법을 사용했는데, 이 기법을 사용한 대표작으로는 《끝없는 밤》을 들 수 있다.